古典文學研究輯刊

四 編

曾永義 主編

第29冊

論張岱遊記中人文精神之體現

張志帆 著

國家圖書館出版品預行編目資料

論張岱遊記中人文精神之體現／張志帆 著 — 初版 — 新北市：
花木蘭文化出版社，2012〔民 101〕
目 2+200 面；19×26 公分
（古典文學研究輯刊 四編：第 29 冊）
ISBN：978-986-254-778-6（精裝）
1.（明）張岱 2. 旅遊文學 3. 文學評論
820.8 101001752

ISBN-978-986-254-778-6

9 789862 547786

古典文學研究輯刊
四 編 第二九冊
ISBN：978-986-254-778-6

論張岱遊記中人文精神之體現

作 者 張志帆
主 編 曾永義
總 編 輯 杜潔祥
出 版 花木蘭文化出版社
發 行 所 花木蘭文化出版社
發 行 人 高小娟
聯 絡 地 址 新北市永和區中正路五九五號七樓
電話：02-2923-1455 ／傳眞：02-2923-1452
網 址 http://www.huamulan.tw 信箱 sut81518@ms59.hinet.net
印 刷 普羅文化出版廣告事業
初 版 2012 年 3 月
定 價 四編 32 冊（精裝）新台幣 52,000 元

論張岱遊記中人文精神之體現

張志帆　著

作者簡介

張志帆 中國文化大學中國文學系學士、碩士，目前為中國文化大學中國文學研究所博士候選人。曾擔任國科會專題研究案「《天祿琳琅書目》訂補」、「宋代春秋學典籍的分類與考證」研究助理、《瑞華文化升學雜誌》國文科課外輔助專欄特約作家。研究領域以遊記文學、晚明小品及臺灣文學為主，目前擔任環球科技大學、萬能科技大學通識中心兼任講師。

提　　要

　　遊記文學的發展到晚明時期進入了興盛期，是晚明小品的重要題材。晚明是個十分特殊的時代，政治上內憂外患不斷，但社會經濟文化卻是繁榮發達。故許多明人惡政治遠黨爭，進而愛好攜伴遊山玩水，並在悠遊中寫下了許多遊記作品。張岱正是這樣的一個佼佼者，雖是生長於官宦世家，卻無心於政治，愛好山水，而本身的文學修養及一生的際遇，因而成為晚明小品的集大成者。其遊記內容題材廣泛，從遊山玩水到品茶禮佛皆有述及，當中更蘊含豐富的人文精神，除了高成就的文學價值，文中更表現出社會文化的強烈關注。筆者欲從四大方向來探討其遊記內涵：

　　一、探討人文精神的內涵與中國遊記文學

　　二、全面瞭解張岱的時代背景與其家世、生平、性格特質

　　三、針對張岱遊記作品中的「人文精神」深入剖析

　　四、討論張岱遊記中的「人文精神」內涵特色

　　張岱開拓了遊記的題材，不只侷限於山川之間；凡都市裡的風俗民情、慶典上的各式活動、人潮中的百態人生，日常中的所見所聞：唱戲、說書、美食、品茗……無所不寫，遊記至此真可謂「境界始大」。願藉《論張岱遊記中人文精神之體現》一書中，對張岱遊記小品作探討及析論，並瞭解其人及在遊記中之特色，明瞭張岱為晚明小品集大成之因，也藉此研究，更瞭解遊記中「人文」之意涵及其重要性。

第一章 緒 論

第一節 研究動機

　　遊記文學的起源早自先秦時代，《史記・太史公自序》有云：「屈原放逐，著《離騷》。」〔註1〕後《文心雕龍・物色篇》亦云：「屈平之所以能洞見風騷之情者，抑亦江山之助乎！」〔註2〕被放逐悠遊漢北的屈原（約 339 B.C？～278B.C）寫下的《離騷》成爲遊記文學的先聲。遊記文學發展至今已成爲中國文學重要的一環，其所呈現的文學風貌、藝術內涵以及蘊藏的風俗民情、生活狀況，是後人研究當代社會文化及文學的重要材料。

　　屈原以後，兩漢到六朝，遊記文學開始醞釀。初期的遊記文學多存在於「賦、書、序、記」等文體之中。陸機（261～303）的〈北征賦〉、鮑照（約414？～466）的〈登大雷岸與妹書〉、陶淵明（365～427）的〈由斜川詩序〉和袁崧（？～401）的〈宜都山川記〉等都是著名的遊記作品。唐宋以後古文運動大興，帶動遊記文學發展，古文八大家皆有不少遊記作品，柳宗元（773～819）的「永州八記」、蘇軾（1037～1107）的〈承天寺夜遊〉等，都是膾炙人口的遊記作品。遊記文學歷經唐宋的發達，在元至明代中期沈息了一段時間後，至晚明時期進入前所未有興盛。由於政治上的黑暗與內憂外患，加之社會經濟的繁榮發達，使許多明人惡政治遠黨爭，喜好結伴呼朋遊山玩水，

〔註1〕（漢）司馬遷著：《史記》卷一三〇・列傳（臺北：七畧出版社影印清乾隆武英殿刊本，1991），頁 1353。

〔註2〕（南朝梁）劉勰著，趙仲邑譯注：《文心雕龍譯注》（臺北：雅貫出版社，1991），頁 444。

並在悠遊中留下了許多遊記文字如袁宏道（1568～1601）的〈滿井遊記〉、〈晚遊六橋待月記〉，袁中道（1570～1630）的〈遊石首繡林山記〉、〈遊鳴鳳山記〉、〈金粟園記〉、〈玉泉澗遊記〉等，情景交融，描摹入微。又如竟陵派鍾惺（1574～1624）、譚元春（1586～1637）的山水小品獨樹一格，並以「幽深孤峭」的特色見長。張岱（1597～1679）雖是生長於名流世家，卻無心於政治，愛好山水，而本身的文學修養及書香世家的薰陶，成就了張岱以清靈幽淡的山水之筆，進而成為晚明小品的集大成者。

　　筆者喜愛旅行，喜歡在遨遊大自然之中探索各地的人文風貌、風土民情。自接觸張岱後，深深為其文章所著迷：張岱的作品是一篇篇的風俗畫，素有文字裡的「清明上河圖」美譽。〔註3〕透過張岱的篇篇遊記小品，讀者不但與張岱同遊於山巔水湄之中，更對晚明的社會生活、人文風貌有了清楚深刻的瞭解。細讀張岱的《陶庵夢憶》、《西湖夢尋》，筆者更發現其筆法之精湛、內容之生動、題材之廣泛。從遊山玩水到品茶禮佛，當中更蘊含豐富的人文關懷，反映出社會文化的多元意涵，令人印象深刻。由於後人研究張岱者不少，專書及學位論文近二十本，單篇論文百餘篇：或從美學角度探討、或從張岱的生命性格探討、或從文本的內容探討，研究成果均極為可觀。但對其人文方面著墨較少，人文又是文學裡的重要內涵，是故筆者欲從「人文」的角度來探討張岱遊記中的人文關懷。強調對於遊記中人文精神與文化人格的闡發，故命題為「論張岱遊記中人文精神之體現」。

第二節　歷來研究成果之回顧與展望

　　張岱於中國文學史上的地位是公認晚明小品的集大成者，歷來關於張岱的研究成果，不論是張岱本人或是其作品，兩岸學者皆有不少研究成果：

一、對張岱本人研究

　　以張岱本人為研究對象，包括其身世、生平、交友、思想、成就及至文學作品……等方面的綜合討論。在專書方面有黃桂蘭著的《張岱生平及其文學》（臺北：文史哲出版社，1977年）、陳清輝的《張岱生平及其小品文研究》（高雄：國立高雄師範學院國文研究所碩士論文，1981年）、夏咸淳著的《明

〔註3〕張麗杰著：《論張岱《陶庵夢憶》的情感意蘊》（內蒙古：內蒙古師範大學碩士論文2004），中文摘要，頁1。

末奇才——張岱論》（上海：上海社會學院出版社，1989 年）及《張岱》（瀋陽：春風文藝出版社，1999 年）、胡益民著的《張岱評傳》（南京：南京大學出版社，2002 年）以及《張岱研究》（合肥：安徽教育出版社，2002 年）。其中大陸學者胡益民，在近年來的研究中，掌握不少第一手的珍貴資料〔註4〕，對張岱其人與作品探討十分深刻。

二、對張岱作品研究

　　張岱著作甚豐，遍及經史子集，可惜大多亡佚，從現存作品仍可看出張岱的著作成就甚高，學者研究對其持有高度評價。在張岱作品為主題的研究方面有：陳進泉的《晚明張岱《陶庵夢憶》戲劇資料之研究》（臺北：中國文化大學藝術研究所碩士論文，1984 年）、郭榮修的《張岱散文理論及其作品研究》（臺北：國立臺灣大學中文研究所碩士論文，1992 年）、蔡麗玲的《從晚明「世說體」著作的流行論張岱《快園道古》》（新竹：國立清華大學文學研究所中文組碩士論文，1992 年）、徐世珍的《張岱《夜航船》研究》（臺北：國立政治大學中文所碩士論文，2001 年）、蘇恆雅的《《陶庵夢憶》與《西湖夢尋》研究——以文學表現與遺民意識為主》（臺中：逢甲大學中文所碩士論文，2001 年）、郭秉融的《張岱及其散文研究》（臺北市立師範學院應用語言文學研究所碩士論文，2003 年）、張麗杰的《論張岱《陶庵夢憶》的情感意蘊》（內蒙古：內蒙古師範大學中國古代文學碩士論文，2004 年）等計有七本。

　　單篇論文散見於各大學報、期刊、雜誌之中，如劉崇義的〈試賞張岱的〈湖心亭看雪〉〉（《孔孟月刊》30 卷 5 期，1992 年 1 月，頁 45～47）、吳幅員的〈《石匱書後集》後記——略考明遺民張岱及其所著《石匱書》〉（《東方雜誌》10 卷 12 期，1977 年 6 月，頁 25～29）、陳三的〈萬簇千攢入眼來——談晚明小品聖手張岱〉（《暢流》12 卷 3 期，1959 年 9 月，頁 2～5）、許淑屏的〈清新灑脫的小品文——張岱作品的抽樣分析〉（《自立晚報》，1974 年 7 月 7 日，第 8 版）、黃桂蘭的〈張岱文學之評介〉（《東南學報》，第 2 期，1976 年 12 月，頁 61~71）、邵紅的〈遺民的心事——論《陶庵夢憶》一書的性質〉（《臺靜農先生八十壽慶論文集》，臺北：聯經出版事業公司 ，1981 年）、朱劍芒的〈《陶庵夢憶》考〉（《美化文學名著》，上海：上海書店，1982 年）、黃俊傑的〈張岱對古典儒學的解釋——以《四書遇》為中心〉（《明清之際中國文化的

〔註 4〕胡益民著：《張岱研究》（合肥：安徽教育出版社，2002），頁 3～6。

轉變與延續研討會論文集》（桃園：中央大學共同科主編，臺北：文史哲出版社，1991 年）……等。多為針對張岱單一論點、單一主題做細部的分析與研究。

三、從多重角度研究

　　另有從特殊角度探討，或試圖以不同的觀點，重新詮釋張岱的成就與價值：有陳麗明的《張岱散文美學之研究》（臺北：國立臺灣師範大學國文研究所碩士論文，1996 年）、蔣靜文的《論張岱小品文學：從生命模塑到形式意義的完成》（嘉義：國立中正大學中文研究所碩士論文，1997 年）、陳忠和的《從劉勰「六觀」論張岱小品文》、（高雄：國立高雄師範大學國文學系碩士論文，1999 年）、江佩怡的《張岱小品文由雅入俗研究》（臺北：臺北市立師範學院應用語言文學研究所碩士論文，2002 年）、馬桂珍的《名士與遺民雙重人格的展示——論張岱的散文》（山東：山東師範大學碩士論文，2002 年）、曾淑娟的《張岱小品中的旅遊休閒》（國立彰化師範大學 國文研究所碩士論文，2004 年）、陳秀梅的《論張岱散文的藝術特徵》（北京：中央民族大學中國古代文學碩士論文，2005 年）等。

　　關於張岱的研究，從早期對於張岱本人的生平研究、作品文本的分析、文學主張、修辭技巧，再到近年的各種多元角度的分析，如美學探討、「六觀」析論、雅俗演變至旅遊探索等，兩岸三地對於張岱的研究均有不少成果。根據大陸學者沈星怡統計，至 2005 年為止關於張岱的研究在大陸方面有研究專著五部，研究論文近百篇，另有《張岱年譜》三卷〔註5〕。而臺灣關於張岱研究，至 2007 年 5 月為止，根據筆者所見統計：研究專著一部、學位論文十二部、近十年的單篇論文約三十篇〔註6〕、單篇作品賞析近三十篇，其研究使讀者更瞭解了張岱其人與作品風貌。本論文《論張岱遊記中人文精神之體現》藉助前人豐碩的研究成果，站在巨人的肩膀向前邁進，嘗試探討、析論張岱在遊記文學中的豐富「人文內涵」及「人文關懷」，以深入開掘張岱遊記的特色——「人文精神」的光輝。

〔註 5〕沈星怡著：〈近十年張岱研究綜析〉，《蘇州大學學報（哲學社會科學版）》第 2 期（2005 年 3 月），頁 70。

〔註 6〕據國家圖書館「期刊文獻資料網」統計自 1998 年至 2007 年 5 月為止，張岱相關論文共 26 篇。最後上網時間 2007.5.5，網址：http://readopac3.ncl.edu.tw/ncl3/index.jsp

第三節　研究範疇與方向

　　本論文以張岱作品中的遊記篇章為主要題材，包括《陶庵夢憶》、《西湖夢尋》、《瑯嬛文集》均為研究論析的底本。張岱著作豐富，遍及經史子集，其中《陶庵夢憶》、《西湖夢尋》是記載張岱遊歷西湖一帶的所見所聞，時人祁豸佳於〈西湖夢尋序〉中指出：「張陶庵，筆具化工，其所記遊，有酈道元之博奧，……為西湖傳神寫照。」〔註7〕《西湖夢尋》記述西湖「追憶舊遊，以北路、西路、南路、中路、外景五門，分記其勝」〔註8〕依序介紹各西湖美景，條理分明；《陶庵夢憶》則是「遙思往事，憶即書之」〔註9〕，兩本小書都是記錄杭州各地的人文風俗與掌故，是回憶錄亦是遊記。作者是將自己親身遊歷西湖一帶時的山光水色、人文社會、風俗典故，作一全方面書寫，是筆者研究張岱遊記的主要文本。《陶庵夢憶》、《西湖夢尋》目前所見最早版本是《鳳嬉堂》鈔本，藏於中國大陸國家圖書館，筆者無緣未見，其二書坊間皆有諸多版本刊行，有「俞平伯點校本」、「美化文學叢刊本」……等。筆者以臺北漢京文化公司刊行由馬興榮先生點校的《陶庵夢憶》、《西湖夢尋》為主，再參照其他版本如「清咸豐二年（1852）南海伍氏刊本」等作參考。漢京版係將馬氏點校的《陶庵夢憶》、《西湖夢尋》合刊發行，馬氏點校本以《粵雅堂叢書》本《陶庵夢憶》、光緒本《西湖夢尋》為底本，並參校其他諸本，標點整理，合併出版。〔註10〕對張岱研究頗有心得，據見過《鳳嬉堂》鈔本的胡益民指出：「馬興榮氏點校本，校刊較精，堪稱佳本。」〔註11〕而本論文所提到相關人物甚多，在書寫過程中，凡知其生卒年者著錄之，而不少人之生卒年不詳者，為避免文句累贅雜廁，則略而不錄。

　　《瑯嬛文集》是張岱的詩文總集，包含各種體裁的創作，書信、序跋、記、銘、詩歌皆有之，是考證張岱生平、交友、作品、思想的第一手資料。《瑯嬛文集》有康熙《鳳嬉堂》刻本，而《鳳嬉堂》鈔本的《張子文秕》，不論是

〔註7〕　（明）張岱著、馬興榮點校：《西湖夢尋‧祁豸佳序》（臺北：漢京文化事業公司，2004），頁3。

〔註8〕　（明）張岱著、馬興榮點校：《西湖夢尋‧欽定四庫全書總目》，頁1。

〔註9〕　（明）張岱著、夏咸淳點校：《張岱詩文集‧夢憶序》（上海：上海古籍出版社，1991），頁110。

〔註10〕　（明）張岱著、馬興榮點校：《陶庵夢憶‧點校說明》，頁2。

〔註11〕　胡益民著：《張岱研究》，頁211。文中指出由上海古籍出版社1981年所發行的馬興榮點校本為佳本，馬氏點校本於臺灣由漢京文化事業公司出版。

在文體分卷上，還是內容皆與《瑯嬛文集》大致相同。〔註12〕但《瑯嬛文集》出版甚少，臺灣目前僅有民國四十五年臺北淡江書局刊行版本，據曾淑娟考證淡江版謬誤較多，因之曾淑娟引用的版本為上海古籍出版社出版，由夏咸淳點校的《張岱詩文集》來代替《瑯嬛文集》。〔註13〕是以筆者亦依曾氏之考證，亦引用《張岱詩文集》代替《瑯嬛文集》為研究底本。除《陶庵夢憶》、《西湖夢尋》與《瑯嬛文集》皆有專篇遊記作品外，筆者亦參考張岱其他現存作品如《石匱書》、《四書遇》、《古今義烈傳》……等用輔不足，以求通盤瞭解張岱的「人文精神」內涵與風貌。本論文從四個方向研究討論：

一、探討人文精神的內涵與中國遊記文學

　　人文精神是人文化成世界裡最重要的核心價值。人文精神是以人為本的價值永恆性，而山水遊記之中的各種人文風貌，即是人文精神的體現。中國人文精神的生發可推展至三千多年前的周代，在現存最早的文獻中，可由周朝的文學代表——《詩經》看出中國人文精神的生發及風貌：如〈碩鼠〉中表達出人們不平則鳴的態度，〈關雎〉中呈現人們對於情愛的企盼，〈黃鳥〉裡表現人們出對生命的珍惜……等，都是人文精神的呈現。而遊記文學在中國文學史上，佔有極大的份量。作家在遊歷山川都市之中，將其所見所聞透過自我主觀的抒發，寫下一篇篇動人的遊記文字。遊記不但記錄了各地美景，更呈現出作家的人文內涵。筆者欲先討論人文精神的生發，再討論中國遊記文學的發展，後自其遊記內容中析理出人文精神的風貌與特色。

二、全面瞭解張岱的時代背景與其家世、生平、性格特質

　　筆者首自晚明時代背景探究。晚明時代背景特殊：文藝復興促使西方文化傳入中國，社會經濟空前繁榮，宮廷政治鬥爭嚴重，宦官把權，士人地位低落，外族侵略頻繁，邊疆告急。在內憂外患的紛擾以及個人失意抑鬱不得志的情況下，許多晚明士人捨棄傳統中國讀書人救國救民的遠大抱負，紛紛走向遠政治而親近山水的「及時行樂」思想，以致遊記文學於晚明一代大興。張岱身處從晚明君主無能、政治黑暗、士人的頹廢靡爛，經歷國破家亡後復到了異族統治的康熙盛世，這樣的時代背景自然深深影響了他的一生。為瞭

〔註12〕胡益民著：《張岱評傳》（南京：南京大學出版社，2002），頁109。

〔註13〕曾淑娟著：《張岱小品中的旅遊休閒》（彰化：國立彰化師範大學國文研究所碩士論文，2004），頁5。

解這一階段歷史，筆者欲以「歷史研究法」即從外緣的研究——史料的分析中，瞭解晚明時代背景的特殊性。而張岱本身的家世背景、生平際遇及性格特質，也成就了張岱晚明小品的地位：張岱家族顯赫，祖父四代皆是進士舉人，曾祖張元汴（1538～1588）更是狀元及第，書香世家奠定張岱學問淵博的基石。從玩世不恭的紈絝子弟，到國破家亡而後隱居山林過著家徒四壁的清苦生活，其生平際遇豐富了張岱寫作的材料。特殊的性格特質：真性情——往有深情、愛交友——不分貧富賤、好嬉遊——古刹名勝訪，更使其遊記作品的境界大開，終成一代大家。

三、針對張岱遊記作品中的「人文精神」深入剖析

針對張岱的遊記作品，筆者以《陶庵夢憶》、《西湖夢尋》為主，並輔以《瑯嬛文集》及其他現存著作以釐清張岱之思想脈絡。遊記文學可由「人」、「事」、「景」三個面相分作討論。豐富的「人文」色彩與「自然」美景的結合，成就了動人遊記作品。筆者試以「綜合歸納分析法」深入剖析張岱的遊記作品，將所著的文本，從「人」、「事」、「景」多重角度詳細分析並加以探討。對「人」的深入描摹，人是人文精神的價值核心，張岱善寫人：王公貴族、名流仕紳、名妓伶人、市井百姓，不分貴賤都是其作品中的主人翁，作品中深刻描繪每個人的特色，凸顯出每個人的特殊性及價值性。對「事」的精彩敘述，事是人文化成下的產物，張岱善寫事：節日慶典、休閒遊賞、典故傳說、風花雪月、雅致生活等，其作品中呈現社會文化下的多元風貌及對生命的人文關懷。對「景」的生動刻畫——大塊景觀在他筆下容興煥發，令人神遊。張岱善寫景：園林景色、香市街景、古刹廟觀、名勝探訪等，透過其生動的筆法融情入景，使讀者彷彿置身其中。筆者蒐羅整理其遊記文本，冀望能將張岱作品中所呈現豐富的人文精神，作更深刻的分析闡發。

四、討論張岱遊記中的「人文精神」內涵特色與價值

深入研究張岱遊記，筆者發現其遊記，包括真情流露：自云「好駿馬，好華燈，好煙火，好梨園，好鼓吹，好古董」[註14]，書寫自己放蕩不羈的模樣，卻是最真實不做作的情感流露。反映社會：在作品中如真實地呈現晚明的盛況，有熱鬧非凡的城市街景，也有戰後民不聊生的慘狀，反映了人民的心聲，也反應了當代社會文化。人文關懷：多寫社會風貌，作品中由平常

〔註14〕　（明）張岱著、夏咸淳校注：《張岱詩文集・自為墓志銘》，頁294。

社會的各種描摩，展現了強烈的人文關懷。張岱交友甚廣，其所反映在作品中的人文關懷可說是全面性的：〈魯王〉一篇是帝王貴族的交際；〈世美堂燈〉、〈蟹會〉是敘述與名流仕紳的閒情雅致；〈西湖香市〉、〈揚州清明〉則寫百姓休閒與日常的生活風貌；〈二十四橋風月〉、〈揚州瘦馬〉是訴說下層人民的悲慘故事。不同層次的社會書寫展現出張岱風格的多元獨特性亦表現出其高超藝術風格：雅俗相容並見、內容修辭技巧精妙、文章佈局新穎奇詭、篇旨題意幽遠，並帶有「冰雪之氣」的文風。深究張岱遊記中的人文精神──反映社會，其作品可以說是真實社會實錄，張岱在作品中不自覺的帶入濃厚的人文關懷。綜觀其一生，優渥的生長環境、淵博的學問知識、遼闊的視野見識、高超的文學技巧，再加上濃烈的人文精神，終成就張岱為晚明小品之集大成者。

第二章　人文精神與中國遊記文學

第一節　人文精神

一、何謂「人文」

究觀「人文」一詞連用最早出現於《易傳》之中，《易‧賁卦‧彖辭》云：

賁，亨；柔來而文剛，故亨。分剛上而文柔，故小利有攸往。天文
也；文明以止，人文也。觀乎天文，以察時變；觀乎人文，以化成
天下。〔註1〕

《易經》是周代的一部占筮之書，也是中國最早探求宇宙智慧根源的書籍。
其成書年代古老，具體年代已不易考證，目前學界主張《易經》成書於西周
初年。〔註2〕《易經》至戰國時期已經深奧難懂，故有解釋《易經》的《易傳》
產生，《易傳》之成書年代則在戰國至秦漢時期左右，由成書體例辦定非一時
一人之作品。《易傳》「賁卦」的卦辭爲「離下艮上」。下卦爲離爲柔，上卦爲
艮爲剛，柔居剛下，俯順於剛，故曰「柔來」、「剛上」。「天文」即是自然界
中各種錯綜複雜的現象。「文明以止，人文也」，「人文」即是人的各種言行舉
止。「觀乎天文，以察時變；觀乎人文，以化成天下。」觀察自然界的各種現
象，得以知時節變化，便於生活中做出相應的調整；進而細察人類的各種美

〔註1〕　《周易注疏》卷三‧賁卦‧彖辭（臺北：藝文印書館影清嘉慶間阮元校刊本，
2001），頁62。

〔註2〕　從文字的生僻程度判斷，早於春秋時期，亦也有主張在西周末期。《易經》六
十四卦體例完整和諧不可分割，文字風格前後一致，當屬一氣呵成。而八卦
和六十四卦的畫法，極有可能是更早時期所流傳下來。

好的風尚和精神,得以教化天下人民,開展出人文化成的世界。由此可知最早「人文」與「天文」二者相對,關聯極深,兩者相合,結成一體。因此人與天不是絕對相離,而是相生相息,互動相成的。天人之間有共同的脈絡可循,也各有各依自己的規則運行,儒家從這個規律中領悟到「天行健,君子以自強不息」〔註3〕的道理;道家也領悟了「人法地,地法天,天法道,道法自然」〔註4〕的哲理。《易經》探索高深原理,含括天道、地道和人道。透過《易傳》的解釋得知古人相信天地萬物與人是相因相攝而成。彼此間,血脈相聯,相互通感。是故天象時令的變化有理可循,而人際脈動的來往應酬亦有其文理脈絡可以依循。人為萬物之靈,不但能洞悉天人關係,更可以深識物我之別。因此「人文」即是人的自覺,也因為人能自覺,可參贊天地之育化,與天地合生生之德,進而開展出「人文化成」的世界。

「人文」的開展其最重要的內涵即是「人文精神」。「人文精神」一詞源自人文主義(Humanism)。係指歐洲文藝復興時期(14〜16 世紀)文學上對於古希臘羅馬學術的復興。從探討古典著作本身的價值,復興古代文明的精神,進而發現對人類價值的高度肯定。西方學者加林(Eugenio Garin)在《意大利人文主義》一書中,歸納出人文主義六點特色:

(1)加強對人和自然科學的研究。
(2)頌揚人世幸福愛情和財富。
(3)重視歷史和古代文化遺產的研究。
(4)重視文學、語學和修辭學。
(5)主張探索自然規律、崇尚經驗知識。
(6)主張愛人和為祖國、社會作出貢獻。〔註5〕

意大利文化支配整個歐洲近兩個世紀,其文化思想影響歐洲甚鉅,文藝復興運動更開啓近代歐洲文明進步的重要里程碑。人文主義主張人之所以為人,是在思想與精神上的特質——即是在智慧、氣質和習性,不同於禽獸。文藝復興運動最重要的價值是——文化的傳承,是自古以來先人智慧的累積,強調人應該過著有文化內涵的生活。因此他們歸回古文明的光輝,透過文化的

〔註 3〕 《周易注疏》,卷一·乾卦,頁 11。
〔註 4〕 (漢)王弼撰,陳鼓應注釋:《老子注釋及評價》(北京:中華書局據華亭張氏刊王弼注本排印,1991),頁 163。
〔註 5〕 加林(Eugenio Garin)著,李玉成譯:《意大利人文主義》(北京:生活·讀書·新知三聯書店,1998),頁 24。

內涵，學會互相尊重、互相扶持，謀求人類全體的和諧與幸福。《大美百科全書》中指出：

> 今日的人文主義、人道主義、人本主義均尋求人在思想與精神上異於禽獸的理由，所訴求的終極領域是人類的理智，而非任何外在的權威，其目標是在有限存在中的最大之善，指任何以人類福利為本位的觀點或態度。〔註6〕

西方人文精神強調並肯定人的價值性，這一點與中國「人文」的內涵是共通的，兩者遙相呼應。透過肯定人的價值性，以人本有的光明美善之心，進而建構一個「人文化成」的世界。馬森亦曾為人文精神下過定義：

> 什麼是人文精神呢？簡單地說，就是以人本位為出發點的思考模式，舉凡宗教、哲學、文史、藝術等都是此一思考模式的結晶成果。
> 〔註7〕

人文精神是人文化成世界裡最重要的核心價值，而人文的重要意涵是以人為本位，強調人於萬物之中的特殊性。因此本論文的研究主題——人文精神，即綜合採據中西學者之界定：謂以光明美善之心，從事以「人」為本的各種文化活動，此由人類德行、智慧、文化的涵養陶育生成，進而顯現出人類文明的光輝，其中包含公平正義的追求、人倫秩序的體現、歷史文物及人物的緬懷、情愛幸福的期盼、生命價值的珍惜、遺民意識的傷感、悲天憫人的情懷、真摯情感的流露……等都是人文精神的展現。

二、中國人文精神之生發

（一）人文精神萌生之前

　　人文精神是以人為本位，強調人的價值之一種精神、一種態度。中國人文精神的發展是經歷了數千年漫長的時間才醞釀而成，是對於神權思想的反動而來。神權思想的發展，早在原始部落時代即產生，蠻荒時代人們處在原始生活中：大自然變化無常，不定時的狂風暴雨侵襲，而原野中豺狼虎豹等野獸肆虐，人們時常處於危險與不安之中。兼以民智未開的時期，人們對於各種未知及不安的事物產生恐懼，進而有敬畏的鬼神思想及祈求祖先的概念，也因此產生了「山神崇拜」，視獅虎為聖獸，祈求祖先保佑平安等「泛神

〔註6〕 光復書局大美百科全書編輯部編譯：《大美百科全書》第 14 輯。（臺北：光復書局，1991），頁 286。

〔註7〕 馬森著：〈人文精神的沒落〉，《聯合文學》第 151 期（1997 年 5 月），頁 23。

論」的信仰。原始部落的統治者藉由透過巫、覡等少數特定人物，形成與上天溝通的橋樑。由巫、覡透過自然現象傳達上天的訊息給人民，也藉由各種祭祀的活動，透過巫、覡以法術方式，將人民的虔誠聲音傳達天聽以得保佑。後來統治者利用這種「絕地天通」的方式及人們的恐懼上天的心理，進而藉神的代言人或天之子的地位來統治人民。

在西周以前，天和祖先的權威是絕對的，此一絕對的權威代表著公理與正義。人們受到委屈時會呼天搶地或是祭禮膜拜，即是因為天是公理和正義的化身，天本身是至高無上，而天也可以授予權力：如君權神授，天子於是擁有至高無上的權力可以統治國家百姓。天或天子既擁有絕對的權威，相對的個人就顯得相當渺小。當人們十分虔誠的敬仰天威、天理時，天卻無法真正的給予人們保障，初時人們會認為是自己的不夠虔誠，但十次、百次後人們即開始懷疑了天的公理和正義。當國家一再紛亂，人民一再受苦時，人民開始「自覺」、「探索」到上天的正義何在時，人文精神即開始萌芽。

（二）人文精神之生發

《詩經》流傳於西周之後的數百年，這是中國第一部詩歌總集，收錄自西周初年至春秋中葉的民間歌謠。是中國現存最早以文學形式留下了當時民間生活樣貌的記載，它充分反映出當代人的質樸及社會性。《詩經》中的最大特色是中國人文精神的出現，強調人的價值性。林慶彰指出：

> 就人的重要性來講，此觀念是在西周末期慢慢興起的，表現出什麼思想傾向呢？第一強調人的公平性及自主性，亦即人受到不公平待遇時，可能會發出抗議的呼聲，人應該是以己作為思考的基點，然後擴及身旁的人，再擴及其他人。其次，應該是可以自由發抒人的喜怒哀樂，可自由強調自己所要追求的理想，這樣的思想傾向，可說帶有濃厚的人文精神。〔註8〕

人文精神的觀念在西周末期慢慢興起，人們直到西周末期才有「天命靡常」的思想傾向，此被視為人文精神的萌芽。《詩經》的內容分為十五國風、大小雅及三頌，分別記載了周代不同時期的民間生活：一般學界的共識認為周頌是西周初年的作品，大雅是西周中葉至末期的作品，小雅是西周末年到東周初年間的作品，最晚是國風，是西周末年到東周中葉的作品，而商頌及魯頌

〔註8〕林慶彰著：〈《詩經》中的人文精神〉《錢穆先生紀念館館刊》第 5 期（1996年 12 月），頁 12～22。

與國風的時期差不多。〔註9〕是以《詩經》的篇章橫跨中國周代近五百年的歷史，其中周頌時期強調敬天的天命觀，大雅時期開始疑天，小雅時期則出現對天的懷疑、展開攻擊及人的自覺萌芽，到國風時期正式反應出人的價值性，故從《詩經》中可以看出中國人文精神的萌芽及發展過程。

　　周頌時代是西周初期，西周由周武王姬發（?～1043 B.C）建國。商紂暴虐無道，《史記》記載商紂王「好酒淫樂，嬖於婦人」〔註10〕，寵信妲己，建立酒池肉林；爲人凶殘成性，創立炮烙、蠆盆等多種酷刑；殺害忠臣義士，如其叔父比干；囚禁異己，如西伯侯姬昌（約109 9B.C～1050 B.C）被幽禁於羑里七年之久。周武王以「紂王無德」向天請命，並向商朝進軍，牧野之戰中周武王在距離朝歌七十里外的牧野擊敗商軍，紂王登上鹿臺，「蒙衣其珠玉，自燔於火而死」〔註11〕，商朝滅亡。周武王向天請命，建立周代，以神道設教敬天保民，歷經周公旦的制禮作樂，終有後來的成康之治及周代八百年的基石。西周初年政治清明，百姓安康「成康之際，天下安寧，刑錯四十餘年不用。」〔註12〕此時仍是神權思想瀰漫的時代。在周頌篇章中，可看見周代百姓虔誠敬天的天命觀：

> 敬之敬之！天維顯思，命不易哉！無曰高高在上，陟降厥士，日監在茲。維予小子，不聰敬止。日就月將，學有緝熙于光明。佛時仔肩，示我顯德〔註13〕
>
> 我將我享，維羊維牛，維天其右之。儀式刑文王之典，日靖四方。
>
> 伊嘏文王，既右饗之。我其夙夜，畏天之威，于時保之。〔註14〕

西周初年的人們強調對天要小心謹慎「敬之敬之！」人的是非對錯，天會察之。而周人對天的態度是十分畏懼的，「畏天之威」——人需要隨時省察自己的德行與否，不然天命會轉移，如同「紂王無德」一般，將不會得到天的庇

〔註9〕 屈萬里於《詩經釋義》（臺北：文化大學出版部，1993，頁6）中指出詩經的年代次序分別是「周頌」爲先，「大小雅」次之，「國風」與「商頌」「魯頌」並行，劉大杰《中國文學發展史》（臺北：華證書局，2001，頁36）亦同之。

〔註10〕 （漢）司馬遷著：《史記》卷三·殷本紀（臺北：七畧出版社影印清乾隆武英殿刊本，1991），頁64。

〔註11〕 （漢）司馬遷著：《史記》卷四·周本紀，頁73。

〔註12〕 （漢）司馬遷著：《史記》卷四·周本紀，頁77。

〔註13〕 《詩經注疏》卷十九之三·周頌·敬之（臺北：藝文印書館影清嘉慶間阮元校刊本，2001），頁740。

〔註14〕 《詩經注疏》卷十九之二·周頌·我將，頁717。

佑。而到了大雅時代人們則開始對天有了懷疑：

> 旻天疾威，天篤降喪。瘨我饑饉，民卒流亡，我居圉卒荒。
>
> 天降罪罟，蟊賊內訌。昏椓靡共，潰潰回遹，實靖夷我邦。〔註15〕
>
> 上帝板板，下民卒癉。出話不然，為猶不遠。
>
> 靡聖管管，不實於亶。猶之未遠，是用大諫。
>
> 天之方難，無然憲憲；天之方蹶，無然泄泄。
>
> 辭之輯矣，民之洽矣。辭之懌矣，民之莫矣。〔註16〕

西周中葉至末期，政治逐漸混亂，周厲王（？～828 B.C）在位時連年爭戰，民不聊生，而乾旱、洪水等天災不斷，更讓人民苦不堪言。人們開始懷疑為何「天降罪罟」於人民，以致人們生活艱苦：「瘨我饑饉，民卒流亡」；「上帝板板」、「天之方難」為何天如此乖戾反常降下災難於百姓。人們不禁要問天，開始懷疑上天的正義。到了小雅時代，人們的痛苦更因不滿而開始質疑「天」表現了更深一步的自覺：

> 弁彼鸒斯，歸飛提提。民莫不穀，我獨于罹。
>
> 何辜于天？我罪伊何？心之憂矣，云如之何！
>
> 踧踧周道，鞠為茂草。我心憂傷，惄焉如擣。
>
> 假寐永歎，維憂用老。心之憂矣，疢如疾首！〔註17〕
>
> 浩浩昊天，不駿其德。降喪饑饉，斬伐四國。
>
> 昊天疾威，弗慮弗圖。舍彼有罪，既伏其辜；若此無罪，淪胥以鋪。
>
> 〔註18〕

西元前781年，周幽王（？～771 B.C）繼位，是中國歷史上著名的暴君。幽王執政，朝政腐敗，激起國人怨恨；戰事不斷，伐六濟之戎屢戰屢敗；同時天災頻傳，周代內外交困。此外幽王更廢掉皇后申侯之女及太子宜臼（？～720 B.C），改立寵妃褒姒為后，其子伯服為太子。宜臼逃奔申國，申侯聯合繪國和西方的犬戎攻進鎬京，最後幽王於驪山被殺，西周亡。幽王死後，諸侯與申侯共同立廢太子宜臼為周平王，以奉周祀。由於鎬京受到嚴重破壞，周平王把京城遷到東面的雒邑，史稱東周。從西周末年一連串的天災戰亂不斷，

〔註15〕《詩經注疏》卷十八之五・大雅・召旻，頁 697。

〔註16〕《詩經注疏》卷十七之四・大雅・板，頁 632。

〔註17〕《詩經注疏》卷十二之三・小雅・小弁，頁 420。

〔註18〕《詩經注疏》卷十二之二・小雅・十月之交，頁 10。

到蠻族的掠奪，京城殘破不堪，終遭遷都的命運，期間百姓的生活艱苦，不斷出現對上天不滿及攻擊的言論，「何辜于天？我罪伊何？」面對這樣的災禍人們自云何罪之有？面對這樣的情況，心裡憂愁不知該如何向誰訴說：「心之憂矣，云如之何！」開始埋怨天「不駿其德」，「降喪饑饉」——降下飢荒讓人民受苦。於是飽受痛苦的黎民，抒發著不滿與怨恨，天威漸失，而人們漸漸不依附天，終出現了自省與自覺的聲音。

> 祈父，予王之爪牙。胡轉予于恤，靡所止居！
>
> 祈父，予王之爪士。胡轉予于恤，靡所底止！
>
> 祈父，亶不聰。胡轉予于恤，有母之尸饔！〔註19〕
>
> 黽勉從事，不敢告勞。無罪無辜，讒言囂囂。
>
> 下民之孽，匪降自天；噂沓背憎，職競由人。〔註20〕

小雅〈祈父〉中兵士怒於久役，指責長官徵調失常。「靡所止居」——長年處於戰場上讓作者無法好好過日，這種不平則鳴的聲音正是人文精神的重要內涵。而當人們發現許多事竟是「職競由人」，人為的成分大過於天，進而發現不平之事是某些人在操弄時，人們即逐漸走出神權思想的束縛，開始重視個人的價值了。

　　國風是西周末年到東周中葉的作品。東周後的春秋戰國時期，此一時期是中國政治、思想、經濟、文化等發展的重要里程碑。中國由巫、覡的宗教迷思，神權思想退潮，轉向以人文主體的局面。周天子及其諸侯政治權威逐漸受到動搖與衰落，學術思想被官府壟斷的局面也被打破，隨之而出的是學術下移、典籍文化走向民間，思想解放、百家爭鳴的局面。在春秋這個轉型期，儘管夏、商、周以來的傳統神鬼觀念仍在人們心中起著巨大的作用，但人文精神已經在人們心中迅速蔓延。林慶彰即指出：「國風一百六十篇中，百分之九十五以上的詩篇，都具有相當濃厚的人文精神。」〔註21〕

　　在國風中許多篇章彰顯出了許多人文精神的體驗與追求：正義公平的追求如〈衛風・碩鼠〉、〈王風・揚之水〉，愛情幸福的期盼如〈鄘風・柏舟〉、〈鄭風・將仲子〉，還有生命價值的珍視如〈邶風・擊鼓〉、〈秦風・黃鳥〉……等篇章，可以說都是人文精神的體現。這些人文思想對後來先秦諸子皆有著極

〔註19〕《詩經注疏》卷十一之一・小雅・祈父，頁377。

〔註20〕《詩經注疏》卷十二之二・小雅・十月之交，頁405。

〔註21〕林慶彰：〈《詩經》中的人文精神〉，《錢穆先生紀館館刊》，第 5 期（1996 年12 月），頁 19。

為重大的影響及啓發，尤其儒家更以此開展出仁政德治以及影響中國歷代甚鉅的道德主義。

（三）人文精神的轉化

自春秋戰國開始，思想家百家爭鳴，為拯救「周文疲弊」，各家無不各抒己見，但以「人」為主體思想並未改變。至漢初時黃老之術、陰陽五行盛行，神權思想復興，而董仲舒（179 B.C～104 B.C）等人著《春秋繁露》以陰陽思維、讖緯之術來統攝文化思維，乍看之下似乎是人文精神的怯退，實是一種轉化：

> 楚莊王以天不見災，地不見孽，則禱之於山川曰：「天其將亡予邪！
> 不說吾過，極吾罪也。」以此觀之，天災之應過而至也，異之顯明
> 可畏也，此乃天之所欲救也，春秋之所獨幸也，莊王所以禱而請也，
> 聖主賢君尚樂受忠臣之諫，而況受天譴也。〔註22〕

> 為人主者，法天之行，是故內深藏，所以為神；外博觀，所以為明
> 也；任群賢，所以為受成；乃不自勞於事，所以為尊也；汎愛群生，
> 不以喜怒賞罰，所以為仁也。〔註23〕

董仲舒以天象制官，要君王察天變而救之，是故說「聖主賢君尚樂受忠臣之諫，而況受天譴也」，董仲舒用災異變化勸君王重德輕刑，以行仁政德治。《春秋繁露》實際上保留了人文精神最重要的內涵——追求人的美善。透過不同的形式，以時人最能接受的樣貌保留人文精神的內涵於其中。至東漢末年佛教傳入，中國化的佛教大興於魏晉，亦是將人文精神以另一種方式呈現：如「禪宗」創始於南北朝前來中國的僧人菩提達摩。他在佛教「人皆可以成佛」的基礎上，進一步主張人皆有佛性，透過各自修行即可獲啓發而成佛。慧遠（334～416）則承襲這樣的精神，提出心性本淨，只要明心見性，即可頓悟成佛。強調成佛不必打坐，禮佛不必讀經，也不必出家，世俗活動照樣可以正常進行。禪宗認為，禪並非思想，也非哲學，而是一種超越思想與哲學的心靈世界。故不論是漢代的《春秋繁露》或是中國佛學皆是對於人美善的追求，雖然對人本思想的呈現不同，但以「人」為主體的精神是不變的。

〔註22〕（漢）董仲舒著：《春秋繁露義正校釋》卷八·必仁且知篇（臺北：河洛圖書
　　　　出版社據清宣統庚戌刊本排印，1964），頁 25～26。
〔註23〕同前註，卷六·必仁且知篇，頁 10～11。

第二節　中國遊記文學

「遊記文學」一詞出現甚晚，早期之遊記文學又稱爲紀遊文學。述介中國的紀遊文學，一般皆以魏晉六朝爲起點，其中首推謝靈運（385～433）的山水詩爲代表作。今日所見魏晉六朝的紀遊作品（包含山水詩及紀遊賦），不論就技巧、文藻，抑就內容、意境來論，皆臻上乘之作，成就甚高，其中酈道元的《水經注》更被譽爲遊記文學的重要里程碑。然而一種文學形成典型往往有一段長時間的醞釀，更何況是當時已經十分成熟的遊記文學類。從魏晉六朝向上溯源，可以發現早在六、七百年以前的戰國時期，因遭讒貶流放江河一帶的屈原憂思縈懷，有感而發，一路記錄下沿途的景色，復將其個人之生命情感結合山川風景，而留下了不朽的詞章：

> 江離與闢芷兮，紉秋蘭以爲佩。汨餘若將不及兮，恐年歲之不吾與。
>
> 朝搴阰之木蘭兮，夕攬洲之宿莽。日月忽其不淹兮，春與秋其代序。
>
> 惟草木之零落兮，恐美人之遲暮。不撫壯而棄穢兮，何不改乎此度？
>
> 乘騏驥以馳騁兮，來吾道夫先路！〔註24〕

劉勰（465～？）於《文心雕龍》中指出：「若乃山林皋壤，實文思之奧府，略語則闕，詳說則繁。然則屈平所以能洞鑑《風》、《騷》之情者，抑亦江山之助乎？」〔註25〕如是寄情山水，且行且述，〈離騷〉可以說是今日最早結合山水遊程，以抒發性情的文人作品。

一、遊記文學之界定與範疇

遊記在歷代中國文學作品中，佔據極大份量。但獨立爲一種文學體裁，以「遊記」二字連用的名稱出現卻是到近代才確立。清代以前遊記類作品多被歸納於「記」或「雜記」之中，如張岱著名的遊記作品《西湖夢尋》即被《四部刊要》歸納至「子部・小說類・雜錄」之屬。甚至《四庫全書》也將部分遊記作品歸爲「地理類・雜記之屬」，如宋范致明的《岳陽風土記》、宋孟元老的《東京夢華露》、宋耐得翁的《都城紀勝》……等。雖然早期紀遊作品散見各處而未能成爲單一文學體裁，但仍不影響中國文人對紀遊的喜愛。所謂「遊記文學」係指文人在各地方旅行中，將其所見所聞的事事物物或有

〔註24〕　（戰國）屈原著：〈離騷〉，（梁）蕭統編：《文選》卷三十二（臺北：藝文出版社影印清胡克家重刊宋淳熙本，1967），頁464。

〔註25〕　（南朝梁）劉勰著，趙仲邑譯注：《文心雕龍譯注》（臺北：雅貫出版社，1991），頁444。

感而發的情感，以文學的形式記錄下來。因此遊記文學與「旅行」有著極爲密切的關係，文人藉由遊歷的過程：或尋幽遊賞、或赴考訪友、或遷居任官、或貶官流放，除了山川風景、風光明媚的記載，也包含了各地人文風俗、史料及自我情感的抒發。對於「遊記文學」的界定，梅新林於《中國遊記文學史》中指出：

> 遊記作爲一種紀遊的文學作品，在內容上它至少應該包括三個因素：第一，所至，即作者遊程；第二，所見，包括作者耳聞目睹的山水景物，名勝古蹟，風土人情，歷史掌故，現實生活等；第三，所感，即作者觀感，由所見所聞而引發的所思所想。〔註26〕

余光中也認爲：

> 遊必有地，亦必以時。地有景色，時分先後，所以遊記不可能不寫景敘事。至於情，則因景與事而起，景在眼前，事經身歷，俯仰流連之際，自然而然已抒情過半，只須在緊要關頭，畫龍點睛，吐露胸中的感想，抒情便達到了高潮。……於議論，則可發可不發，發也不宜太長或太抽象。〔註27〕

由此可知遊記文學的內涵應包含：寫景、敘述與抒情，寫景是記載山水美景，記述則指所見所聞。此外，文人更是寄情山水，將其喜、怒、哀、樂的情感，透過山水一色而得以抒發。

　　承上所言，遊記文學早在先秦時代即可以見其雛形，經醞釀到魏晉六朝時期才得以大量開展。初期遊記之文體尚未明確確立，散見於各類文體之中，六朝以前的遊記作品以「賦、書、序、記」四類爲最大宗，如班彪（3～54）的〈北征賦〉、吳均（469～520）的〈與宋元思書〉、王羲之（303～361）的〈蘭亭集序〉和洪盛之的〈荊州記〉等都是著名的遊記文學作品，其中吳均的駢體抒情小品寫景清新自然，意境深幽，使人如臨其中，好事者紛紛效之，謂之「吳均體」。唐宋以後以「記」爲主體的遊記才大幅出現，如元結的〈第閣記〉、〈右溪記〉、〈廣宴亭記〉、柳宗元（773～819）的「永州八記」、歐陽修（1007～1172）的〈醉翁亭記〉、陸游（1125～1210）的《入蜀記》……等，都是膾炙人口的遊記作品。至於遊記文學的範疇歷來說法不一，有主張單純的散文體，亦有主張包含韻文於內。宋代時即有人彙編收羅當時所見的遊記

〔註26〕梅新林著：《中國遊記文學史》（上海：學林出版社，2004），頁2～3。
〔註27〕余光中著：《從徐霞客到梵谷》（臺北：九歌出版社，1994），頁27～28。

作品成書，名為《遊志》，可惜今已亡軼，不知其所收入作品為何。

　　至明代，陶宗儀所編撰的《遊志續編》中曾收錄陶淵明的〈桃花源記〉，陶氏認為記述遊歷幻想境界的作品也可包括在遊記中，故收錄之。同時代，何振卿所編輯的《古今遊名山記》十九卷中，將凡寫遊歷名山大澤、園林幽勝的文章，包含書信、辭賦、韻文、序跋、銘文等各類體裁都包括在內。何氏的「遊名山記」雖限制以遊山作品為範疇，但仍是以遊記文學內涵為主軸——寫景、敘述與抒情，故仍可以遊記文學視之。之後有王鳳洲將各類體裁的遊記作品廣為搜羅，擴充至四十六卷，內容十分龐大。清代吳秋士有感於「何振卿傷于叢雜」〔註28〕，故提出「賦頌詩歌，體裁各別，概置不錄」〔註29〕，並在所輯的《天下名山遊記》裡將王鳳洲於《古今遊名山記》裡所收錄的書信、辭賦、序跋、銘文等各類體裁的文章全部刪掉，如此吳秋士是大幅縮小遊記文學的範疇，只留下單純詠記山水名勝的散文體——記。

　　孟樊指出：「廣義而言，遊記除了散文（小品）以外，還應包括遊紀性質之山水詩。」〔註30〕因為山水詩的書寫也是作者遊歷各地時的作品，故主張遊記文學應包含詩詞類。《教育部重編國語辭典修訂本》的「遊記」一條指出：「一種記載遊覽參觀等見聞、經歷的文體。如西湖遊記、旅美遊記。」〔註31〕只說明遊記是一種文體，未指出包含那些體裁。而舊版的《辭海》、《辭源》都未收遊記的條目，至1979年版《辭海》則給遊記下了定義：

> 文學體裁之一，散文的一種。以輕快的筆調，生動的描寫，記述旅途中的見聞，某地的政治生活、社會生活、風土人情和山川景物、名勝古蹟等，並表達作者的思想感情。〔註32〕

其中清楚指出「文學體裁之一，散文的一種。」是明白將遊記文學的範疇限制至散文類的篇章。觀諸目前研究遊記文學的學者也多以散文為主，如梅新林編纂的《中國遊記文學史》即只收錄散文類篇章，紀遊詩歌並未涵攝其中。

〔註28〕（清）吳秋士編：《天下名山記鈔》。（山東：齊魯出版社據中國科學院圖書館藏清康熙34年汪立名刻本影印本，1996《四庫全書存目叢書》），凡例，頁1。

〔註29〕（清）吳秋士編：《天下名山記鈔》。（山東：齊魯出版社據中國科學院圖書館藏清康熙34年汪立名刻本影印本，1996《四庫全書存目叢書》），凡例，頁1。

〔註30〕孟樊著：《旅行文學讀本》，（臺北：揚智文化公司，2004）。頁12。

〔註31〕《教育部重編國語辭典修訂本》網路版（教育部國語編輯委員彙編纂）上網日期2007.3.9，網址：
http://www.sinica.edu.tw/ftms-bin/dict/dict.sh?cond=%B9C%B0&pieceLen=50&fld=1&cat=&ukey=-1800077303&serial=1&recNo=6&op=f&imgFont=1

〔註32〕辭海編輯委員會編：《辭海》（上海：上海辭書出版社，1979），頁2552。

另一方面也是避免材料太過龐大及雜亂，故筆者在本篇論張岱其遊記文學時也依從梅說——僅論散體，不含詩詞。

二、中國遊記文學之發展

（一）萌生期—先秦至六朝

　　山水紀遊的萌生，醞釀自先秦時期。戰國時期的屈原因被流放漢北而寫下《九章》、〈離騷〉等作品，作品中一面縱遊山林覽觀美景，一面抒發自我憂國憂民的情懷，並以「香草美人」自喻忠君愛國永不改變。其作品可謂開紀遊文學之先聲。屈原以後，宋玉是戰國後期楚國著名的辭賦作家，官至文學侍從卻遭人妒，後因失職而被貶至雲夢之田，從此便落魄終生。宋玉於而立之年，飄泊異鄉，生活艱辛，沿途看到景物有所感，寫下〈九辯〉以抒發自己「失職而志不平」〔註33〕的志向和身世。宋玉在貶官流放期間沿途季節入秋目睹萬物蕭條，遂將自我悲傷的情感渲染於秋天的蕭瑟之中：

> 悲哉秋之為氣也！蕭瑟兮草木搖落而變衰，憭慄兮若在遠行，登山臨水兮送將歸，泬寥兮天高而氣清，寂寥兮收潦而水清，憯悽增欷兮薄寒之中人，愴怳懭悢兮去故而就新，坎廩兮貧士失職而志不平，廓落兮羈旅而無友生。惆悵兮而私自憐。燕翩翩其辭歸兮，蟬寂漠而無聲。鴈廱廱而南遊兮，鶤雞啁哳而悲鳴。獨申旦而不寐兮，哀蟋蟀之宵征。時亹亹而過中兮，蹇淹留而無成。〔註34〕

期間弔秋傷己，句句凄厲，讀之令人鼻酸。其對於秋天的感傷刻畫，更被視為中國「傷秋」文學的元祖。另如〈高唐賦〉以民間傳說的高唐神女故事為依據，鋪陳雲夢高唐的景物「山勢嶙嶙，山勢淫淫」〔註35〕，其景色奇偉，堪稱文字優美之佳作。綜觀諸先秦時期的紀由作品以哲理散文與史傳散文為最大宗，純粹記載紀遊的篇章並不多見，但仍可從各家的作品中散見一些紀遊文字。

　　漢代的文學代表為賦，《漢書·藝文志》指出：「不歌而誦謂之賦。」〔註36〕

〔註33〕　（戰國）宋玉著：〈九辯〉，（梁）蕭統編：《文選》卷三十三，頁479。

〔註34〕　（戰國）宋玉著：〈九辯〉，（梁）蕭統編：《文選》卷三十三，頁479。

〔註35〕　（戰國）宋玉著：〈高唐賦〉，（梁）蕭統編：《文選》卷十九，頁270。

〔註36〕　（漢）班固著：《漢書》收錄於《文淵閣四庫全書》史部·正史類·前漢書（臺灣務印書館據國立故宮博物院藏本影印，1983年），卷三〇·藝文志第十·頁45。

賦是一種介於韻散之間的文體，漢人將屈原、宋玉的辭和荀卿（313～238）的賦統稱爲辭賦，並將屈原視爲辭賦之祖。賦繼承《楚辭》形式上的特點，講究文采、韻律和節奏，並融合戰國縱橫家鋪張的手法，內容上致力「體物」及「寫志」，透過摹寫事物來抒發情志。賦大盛於漢，成爲漢代的文學主流，其特色是內篇巨構，鋪采摛文，鮮少個人情感，內容則以歌功頌德爲主。紀遊主題雖不是漢賦的主要內容，但仍可在部分篇章中發現描寫景色文物的題材書寫，如張衡（78～139）的「兩京賦」仍對長安、洛陽一帶的地理環境、城市格局、風俗民情均有深刻的描寫。〈西京賦〉中即描寫西京一帶山川形勢之險：

> 左有崤函重險，桃林之塞。綴以二華，巨靈贔屭，高掌遠蹠，以流河曲，厥跡猶存。右有隴坻之隘，隔閡華戎，岐梁汧雍，陳寶鳴雞在焉。〔註37〕

除了山光美色的書寫，篇章中又敘述漢代各種戲曲、雜技特藝、民俗藝能和遊樂活動等各種人文風貌：

> 攢珍寶之玩好，紛瑰麗以奢靡。臨迥望之廣場，程腳骶之妙戲。烏獲扛鼎，都盧尋橦。衝狹鷟濯，臀突銛鋒。跳丸劍之揮霍，走索上而相逢。華嶽峨峨，岡巒參差，神木靈草，朱實離離。總會僊倡，戲豹舞羆，白虎鼓瑟，蒼龍吹篪。……〔註38〕

〈西京賦〉對當時各種民間雜技的紀錄，彷彿成爲一幅漢代的社會風俗畫。漢賦後期從大賦演變至小賦，歌功頌德的宮廷文學不再是主流，出現了更多以抒情、哲理爲主體的篇章，其中以紀遊爲主題的「紀行賦」也開始浮現。紀行賦的特色是記述與經歷之地有關的人文掌故，及摹寫經歷之地的山水景觀。早在漢初賈誼（200B.C～168B.C）所作的〈弔屈原賦〉可謂紀行賦的先聲。賈誼於西元前 177 年從京城貶至長沙王太傅，心情悲觀失望，在渡湘江時作了〈弔屈原賦〉：

> 恭承嘉惠兮，俟罪長沙；側聞屈原兮，自沈汨羅。造託湘流兮，敬吊先生；遭世罔極兮，乃殞厥身。嗚呼哀哉！逢時不祥。鸞鳳伏竄兮，鴟梟翱翔。闒茸尊顯兮，讒諛得志；賢聖逆曳兮，方正倒植。
>
> 〔註39〕

〔註37〕（漢）張衡著：〈西京賦〉，（梁）蕭統編：《文選》卷二，頁37。
〔註38〕（漢）張衡著：〈西京賦〉，（梁）蕭統編：《文選》卷二，頁37。
〔註39〕（戰國）宋玉著：〈弔屈原賦〉，（梁）蕭統編：《文選》卷六〇，頁848。

內容主要為抒發賈誼個人情感而非紀行，但在旅途中憑弔前賢，抒發感慨，
對後來紀行賦形成產生重要影響。西漢末的劉歆作〈遂初賦〉已初具紀行賦
規模，賦中以行跡為線索並增加懷古諷今：

> 得元武之嘉兆，守五原之烽燧，馳太行之巖防，入天井之喬關，望
> 亭隧之嶔嶔，飛旗幟之翩翩。廻百里之無家，路修遠之縣縣，勒障
> 塞而固守，奮武靈之精誠。攄趙奢之策慮，威謀完乎金城。〔註40〕

東漢時紀遊賦大量出現，班彪（3～54）的〈北征賦〉、班昭（？～116）的〈東
征賦〉、及蔡邕的〈述行賦〉（132～192）等作品都是傑出的紀行賦，如班彪
的〈北征賦〉：

> 紛吾去此舊都兮，騑遲遲以歷茲，遂舒節以遠逝兮，指安定以為期。
>
> 飛雲霧之杳杳，涉積雪之皚皚，遊子悲其故鄉兮，心愴悢以傷懷。
>
> 攬余涕以於邑兮，哀生民之多故，諒時運之所為兮，永伊鬱其誰訴。
>
> 〔註41〕

將紀行、寫景、抒情的藝術結合，篇章中情景交融，圓融而自然，讀起來令
人動容。從眾多的紀行賦篇章可知，遊記文學的發展至東漢末年已經逐漸開
展。

　　魏晉南北朝是中國紛亂的時期，長達三、四百年的過程，僅僅只有西晉
五十年的短暫統一。這一時期中國長期處於分裂的情況，期間君主昏庸、政
治黑暗、國家腐敗、戰事連年、天災不斷，社會經濟蕭條民不聊生。政治上
的高壓統治及迫害促使儒家入世思潮退卻，為保全性命老莊的出世思想蔚為
風尚。雖然國政敗壞、民生疾苦，但受到思想解放及民族融合的多元影響，
文藝上的成就卻大放異彩：謝靈運是山水詩之宗、陶淵明為田園詩派之祖，
顧愷之（約 344～405）的畫作，王羲之（303～361）的書法，在歷史上都具
有極高藝術價值。魏晉南北朝可以說是春秋戰國時期以來的第二次思想解
放，受到士人「遠政治，親山水」的影響，遊記文學的作品在此時大量湧現。
紀行賦是此時最大宗的遊記代表，東漢末至魏初，王粲（177～217）、曹植（192
～232）和崔琰等人都是紀行賦的著名寫手。其中王粲的〈七哀詩〉：「出門無
所見，白骨蔽平原。路有飢婦人，抱子棄草間。……南登灞陵岸，回首望長

〔註40〕（漢）劉歆著：〈遂初賦〉，收錄於《文淵閣四庫全書》（臺北：臺灣商務印書
　　　館據國立故宮博物院藏本影印，1983 年），子部・類書類・淵鑑類函・卷三〇
　　　六・人部六十五・旅行五・原賦・頁33。
〔註41〕（漢）班彪著：〈北征賦〉，（梁）蕭統編：《文選》卷九，頁146。

安，悟彼林下泉，喟然心碎肝。」〔註42〕更把親身經歷在亂世的所見所聞，且行且感融入於作品之中，留下最真實的歷史記錄，呈現最動容的人文情懷。降至兩晉，紀行的創作出現高潮，賦家眾多，百家爭鳴。潘岳（247～300）的〈登虎牢山賦〉、張載的〈敘行賦〉、陸機（261～303）〈行思賦〉、庾闡的〈涉江賦〉都是十分出色的紀行賦類型的遊記文學。其中潘岳的〈西征賦〉被譽為漢魏六朝紀行賦的最高成就代表作：

> 眺華嶽之陰崖，覘高掌之遺蹤，倦狹路之迫隘，軌崎嶇以低仰。蹈秦郊而始闢，豁爽塏以宏壯，黃壤千里，沃野彌望，華實芬敷，桑麻條暢。邪界褒斜，右濱汧隴，寶雞前鳴，甘泉後湧，面終南而背雲陽，跨平原而連嶓。冢九峻巇，太一龍嵸，吐清風之颰戾，納歸雲之鬱蓊。……異哉！秦始皇之為君也，傾天下以厚葬，自開闢而未聞，匠人勞而弗圖，俾生埋以報勤。外罹西楚之禍，內受牧豎之焚，……籍含怒於鴻門，沛踟躕而來王，范謀害而未許，陰授劍以約莊，攦白刃以萬舞，危冬葉之待霜。爾乃階長樂，登未央，汎太液，凌建章，縈馺娑而欸駘蕩，轢枍詣而轔承光。徘徊桂宮，惆悵柏梁，驚雉鷕於臺陛，狐兔窟於殿傍。何黍苗之離離，而予思之茫茫。〔註43〕

篇章中善用成語典故，融會史事，修辭技巧絕妙，動人的內容，呈現極高的文學價值。鮑照（414～466）的〈遊思賦〉、沈約（441～513）的〈憩途賦〉、江淹（444～505）的〈去故鄉賦〉、謝朓（646～499）的〈臨楚江賦〉、張纘的〈南征賦〉等都是紀遊的佳作。

　　魏晉南北朝的遊記作品，除大量於紀行賦中出現外，也在書、序、記等文體篇章中出現。曹丕（187～226）的兩封〈與吳質書〉裡，回憶昔日同遊之美好，並記有昨是今非之感。之後應璩（190～252）的〈與從弟君苗君胄書〉裡更是大幅描寫紀遊景色。

> 間者北遊，喜歡無量。登芒濟河，曠若發矇。風伯掃途，雨師灑道，按轡清路，周望山野，亦既至止，酌彼春酒。接武芳茨，涼過大夏；扶寸餚脩，味踰方丈。逍遙陂塘之上，吟詠菀柳之下，結春芳以崇佩，折若華以翳日，弋下高雲之鳥，餌出深淵之魚，蒲且讚善，便

〔註42〕（漢）王粲著：〈七哀詩〉，（梁）蕭統編：《文選》卷二十三），頁336。
〔註43〕（晉）潘岳著：〈西征賦〉，（梁）蕭統編：《文選》卷十，頁150。

嬛稱妙，何其樂哉！……〔註44〕

篇章的前半部盡是山明水媚的描寫。晉朝以後，在書信之中描寫山光水色、紀遊經歷的篇章益增。清人劉師培（1884～1919）在《耀采篇・第四》中云：「趙至入關之作，鮑照大雷之篇，叔庠擢秀於桐廬，士龍吐奇於鄮縣，遊記之正宗也。」〔註45〕劉師培認為晉趙至的〈與嵇茂齊書〉、宋鮑照的〈登大雷岸與妹書〉、梁吳均（469～520）的〈與宋元思書〉、晉陸雲（262～303）的《與車茂安書》等，都是遊記文學的正宗，可見以書為體裁的遊記作品在此時期已廣被運用。至於「序」通常是指放在正文前，概評述作品內容，劉勰《文心雕龍・詮賦》說：「序以建言，首引情本。」〔註46〕而遊宴詩賦之風也帶動紀遊文學的風潮，魏晉文人在遊山玩水之際，作賦寫詩唱和之餘，也用以散文的形式敘述當時遊覽的地點、人物、風景、經過等，作為書籍、詩集的序言，因而成為了以序為體材的遊記文學作品。如西晉石崇（249～300）的〈金谷詩序〉、東晉王羲之（303～361）的〈蘭亭集序〉、慧遠（334～416）的〈廬山諸道人遊石門詩序〉、陶淵明的〈遊斜川詩序〉、宋顏延年（384～456）的〈三月三日曲水詩序〉、梁蕭子良（460～494）的〈行宅詩序〉……等都是膾炙人口的遊記篇章。六朝後以「記」為體裁，致力於紀遊之事，不再是書信及序文的附庸，從此遊記蔚為書寫的主體，更奠定日後以記為主體發展的遊記文學。晉袁崧（？～401）的《宜都山川記》、羅含的《湘中記》、劉宋盛弘之的《荊州記》、孔曄的《會稽記》、魏酈道元（466～527）的《水經注》、楊衒之的《洛陽伽藍記》、法顯（約342～423）的《佛國記》……等都是俱享盛名遊記大作，其中酈道元的《水經注》是中國遊記文學的重要里程碑，影響後世甚巨。梅新林指出：

> 酈道元《水經注》具有經典性的意義。就創作主旨與科學精神而言，它是一部地志著作；就創作歷程與情感表現而言，它是一部地志遊記；就創作手法與藝術成就而言，它則是一部文學遊記。可以說，

〔註44〕（魏）應璩著：〈與從弟君苗君胄書〉，（梁）蕭統編：《文選》卷四十二），頁610。

〔註45〕（清）劉師培著：《文說・耀采篇》。轉引自梅新林著：《中國遊記文學史》（上海：學林出版社，2004），頁43。

〔註46〕（南朝）劉勰著：《文心雕龍》，收錄於《文淵閣四庫全書》（臺北：臺灣商務印書館據國立故宮博物院藏本影印，1983年），集部・詩文評類・文心雕龍・卷2・詮賦第八・頁7。

> 在文本的邏輯層次上《水經注》完成了兩個意義深遠的重大轉化，
> 第一個即由地志著作向地志遊記的轉化，第二個即由地志遊記向文
> 學遊記的轉化。〔註47〕

《水經注》是魏晉南北朝的方志集大成之作，透過酈道元精湛的筆法，大大提高其文學內涵。不但以科學精神紮實紀錄各河川之實錄，更記載許多當地風俗民情、傳說典故，具有豐富的史料價值。而後唐代柳宗元受其影響寫下不朽的「永州八記」，明代徐宏祖（1587～1641）的《徐霞客遊記》更是直承其科學的精神與文學的筆法而來，是而《水經注》實寫下遊記文學重要的一頁。

（二）開展期—唐宋

唐代不但武功強盛，多元的文化交流促使唐代的文藝成就達到前所未有的興盛；宋代以來重文輕武，十分重視文人地位，連帶帶動宋代的文藝成就與唐代一氣呵成。其中遊記文學一方面承襲前一時期的基礎，迅速開展；一方面又受到唐宋古文運動的推波助瀾，加速遊記文學的成熟化。初唐的遊記文學承魏晉遺風，仍保留不少以是由賦、書、序、記為文體的作品。初唐四傑裡，王勃（650～676）有〈遊冀州韓家園序〉、〈遊山廟序〉、〈入蜀紀行詩序〉、〈梓橦南江泛舟序〉，楊炯（650～692）有〈晦日藥園詩序〉，駱賓王（640～684）有〈秋日於益州李長史宅宴序〉、〈初秋登王司馬樓宴序〉等篇章。此外，如宋之問（約 656～712）也有〈上巳泛舟昆明池宴宗主簿席序〉等著名紀遊之作。其中王勃〈滕王閣序〉一句「落霞與孤鶩齊飛，秋水共長天一色」〔註48〕更成為描景文字之中的千古絕唱。盛唐時期有玄奘（602～664）的《大唐西域記》承襲前期法顯的《佛國記》冒險精神而來，記載了西方取經歷十九年五萬餘里的過程，除了其危險犯難的遭遇外，也記錄所歷一百三十八個國家，並詳注其地理位置、風土物產、民俗人情、氣候植被、語言文字、宗教信仰及居住建築……等，實為一部偉大的冒險遊記鉅著。唐代自元結（719～772）而出，標榜才子士人的個人風格，展開了獨有的詩化風格的遊記。元結是中唐詩文改革的先驅，也是古文運動前期致力遊記創作的作家。其任道州刺史期間作了〈寒亭記〉、〈右溪記〉、〈殊亭記〉、〈水采說〉……等遊記作

〔註47〕梅新林著：《中國遊記文學史》（上海：學林出版社，2004），頁59。

〔註48〕（唐）王勃著：〈秋日登洪府滕王閣餞別序〉，收錄於《文淵閣四庫全書》（臺北：臺灣商務印書館據國立故宮博物院藏本影印，1983 年），集部・總集類・文苑英華・卷七一八・頁 26。

品。力圖擺脫駢體文的束縛，有意識的使用樸實的散文來敘寫紀遊美景，並融入抒情與議論於其中，形成特殊的美感，開創遊記文學新格局。降至柳宗元，永州八記成爲遊記文學的經典代表作。柳宗元因政治因素被貶至當時幾乎荒涼未開發的永州，於是藉遊山玩水來消解心中的憂愁，依托山水，寫下〈始得西山宴遊記〉、〈鈷鉧潭記〉、〈鈷鉧潭西小丘記〉、〈至小丘西小石潭記〉、〈袁家渴記〉、〈石渠記〉、〈石澗記〉、〈小石城山記〉等八篇文章。其篇章分開來每一篇各有其意境與特色，串組在一起，又彷彿一幅優美有情的卷軸山水畫。柳宗元山水遊記的特色，承襲了《水經注》山水遊記筆法細緻精工的傳統，但又在筆觸中抒發了個人的際遇和感懷，呈現了「情景交融」的境界。

宋代遊記文學承襲唐代的遊記散文，推向了高峰。由於古文運動的影響，而宋代理學家也致力以散文著書，古文成爲宋代的文學主流。受到宋明理學風氣的影響，宋代的遊記文學有著「哲人遊記」的傾向，宋代文人同時兼以哲理的思辨，關注自然，審視人生，在山光水色間尋得理趣。蘇軾（1037～1107）的前後〈赤壁賦〉藉遊歷赤壁時，感物起興抒發懷才不遇的情感，並融合老莊無爲的哲理思想，於遊歷之中得到慰藉：

> 蘇子曰：「客亦知夫水與月乎？逝者如斯，而未嘗往也；盈虛者如彼，而卒莫消長也。蓋將自其變者而觀之，而天地曾不能一瞬；自其不變者而觀之，則物于我皆無盡也。而又何羨乎？且夫天地之間，物各有主。苟非吾之所有，雖一毫而莫取。惟江上之清風，與山間之明月，耳得之而爲聲，目遇之而成色。取之無禁，用之不竭。是造物者之無盡藏也，而吾與子之所共適。」客喜而笑，洗盞更酌，餚核既盡，杯盤狼藉。相與枕藉乎舟中，不知東方之既白。〔註49〕

內容描寫生動活潑「相與枕藉乎舟中，不知東方之既白」；景色細緻刻畫「惟江上之清風，與山間之明月，耳得之而爲聲，目遇之而成色。」；聲音臨摹深刻「其聲嗚嗚然：如怨如慕，如泣如訴」；兼之老莊哲學的思辯「自其不變者而觀之，則物于我皆無盡也。而又何羨乎？」，將自我心靈與道家哲思融入於其中，遊記文學至此，開展到另一個新的境界。宋代遊記作品數量十分龐大，清人吳楚才編的《古文觀止》宋文卷中，遊記文學類作品在就佔了近三分之一強。如范仲淹（989～1052）的〈岳陽樓記〉、蘇軾的〈記承天寺夜遊〉、曾鞏（1019～1082）的〈遊褒蟬山記〉……等，篇篇都是著名的遊記作品，其

〔註49〕（宋）蘇軾著：〈赤壁賦〉（上海：上海古籍出版社影印《文淵閣四庫全書》本，1994《宋文鑑》），卷五，頁8。

質量極高可見遊記文學在宋代的發展極爲蓬勃。

（三）興盛期—晚明

宋代以後，蒙古統治中國並建立大元帝國，元朝版圖擴及歐亞大陸，建立了世界最大的帝國。受到游牧民族特性影響，蒙古人崇拜勇士，尚武輕文並行階級制度，有所謂「八娼、九儒、十丐」的階級次序。是故元朝的士人地位十分卑賤，只比乞丐好一些，和娼妓的地位差不多。在歧視文人的情況下，此時期的雅文學發展呈現停滯甚至退卻的狀態，反倒是流行於民間的通俗文學，受到士人階級的大量投入而蓬勃發展。直到明太祖朱元璋（1328～1398）建立明帝國後，推行程朱思想，士人的地位才重獲得提升。遊記文學的發展，在宋代之後停滯了一段時間。考究其因，一方面是因爲遊記文學在唐宋已發展到一個高峰；其次是元朝階級歧視下影響文學發展停滯；再次是明代中期以前擬古風氣盛行。由於明代建國後立朱學爲官學，程朱思想重視道德仁義，講求爲國爲民的入世精神，是故以抒發個人情感而邀遊各地的遊記篇章未被重視。遊記文學直到晚明才又出現盛況空前的情況，考其因一方面由於明代後期政治面黑暗，許多士人對經世濟民、政治的改革熱情消磨殆盡，轉而遠政治寄情山水；另一方面，社會經濟面空前繁榮，人文思潮進入自秦漢以來第三度大幅度解放，兼以明人好旅遊的風潮促使遊記文學發達；而最重要一點是遊記文學在此時找到了一個可以盡情發揮的體裁——小品文。

「小品」一詞最早來自佛家典籍。《世說新語・文學第四》中有一篇〈殷中軍讀小品〉，劉孝標注：「釋者辨空經有詳者焉，有略者焉。詳者爲大品，略者爲小品。」〔註50〕最初是因爲佛家典籍分類時，將其簡略短巧的篇章歸類爲小品。早期小品只是佛家典籍歸納的名詞，後取其輕薄短小，文字精簡，清麗流暢，言簡意賅的特性，漸與散文中，篇幅短小的文章作品結合，成爲小篇幅散文的代名詞。經過唐宋元的發展，逐成爲散文中的旁支，至明代時則正式視爲散文的流派之一。由於明代前期文人擬古風氣盛行，以李孟陽（1472～1529）、何景明（1483～1521）爲代表的前後七子強調「文必秦漢、詩必盛唐」的模擬爲創作文學的途徑，以致明代的詩文突破不了前人的成就而僵化。明代後期的文人有感於擬古風氣過盛，文學僵化而提出反動，提出

〔註50〕　（南朝宋）劉義慶著：《世說新語》，收錄於《文淵閣四庫全書》（臺北：臺灣商務印書館據國立故宮博物院藏本影印，1983 年），子部・類書類・山唐肆考・卷二百三十三・頁 15。

一代有一代文學的文學進化論點，主張真正的文學是個人內心的抒發，獨抒性靈，不拘格套。透過公安派、竟陵派的大力發揚，小品文迅速成為晚明文學代表。小品文大部份以遊記、尺牘、序跋、日記這四種為題材，遊記文學本是在邀遊時，寫物抒情的文體，可長可短，沒有嚴格限制，但晚明的遊記呈現小品化，代表了一種新的文學創作思潮。由於受到性靈說的影響，晚明士人「獨抒性靈，不拘格套」的精神亦表現在個人自我的思維：追求心靈的解放，不受繁雜的道學羈絆；表現在文學上不再是長篇大道理，而是心中有感而發，小而美的話語。

晚明小品的特色是「墨希而旨永，幅短而神遙」。遊記小品的體裁形式遂成為作者抒發性靈的最佳載體，於是兩者一拍即合，遊記小品盛況空前，成為晚明小品的最大宗作品。公安三袁裡的袁宏道有〈虎丘〉、〈遊盤山記〉、〈滿井遊記〉、〈晚遊六橋待月記〉，袁宗道（1560～1600）有〈岳陽記行〉、〈極樂寺記遊〉、〈西山五記〉，袁中道有〈遊西山十記〉、〈楮亭記〉、〈爽籟亭記〉、〈清蔭臺記〉；而竟陵派的鍾惺有〈浣花溪記〉、〈修覺山記〉，譚元春有〈初遊烏龍潭記〉、〈繁川莊記〉；另外還有劉侗的《帝京景物略》，張岱的《陶庵夢憶》、《西湖夢尋》，陸樹聲的〈苦竹記〉、〈遊韋莊記〉，虞淳熙（1553～1621）的〈慧日峰記〉，曹學佺（1567～1624）的〈春風樓記〉、〈遊武夷山記〉，黃汝亨（1558～1626）的〈岑山遊記〉、〈浮梅檻小記〉、〈遊玉山小記〉及〈遊焦山小記〉……等等，遊記小品盛況空前。除遊記小品外，徐宏祖（1587～1641）的鉅著《徐霞客遊記》也為晚明的遊記文學增添一筆光彩。徐宏祖好遊成癖，一生旅行不斷，縱遊南北，跋山涉水，足跡遍歷北京、河北、雲南、貴州……等十六省份，所到之處，尋幽訪勝。更難得的是他腳踏實地，親自記錄觀察各種現象、人文、地理、動植物……等狀況。《徐霞客遊記》不但提供珍貴史料，更具備科學與文學價值，一開晚明興盛的遊記文學全新的里程碑。

（四）多元期—民國

晚明時期的遊記盛況空前，對後代遊記文學深具影響，承襲之前的發展盛況，現今遊記文學則以多元的面貌發展。今日的文藝發展受到東西方的交流影響，呈現多元風貌且極度繁榮的景象。歷經五四文學運動後，白話文成為今日書寫的主流，而遊記文學歷經數千年的演變，至今已成為文學作品的重要一環，廣受讀者歡迎，在暢銷書榜中遊記類作品始終聲勢不墜。復以今日社會繁榮發展多元，遊記文學的面貌多元：

1. 旅外遊記

旅居國外，時常感受到異國的萬種風情及對家鄉的思念。此遊記多書寫於國外留學的學子或遷居海外的僑民，將海外的景色，人文風光化爲動人的文字，如徐志摩（1897～1931）的〈我所知道的康橋〉寫其在英國劍橋大學留學的情景。

> 我常常在夕陽西曬時騎了車迎著天邊扁大的日頭直追。日頭是追不到的，有沒有夸父的荒誕，但晚景的溫存卻被我這樣偷嘗了不少。……有一次是正衝著一條寬廣的大道，過來一大群羊，放草歸來的，偌大的太陽在它們後背放射著萬縷的金輝。天上卻是烏青青的，只賸這不可逼視的威光中的一條大路，一群生物！我心頭頓時感著神異性的壓迫，我眞的跪下了，對著這冉冉漸翳的金光。再有一次是更不可忘的奇景，那是臨著一大片望不到頭的草原，滿開著豔紅的罌粟，在青草裏亭亭的像是萬盞的金燈，陽光從褐色雲裏斜著過來。幻成一種異樣的紫色，透明似的不可逼視，霎那間在我迷眩了的視覺中，這草田變成了……不說也罷，說來你們也是不信的！

〔註51〕

除了體驗劍橋古老而淵博的學術氣息外，徐志摩也將在劍橋所見的美景書寫而下，透過他的描述「臨著一大片望不到頭的草原，滿開著豔紅的罌粟，在青草裏亭亭的像是萬盞的金燈，陽光從褐色雲裏斜著過來。」讀者似乎也同他一起站在劍橋的草原上傾看夕陽光輝；《翡冷翠山居閒話》則是徐志摩陪同印度詩人泰戈爾（1861～1941）到意大利旅遊時的記趣；巴金（1904～2005）的《海行雜記》是旅居法國時所見所聞有感而發的抒寫；郭沫若（1892～1978）旅日留學時寫下《今津遊記》，紀錄遊歷日本今津的感想。透過旅外作家的書寫，除了體會遊子身處異鄉心靈的探索，讀者更能一窺各國的不同風采，彷彿置身其中。

2. 人文遊記

承襲傳統中國經世致用的觀點，以國家、社會、民生爲出發點，篇章裡帶有濃厚的人文關懷。如沈從文（1902～1988）的《湘行散記》描繪湘西一帶的鄉土風光及風土人情：

〔註51〕徐志摩著：〈我所知道的康橋〉，《徐志摩全集（三）‧巴黎的鱗爪》（臺北：傳記文學出版社，1969），頁 260～261。

一切光，一切聲音，到這時節已爲黑夜所撫慰而安靜了，只有水面
上那一分紅光與那一派聲音。那種聲音與光明，正爲著水中的魚和
水面的漁人生存的搏戰，已在這河面上存在了若干年，且將在接連
而來的每個夜晚依然繼續存在。我弄明白了，回到艙中以後，依然
默聽著那個單調的聲音。我所看到的仿佛是一種原始人與自然戰爭
的情景。那聲音，那火光，都近於原始人類的戰爭，把我帶回到四
五千年那個「過去」時間裏去。

不知在什麼時候開始落了很大的雪，聽船上人細語著，我心想，第
二天我一定可以看到鄰船上那個人上船時節，在岸邊雪地上留下那
一行足跡。那寂寞的足跡，事實上我卻不曾見到，因爲第二天到我
醒來時，小船已離開那個泊船處很遠了。〔註52〕

以平淡的口吻細述著鄉間的情懷，其內容中帶著豐沛歷史情感、文化內涵並
以溫柔敦厚的口吻對社會做了批判，反映現代文明中的心靈衝突，其對「人
性」、「歷史」的價值取向，不止是對自己身份的一次重新確認，也爲社會國
家的關懷盡一份力量。另是藝術家也是文學家的豐子愷（1898～1975），在《桂
林的山》及《西湖船》作品裡，豐子愷以藝術家赤子之心及敏銳的觀察力，
觀照山光水色，人情世態，文章中以敦厚樸實的筆桿寫下蘊含豐富深摯的人
生情味。人文遊記作家往往以自己最深層的感動，書寫下對於社會的關懷，
冀望透過作品可以發掘出每個人最深層的感動，一起關懷社會。

　　藉由遊歷的過程，深入瞭解各地人文風貌、歷史背景、風俗民情，並探
討當中文化之內涵及今日所面對的課題，余秋雨（1946～）是此類代表人物，
人文遊記至此復融合成展新風貌，發化遊記。余秋雨的《文化苦旅》紀錄作
者在遊歷各地名勝古蹟時的所見所思，作者以淵博的文史基礎，豐沛的情感，
憑借山水風物追尋求文化靈魂和生命意義，同時探索中國文化的歷史命運和
中國文人的人格構成。如〈筆墨祭〉中，表達了對已逝文化的懷舊心情，余
氏點出筆墨文化消失的原因：「過於迷戀承襲，過於消磨時間，過於注重形式，
過於講究細節。」〔註53〕時間對傳統文化進行無形的汰選，尤其現代在面對
外來文化的情況下，本土文化免不了受到衝擊；〈都江堰〉中，作者對歷史文

〔註52〕沈從文著：〈鴨窠圍的夜〉，《湘行集・湘行散記》（長沙：岳麓書社，2003），
　　　　頁178～179。
〔註53〕余秋雨著：《文化苦旅・筆墨祭》（臺北：爾雅出版社，1992），頁399。

化遺跡都江堰與長城進行了對比，用現代文化意識觀照歷史文化蹤跡，給古老的物象與峻偉的山水賦予了靈性，賦予了哲理意蘊。余秋雨以細膩的觀察，大量出現對於歷史的沉思，人文的關懷，特殊的筆法，引起熱烈的迴響，這樣的余氏風格遊記被譽為「人文山水」。

3. 美學遊記

追求美感及作家心靈的感動，透過遊歷而洗滌自我，作品中帶有強烈的浪漫氣息，詩情畫意的觸感。周作人（1885～1967）、郁達夫（1896～1945）徐志摩、朱自清（1898～1948）、老舍（1899～1966）、俞平伯（1900～1990）、鍾敬文（1903～2000）、李廣田（1906～1968）……等，都是這類美感的追求者。如俞平伯與朱自清更曾同以〈槳聲燈影裡的秦淮河〉為題相競試，俞平伯寫下：

> 又早是夕陽西下，河上妝成一抹胭脂的薄媚。是被青溪的姊妹們所熏染的嗎？還是勻得她們臉上的殘脂呢？寂寂的河水，隨雙槳打它，終是沒言語。密匝匝的綺恨逐老去的年華，已都如蜜餳似的融在流波的心窩裡，連嗚咽也將嫌它多事，更哪裡論到哀嘶。心頭，宛轉的淒懷；口內，徘徊的低唱；留在夜夜的秦淮河上。〔註54〕

而朱自清也道：

> 我們默然的對著，靜聽那汩—汩的槳聲，幾乎要入睡了；朦朧裡卻溫尋著適才的繁華的餘味。我那不安的心在靜裡愈顯活躍了！這時我們都有了不足之感，而我的更其濃厚。我們卻只不願回去，於是只能由懊悔而悵惘了。船裡便滿載著悵惘了。直到利涉橋下，微微嘈雜的人聲，才使我豁然一驚；那光景卻又不同。右岸的河房裡，都大開了窗戶，……黑暗重復落在我們面前，我們看見傍岸的空船上一星兩星的，枯燥無力又搖搖不定的燈光。我們的夢醒了，我們知道就要上岸了；我們心裡充滿了幻滅的情思。〔註55〕

兩人同時共遊秦淮河，同時又書寫下遊歷秦淮河畔的人文風景。美學派遊記作家追求真善美的結合，濃烈的個人浪漫情懷，往往使讀者陶醉其中。民國以來，多元化的遊記風貌：旅外遊記體會異國風情；人文遊記探討時代關懷；美學遊記強調美感與心靈的追求，都為遊記文學帶來更多不同的體會。

〔註54〕俞平伯著：〈槳聲燈影裡的秦淮河〉，《俞平伯全集（二）‧雜拌兒》（河北：花山文藝出版社，1997），頁23。

〔註55〕朱自清：〈槳聲燈影裡的秦淮河〉，《朱自清全集（一）‧蹤跡》（江蘇：江蘇教育出版社，1993），頁15。

第三節　遊記文學中的人文精神

　　遊記文學中的人文精神，主要是強調以「人」爲本位的各種人文活動與人文關懷，如社會中的風俗民情、眞摯情感的流露、歷史緬懷等都是人文精神的體現。

　　以「社會中的風俗民情」爲主體的作品強調文化的意涵，文化是人文精神、人類文明和物質文明的總和，人是文化的核心，而風俗民情是文化的體驗。遊記文學係透過社會之中形形色色的人物，各式各樣的地方風俗、文化交流的描寫，而呈現進而瞭解社會中所呈現的人文色彩，如楊衒之的《洛陽伽藍記》即是記載洛陽一帶大大小小的廟宇，透過廟宇的介紹將洛陽一帶的繁榮的市集、文化色彩、傳奇傳說等涵攝其中，含有豐富的人文色彩。在〈法雲寺〉一篇中即記載了洛陽市北慈孝、奉終二里的傳說故事：

> 市北慈孝、奉終二里。里內之人以賣棺槨爲業，賃輀車爲事。有輓歌孫巖，娶妻三年，不脫衣而臥。巖因怪之，伺其睡，陰解其衣，有毛長三尺似野狐尾。巖懼而出之，妻臨去將刀截巖髮而走。鄰人逐之，變成一狐，追之不得。其後京邑被截髮者一百三十餘人。初變婦人衣服靚粧，行路人見而悅。近之皆被截髮。當時有婦人著綵衣者，人皆指爲狐魅，熙平二年四月有此至秋乃止。〔註56〕

介紹法雲寺時，連帶將當地的奇聞趣談、鬼怪傳說記錄。不但爲地方增添傳奇色彩，也記載下當地以賣棺槨爲業的特殊樣貌，及著綵衣的美婦被戲稱之爲狐魅的趣事一一紀錄，突顯出當地特殊的文化風俗。

　　此外，以「眞摯情感的流露」爲主體的作品，強調人類不平則鳴的特性。在遊歷之中，以山水借喻，抒發人的喜怒哀樂，進而達到心靈洗滌的作用。有如柳宗元「永州八記」或袁宏道〈晚遊六橋待月記〉，都是這一類眞摯情感的流露的代表作。唐順宗（761～806）永貞元年（805），柳宗元因朝廷政爭，被指爲王叔文（735～806）同黨，因故而貶至永州司馬。柳宗元遭遇困阨並於流放永州其間，藉遊山玩水來銷解心中的憂愁，後來領略其中的樂趣，寫下〈始得西山宴遊記〉：

> 自余爲僇人，居是州，恆惴慄。其隙也，則施施而行，漫漫而遊。日與其徒上高山，入深林，窮迴谿。幽泉怪石，無遠不到；到則披

〔註56〕（北魏）楊衒之著：《洛陽伽藍記·法雲寺》（臺北：臺灣商務印書館，1986《文淵閣四庫全書》第589冊），卷四，頁9。

草而坐，傾壺而醉；醉則更相枕以臥，意有所極，夢亦同趣；覺而
起，起而歸。以爲凡是州之山有異態者，皆我有也，而未始知西山
之怪特。今年九月二十八日，因坐法華西亭，望西山，始指異之。
遂命僕人過湘江，緣染溪，斫榛莽，焚茅茷，窮山之高而止。攀援
而登，箕踞而遨，則凡數州之土壤，皆在衽席之下。其高下之勢，
岈然洼然，若垤若穴；尺寸千里，攢蹙累積，莫得遯隱；縈青繚白，
外與天際，四望如一。然後知是山之特立，不與培塿爲類。悠悠乎
與灝氣俱，而莫得其涯！洋洋乎與造物者遊，而不知其所窮！引觴
滿酌，頹然就醉，不知日之入，蒼然暮色，自遠而至，至無所見，
而猶不欲歸。心凝形釋，與萬化冥合。然後知吾嚮之未始遊，遊於
是乎始，故爲之文以志。是歲，元和四年也。〔註57〕

〈始得西山宴遊記〉爲柳宗元「永州八記」之首篇，寫於「永貞政變」之後，
被貶放於永州的第四年。自云：「自余爲僇人，居是州，恆惴慄」，而在一次
遊西山的特殊體驗中，感受到自然之美：「攀援而登，箕踞而遨，則凡數州之
土壤，皆在衽席之下」，「悠悠乎與灝氣俱，而莫得其涯！」的感受，使得柳
宗元政治失意的挫折暫時獲得解脫，痛苦的靈魂，找到了生命的出路。其「永
州八記」不只是單純地描寫山川景物，而是作者透過遊歷山水之間反映內心
情感，並將其遭謫的悲憤和懷才不遇的痛苦寄寓於文中，其文堪稱遊記文學
的經典。

　　柳宗元因爲遭貶流放，鬱悶的心情有所感而發聲；袁宏道則因爲與好友
遊賞西湖，愉悅的心情有感於西湖之美，悅賞的心情流露於字裡行間而寫下
〈晚遊六橋待月記〉：

西湖最盛，爲春爲月。一日之盛，爲朝煙，爲夕嵐。今歲春雪甚盛，
梅花爲寒所勒，與杏、桃相次開發，尤爲奇觀。石簣數爲余言：「傅
金吾園中梅，張功甫玉照堂故物也，急往觀之。」余時爲桃花所戀，
竟不忍去湖上。由斷橋至蘇堤一帶，綠煙紅霧，彌漫二十餘里。歌
吹爲風，粉汗爲雨，羅紈之盛，多於堤畔之草，艷冶極矣。

然杭人遊湖，止午、未、申三時；其實湖光染翠之工，山嵐設色之
妙，皆在朝日始出，夕春未下，始極其濃媚。月景尤不可言，花態

〔註57〕　（唐）柳宗元著：《柳河東集・始得西山宴遊記》（上海：中華書局據蟬隱廬
　　　　　影印宋刻世綵堂斷句排印本，1964），頁 470～471。

柳情，山容水意，別是一種趣味。此樂留與山僧遊客受用，安可爲
俗士道哉！〔註58〕

遊歷西湖，袁宏道卻撇開一般所共賞的湖光山色，只描繪描六橋一帶的春花
朵朵。從梅、桃、杏爭妍到朝煙、夕嵐、月下的獨特美景，寫出西湖六橋一
帶的風貌。袁宏道記敘了遊西湖的感想和六橋一帶美色，「歌吹爲風，粉汗爲
雨，羅紈之盛」則寫出了人潮眾多的樣貌。然而「月景尤不可言，花態柳情，
山容水意。」不但點出了西湖的「靈性」，也傳達了袁宏道與常人不同的獨到
審美情趣。

其他如公平正義的追求、人倫秩序的體現、情愛幸福的期盼、生命價值
的珍惜、遺民意識的傷感、悲天憫人的情懷等意涵爲主體的作品，帶有濃烈
的人文色彩遊記，亦都是遊記的範疇。藉由遊歷之間，或遊山玩水，或市井
喧囂，書寫下以人文爲主體的遊記作品，傳達出了人文的信念，凸顯出人的
價值性，這即正是人文精神之體現發揚。

〔註58〕 （明）袁宏道著：〈晚遊六橋待月記〉，《袁中郎全集‧袁中郎遊記》（臺北：
清流出版公司社據襟霞閣精校本，1976），頁19。

第三章　晚明時代與張岱事略

第一節　晚明之時代背景

　　晚明文學時代背景有其特殊性，郭炳榮指出：「晚明文學是當時社會經濟發展和思想革新的產物」〔註1〕。晚明時期政風敗壞，鬥爭不斷，邊疆又有異族入侵，國內還有流寇叛變，整個國家危機四伏。但大城市的興起，東西文化交流頻繁，帶動起整個社會經濟前所未有的繁榮。思想的解放，儒釋道三家合流，社會風氣的開放，也造成通俗文學、大眾文化盛行。整個晚明社會瀰漫在一股極為靡爛的氣氛之中，文人士風享樂主義思想籠罩，不但造就整個晚明文學特殊的「及時行樂」風氣，也影響了張岱的獨特風格。無怪乎馬美信亦云：「晚明文學在中國文學史上是一種獨特的現象，它是晚明資本主義萌芽在文學上的反應。」〔註2〕

一、政治上的內憂外患

　　明代自明太祖朱元璋（1328～1398）稱帝建國以後，勤奮治國三十一年。期間太祖整肅吏治，嚴懲貪官，創立衛所，鞏固邊防，重視農業，對社會的穩定，國家的統一和發展功不可沒。至明成祖朱棣（1360～1424）時期國力更達高峰，北破蒙古、瓦剌，西服哈密，南併安南，國力直逼漢唐。鄭和（1371～1435）七次下西洋，遍及了中國海域與印度洋，從臺灣到波斯灣並遠及非

〔註1〕　郭秉融著：《張岱及其散文研究》（臺北：臺北市立師範學院 應用語言文學研究所碩士論文，2003），頁20。
〔註2〕　馬美信著：《晚明文學新探》（臺北：聖環圖書公司，1994），頁267。

洲東岸。三十年間，國外的貨品、醫藥與地理知識，大量傳入中國，明代的
政治空間和影響力伸展至整個印度洋及非洲東岸，當時世界一半的海權皆在
明代的掌握之中，可以說是開大航海時代的先鋒。成祖後國力雖不如以往，
但還能守成，中國在明神宗萬曆（1562～1620）以前不論是政治經濟、軍事
科技還是社會民生，都居於世界領導地位。神宗幼年繼位，命張居正爲首輔
大臣。張居正是一位極受爭議的人物，歷史上對他的評價褒貶不一，但可以
肯定的是具有治國之才能。在其擔任首輔執政十年間，政治清明，社會安定，
社會政策「一條鞭法」促進經濟繁榮；重用戚繼光，李成梁……等名將，平
定外患。《明史紀事本末》云：「海內肅清……荒外警服……力籌富國，太倉
粟可支十年……積金至四百餘萬。成君德，抑近倖，嚴考成，核名實，清郵
傳，核地畝，一時治積炳然。」〔註3〕其首輔執政期間是明代的中興時期。

　　萬曆十年（1582）張居正積勞成疾辭世，神宗朱翊鈞（1573～1620）親
政後，張居正的改革一切付諸流水。神宗集權專政，跋扈又善於猜忌，重用
宦官。親政不久，即因爲「立儲」問題與朝臣對立，後爲了抗議朝臣與拖延
「立儲」問題，竟二十餘年不視朝，導致國政空轉。萬曆後期，東林講學興
起，士人結社成黨與宦官相抗衡，神宗以後，黨爭不斷，終種下亡國的種子。
著名歷史學家黃仁宇指出：「1587年，是爲萬曆十五年，歲次丁亥，表面上似
乎是四海昇平，無事可記，實際上我們的大明帝國卻已經走到了它發展的盡
頭。」〔註4〕而《明史‧神宗本紀》亦云：「明之亡，實亡于神宗」〔註5〕。

　　神宗以後的明代皇帝，個個幾乎都昏庸無能，更加速明代滅亡。天啓皇
帝明熹宗朱由校（1605～1627）重用宦官魏忠賢（1568～1627）更是種下明
王朝滅亡的主因。天啓五年（1625）魏忠賢取得大權，大肆屠殺東林黨人及
反對勢力，時東林黨人「纍纍相接，駢首就誅」。〔註6〕至此有志節的士人或

〔註3〕　（清）谷應泰著：《明史紀事本末‧卷61》（臺北：新文豐出版公司，1996《叢
　　　　書集成三編》第99冊），頁212。
〔註4〕　黃仁宇著：《萬曆十五年》（北京：中華書局，1982），頁238。
〔註5〕　（清）張廷玉等編纂：《明史》，收錄於《文淵閣四庫全書》（臺北：臺灣商務
　　　　印書館據國立故宮博物院藏本影印，1983年），史部‧正史類‧明史‧卷二十
　　　　一‧神宗‧頁17。
〔註6〕　魏忠賢使人編《三朝要典》一書，借「梃擊」、「紅丸」、「移宮」三案爲題，
　　　　歪曲事實經過打擊東林黨，更唆使其黨徒編造《東林點將錄》、《同志錄》、《天
　　　　鑒錄》等所謂東林七錄，把所要打擊的反對派列名其中，按名捕殺。並於天
　　　　啓五年十二月，以朝廷的名義，把東林黨人姓名榜示全國，凡三百零九人。

理念不合、或為求自保，紛紛避走山林，遊於山水之間。魏忠賢的勢力幾乎遍及全國上下，朝中大臣對魏氏極盡阿諛，甚至「舉朝阿諛順指者但拜為乾父，行五拜三叩頭禮，口呼九千九百歲爺爺。」〔註7〕道德與氣節的極度淪喪，時人譏為「門生宰相」、「魏家閣老」；各地官吏也極度奉承，紛紛為他設立生祠，民間百姓更視為神明膜拜。凡忤逆者皆遭迫害，其氣焰之囂張，是中國歷來宦官把權之極致，晚明政治最黑暗的時期。

崇禎皇帝明思宗朱由檢（1611～1644）即位後，誅殺魏忠賢試圖力挽狂瀾。然而明代國祚大勢已去，加之思宗剛愎自用的個性，最後殺了鎮守邊疆的大將軍袁崇煥自毀長城，終導致明代將臣希望破滅，紛紛辭官或叛變歸附滿清。在民間裡，晚明後期天災不斷，朝廷又不斷壓榨百姓課以沈重稅賦，終導致民變，各地紛紛起義，烽火愈燃愈熾蔓延全國。最後吳三桂「衝冠一怒為紅顏」，開山海關引清兵入關，崇禎十七年（1644），流寇闖王李自成破北京，思宗在煤山（今北京景山）自縊，明亡。

明代亡國實亡於自己，中期以後歷代皇帝非庸即昏，個個跋扈又善猜忌，自私自利不顧民間疾苦，終導致國亡。即使是南明時期，初期仍掌握中國的大部份國土，歷經福王、唐王、桂王、魯王等人的領導。但大部分大臣們多是投機鑽營之輩，個個爭權奪利，而皇帝本身甚至為了正統皇室之爭，相互鬥爭。雖有鄭成功（1624～1662）等大將輔佐，但孤臣無力可回天，國勢終至一掘不振。

晚明時期這一連串的政治動盪與黑暗，卻是促使遊記文學興盛的重要因素。許多有志之士對國家失望之餘，經世濟民的志向破滅，紛紛轉向追求自我心靈的慰藉。為了安身立命，道家式的自然無為，取代了傳統儒家積極進取的精神，士人遊歷於山水之間，寫下一篇篇遊記文字。離開了官場的束縛與羈絆，在大自然間生命得到逍遙與解放，於是遊記文學大興。

二、經濟上的發達繁榮

晚明經濟的發達，商業藝術化，商品精緻化，東西貿易交流頻繁，達到歷代中國商業發展之最。晚明的經濟之所以可以如此繁榮，可歸納為「自然

凡是榜上有名的，生者削職為民，死者追奪官爵。同年下詔毀全國書院，剝奪了東林黨人講學的權力。

〔註7〕（明）呂毖著：《明朝小史·卷十六·天啟紀》（臺北：正中書局據清初刊本影印，1981），頁100。

因素」與「人爲因素」兩大類。「自然因素」是中國商業社會歷經數千年的長期發展的結果，商品走向細緻分工，商業發展蓬勃發展，到了晚明時期終於水到渠成。交通發達，人口迅速集中，大城市興起，更增加商業娛樂需求。而「人爲因素」是政治不安定導致社會結構發生變化。考明初以前，商人階級的地位原是「士農工商」之末。明代中葉後，商業發達促使商人階級財富遽增，而政治人物爲穩固其勢力需要大量資金協助，商人亦樂於藉政治勢力更加穩固自己商業基礎。在互蒙其利的前提下，政商合流，龐大的商機與政治的混亂促使官商勾結情況嚴重。是故晚明經濟在「自然因素」的長期累積發展，與「人爲因素」的推波助瀾下，發展置於頂峰。

（一）都會城市的興起

　　城市人口激增是明代中葉以後城市發展的重要特點。唐代時，實施住商分離政策，又有宵禁，入夜不得在街上走，商業活動僅限於白天，故唐代以前商業發展有限。宋代時，因外患不斷，南渡後政局偏安，大量北方人口湧進南方城市，政府無暇進行城市規劃，住商混雜的情況下，商業行爲從白天到夜晚絡繹不絕，也促使了中國的商業發展。

　　明代的城市發展，延續宋代的模式，住商混雜的情況促使龐大的商機湧現。中葉以後，工商業發達，經濟發展顯著，而明代的稅政政策，也加速了農村人口向城市人口快速轉化的過程。明代中葉以後，稅賦極重，江南地區尤其不勝負擔，「蘇、松、常、鎮、嘉、湖、杭七府，供輸甲天下，而里胥豪右蝨弊特甚。」〔註8〕農業生產「利薄」，爲求謀生，迫使大批農民離鄉背井，紛紛湧向城市發展，從事手工業或經商。在十五世紀時，中國是世界上最重要的產棉區之一，手工業發達，中國的絲綢更是獨步全球；正德年間（1506～1521）開始採用了越南的優良稻種，農田開墾，米產大增。除了產業升級，大城市崛起迅速：以吳江一帶爲例，《吳江縣志》記載，弘治年間（1488～1505）吳江縣轄爲二市四縣；正德年間（1506～1521）增爲三市四鎮；嘉靖年間（1522～1566）增爲十市四鎮，至明末清初（1644 年左右）已有十市七鎮，前後一百五十年左右，市鎮數目增加了近三倍。其他如嘉定縣、常熟縣等也都如此。新興的城市出現，人口的大量聚集更加速晚明經濟的繁榮發達。

〔註 8〕 （清）張廷玉等編纂：《明史》，收錄於《文淵閣四庫全書》（臺北：臺灣商務印書館據國立故宮博物院藏本影印，1983 年），史部・正史類・明史・卷七十八・食貨二・賦役・頁 40。

　　大城市的興起促使商業行為與貿易活動的增加，和商業活動也促進了城市之間、城鄉之間、南北之間經濟、文化等多元領域的交流。城市成為商業網路的中心，商人在此聚居同時也匯集了四面八方，各式各樣的信息。晚明時期的都會百姓其經濟的繁華，眼界的開闊，心態的開展，皆是前人所不及的，而交通的發達，思想的活躍，更帶起晚明旅遊的風氣。加之明人對於休閒生活頗為重視，三不五時相約出外踏青。逢年過節，各地觀光景點人潮洶湧，大小廟會人潮更是絡繹不絕，大量的慶典活動，都為遊記文學的題材增色不少。

（二）東西文化的交流

　　西方文藝復興運動於十三、十四世紀發源於義大利，後席捲全歐洲，此時正值中國明代前期。文藝復興運動係指歐洲希臘、羅馬古典文藝和學術的復興運動。當時的學者特別研究了希臘、羅馬的文獻和文學，發現其中對人和自然的價值相當重視，促使他們重新對人和自然的價值做出新的定位，因此人文主義興起。人文主義是文藝復興運動的主要思想，也是文藝復興時期文學的核心。人文主義首先肯定人的價值、地位和尊嚴，把人由宗教神學的束縛解放出來，是歐洲歷史上第一次思想解放，這次人文思潮在歐洲刮起了極大旋風並流行了數百年之久。其思想革命，帶動起歐洲不論是藝術、文學、生活、經濟、工作等全面的變革，肯定人們對物質生活和情慾的追求，影響所及十九世紀工業革命、二十世紀科技革命，是奠定今日歐美資本主義發達的基礎。

　　西方文藝復興時期的文學，鮮明地張顯人文主義的色彩。反對禁慾主義，提倡擺脫一切束縛去追求幸福的生活，該時期的作品大量歌頌了青年男女追求愛情和婚姻的幸福。肯定愛情出於人的天性，歌頌人們自由的追求愛情滿足性慾的同時，也否定了封建的貞操觀念。十五、十六世紀時，西方正逐漸受文藝復興影想而開始蛻變為現代化國家，而此時，中國仍是全世界最先進、最富強的大國。十五世紀末──明代中葉，西方文藝思潮，透過東西貿易交流、傳教士的傳播，傳到了中國，為中國文化注入了一股新的活力。而晚明時期整個社會的發展，與文藝復興思潮相契合，皆肯定人們對物質生活和情慾的追求，提倡個人的自由與解放。於是晚明文學從傳統中國文學儒家思想的束縛解開，強調「獨抒性靈，不拘格套」，實與西方文藝復興運動，強調人的價值，把人由宗教神學的束縛解放有異曲同工之妙。

（三）手工藝娛樂產業的發達

明代嘉靖以後，手工藝的發展也達水到渠成的地步。紡織、陶瓷、建築、造紙、印刷、冶煉等技術在當時世界上獨步全球。宋應星（1587～1661）所著的《天工開物》是一部有關農業和手工業生產技術的百科全書，記載了各種生產領域的專業知識，即是一本對中國當代科學發達的總結。明代手工藝商品不但技術獨步分工更是細膩，如一件瓷器精品的燒制，即是一個十分複雜而精細的過程。據《天工開物》記載，一隻普通的杯子，分工達到七十二道之多。從煉泥、拉坯、到上釉、彩繪、燒制，每道程序都由專門的窯工負責，分工十分專業。除了專業化，明代工藝商品更是規模化，景德鎮的陶瓷在當時更是全國燒制中心。明初時景德鎮內官窯有近六十座，民窯達數百座，時人稱之「晝間白煙掩蓋天空，夜則紅焰燒天」，足見當時生產規模之宏大。手工藝發展的精緻化與規模化，對社會的發展和繁榮起了相當大的作用，人們的生活和享樂，百姓日用，食衣住行，無一不與手工藝生產關係密切。大城市人口密集經濟繁榮，造成各種工藝商品需求增加，更帶動起手工藝的發展成就，於是工藝商品更進階到藝術的層面走向精緻藝術化。許多達官貴人，酷愛珍藏名家的作品，更將手工藝的成就帶入高潮。張岱於〈諸工〉一文中便提到晚明手工藝的社會地位與搢紳先生並齊：

> 竹與漆與銅與窯，賤工也。嘉興之臘竹，王二之漆竹，蘇州姜華雨之簩簍竹，嘉興洪漆之漆，張銅之銅，徽州吳明官之窯，皆以竹與漆與銅與窯名家起家，而其人且與縉紳先生列坐抗禮焉。則天下何物不足以貴人，特人自賤之耳。〔註9〕

工商業發達，社會經濟濟繁榮，一般百姓的娛樂需求也增加。說書、唱戲、雜耍、酒肆、喫茶、蹴鞠、夜市……等各種娛樂活動絡繹不絕，促使大眾文化發達，通俗文化發展迅速。民間藝人、戲劇、藝曲及各種百戲演員，博君一笑，百姓也在百戲之中得到樂趣，社會對於娛樂的需求增加。除了百姓外，達官貴人也以「倡優蓄之」以滿足自我娛樂。晚明時期民間戲曲大幅流行，交通的便利加速了戲班的流動，其活動遍及全國各地。逢年過節作戲唱曲、街頭賣藝大受歡迎。而新年、元宵、清明、端午、中秋等各大節慶，更是百姓精神之所託，出外遊賞人潮洶湧。寺廟祭典，進香祈福廟會舞臺前萬人鑽洞，酒樓茶肆更是人滿爲患，整個晚明社會是一幅極度繁榮的圖影。

〔註 9〕 （明）張岱著、馬興榮點校：《陶庵夢憶·卷五·諸工》，頁 42。

（四）城市繁華的陰影

城市的繁榮，連帶也引發治安問題。晚明時期政府公權力旁落，不少鄉紳階級與地方官府狼狽為奸，在地方上有權有勢且魚肉鄉民。繁華城市的背後還有「賭博」和「娼妓」的問題，宋代時賭博還未成一種產業，《夢梁錄》云：「擎鷹、架鷂、調鵓鴿、鬥鵪鶉、鬥雞、賭博扑（博）落生之類。」〔註10〕但因為有利可圖，明代開始成為新興的產業。

賭博外，娼妓的發展也衍生出了不少社會問題。中國娼妓的發展自春秋時代就有記載，然而娼妓與士人交好的情況十分特殊，自唐宋以來，士人的「懷才不遇」與娼妓的「知書達禮」往往促成彼此惺惺相惜。士人為佳人作詩、作文章，佳人為士人吟歌伴舞，彼此共解憂愁。晚明時期娼妓的知識水準極高，琴、棋、書、畫樣樣精通，如王月生的典雅、柳如是（1618～1664）的豪放、董小宛（1623～1651）的婉約、陳圓圓（1624～1681）的睿智和李香君的風流，其愛國的情操、抗清的情懷、可歌可泣的愛情，皆帶為晚明娼妓史開啓新的境界。是以士人不但流連娼妓樓閣間，相伴出遊踏青，別具雅致，於是留下不少名妓與才子纏綿動人的故事，文士名妓的軼事成為美談至晚明時期更為熱絡。明代是娼妓鼎盛的時期，《五雜組》記載：「今時娼妓滿佈天下，其大都會之地，動以千百計。」〔註11〕受到城市繁榮的刺激與社會風氣的解放，娼妓迅速興盛。其人數眾多，素質參差不齊「名妓匿不見人，非嚮道莫得入。歪妓多可五六百人」〔註12〕。大城市裡青樓妓院隨處可見，人們流連歌院舞場、夜夜笙歌，時常為了紅顏散盡家產，甚至造成家庭破碎都是城市繁華所衍生的社會問題。

總結而言，都會城市的興起——城市人口的大量集中，帶起生活機能的便利，工商業發達，帶動經濟迅速成長；東西文化的交流——海上貿易的交流，引進印度、歐洲大量的物資，不但促進商業發達，也帶入西方文化，開啓國人新的觀念與視野；商品娛樂的增加——通俗文化的大幅流行，雜技、戲曲、說唱等活動廣被喜愛，每逢節慶，大小廟會人潮洶湧，自然帶動龐大的商機；當然城市繁華背後亦有陰影——經濟的繁榮，眾多的人口，社會治

〔註10〕　（宋）吳自牧著：《夢梁錄·卷19·閒人》（北京：中華書局，1985《叢書集成初編》），頁181。

〔註11〕　（明）謝肇淛著：《五雜組》卷八·人部四（臺北：新興出版社影明萬曆戊申年刻本，1971）頁654。

〔註12〕　（明）張岱著、馬興榮點校：《陶庵夢憶·卷四·二十四橋風月》，頁35。

安必然不易掌控，幫派、賭博、娼妓等都衍生出不少傾家蕩產、家庭破碎的社會問題。晚明時代的經濟商業達到前所未有的繁盛，百姓的生活水準提升，休閒活動自然也增加，逢年過節出外踏青蔚爲一種風氣，這些都造成遊記文學快速發展的重要因素。

三、思想上的多元變化

宋明理學的發展，初期以理學派較爲興盛。自宋代以來，理學派經過二程程顥（1032～1085）、程頤（1033～1107）、朱熹（1130～1200）等人的發展，強調「道問學」的重要，在心性論、功夫論上建構了一套完整而嚴密的系統。明代建國以來，爲了加強專制統治思想，極力推行程朱理學學說，明成祖更下令胡廣（1370～1418）修撰《性理大全》、《四書五經大全》，奉爲科舉考試的準繩，凡是不符合程朱理學思想的言論，皆視爲異端。明代初年，程朱理學成爲當時的學術主流，所有的士人皆視朱子集註爲依歸。明代採八股文取士，在各種繁雜而不便的規範中，朱註成爲唯一標準。士大夫們謹守朱子學說，礙於考試無法變通，以致學術思想漸漸走向僵化，最終導致理學派的沒落。

明代中葉以後，政治混亂導致社會快速變遷。工商業發達而經濟繁榮，傳教士引進西方思潮，理學的僵化，心學、氣學和泰州學派的興起，都是促使士人從傳統朱學思想的束縛受到解放的原因。工商業的發達促使商人地位提高，傳統朱學思想中「士農工商」的階級受到挑戰。從商的大量利潤，以致捨士從商之人大幅提升。物質條件的提升，以致苦讀「十年寒窗無人問」的生活態度缺乏問津，讀書不再是當官唯一個管道，富豪捐錢買官蔚爲風尚。社會型態的改變，酒樓滿街，青樓林立，尋歡作樂，夜夜笙歌，傳統禮教不合時宜，婦女也不再堅信三從四德。西方文藝復興運動思潮，雖然沒有直接帶給中國正面的衝擊，但仍有間接影響——人們對物質生活和情慾的追求，提倡個人的自由與解放，強調人的價值等等的內涵是相同的。

陽明心學的興起更是晚明思潮解放的重要因素。王陽明（1472～1528）在極度繁瑣的理學學說中提出了一套極爲簡單明瞭的思想，主張心即理，直承宋代陸九淵（1139～1192）之學說，認爲遇事處世，只要「發明本心」即可全然豁顯。王陽明提出「知行合一」，凡是一念動發處、便是行。主張「致良知」即是「格物致知」之說的功夫論，認爲「吾心之良知，即所謂天理也」

〔註13〕是故強調「尊德性」的重要。明代中葉以後，社會及士林風氣驟變，崇尚儒家經典，嚴守道德學問，已不合時宜。陽明心學提倡「知行合一」，教人身體力行，一反朱學之迂腐。因其學說淺易，直指本心，精簡直截，自然易入人心，故陽明心學提出即獲得廣大的迴響。所以自王學出現後，門生遍天下，可見王學影響之深。郭秉融指出：「明代中晚期的思想家們肯定人的慾望，讚許人們追求富貴的勢力之心，破除對聖賢經傳的迷信，提出尊情抑理的呼聲。」〔註14〕王學後人王艮開創泰州學派和的李贄（1527～1602）也均肯定人民百姓對物質利益的追求，對於「人性論」也提出不同於以往的道德標準，充分反映出晚明社會思潮開放繁榮、經濟發達的現象。

晚明的思潮除了儒家心學興盛外，儒釋道三家思想合流也是個重要現象。儒家思想自漢武帝「罷黜百家，獨尊儒術」以來，一直是中國學術思想主流，儒家思想重視人倫秩序，強調「禮、義、廉、恥、仁、愛、忠、孝」，以大同世界為理想，以天下興亡為己任，「先天下之憂為憂，後天下之樂而樂」強烈的道德責任感。在太平盛世時儒家思想對士人有積極作用，但政治混亂或戰爭亂世時，剛健有為不平則鳴的儒家思想，往往是受到政治最大的迫害，此時道家「清靜無為」的思想才是亂世明哲保身的方法。春秋以來以老莊思想發展的道家思想強調「自然」，從天道運行的原理側面切入，開展了以自然義、中性義為主的「道」之哲學，從自然觀察中體會出「大、逝、遠、返」、「無為」、「守柔不爭」、「隨順自然」的道理，進而愛好自然，喜好悠遊天地山水之間，體會自然之美。魏晉六朝，政治黑暗，士人清議受到迫害，紛紛崇尚自然、愛好清談以保其身。東漢以後張角（？～184）將道家思想與宗教結合創立道教，此後道家思想透過道教的傳播流行於下層民間，唐代時李氏是國姓，道家的宗師老子李耳更被奉為李氏的祖先，道教被奉為國教，道家的思想、道教的教義從此深植人心。而佛教於東漢末年傳入中國後，歷經中國文化的洗禮，亦在民間廣為流行。佛教以「善惡因果」、「慈悲為懷」教導人民行善，並透過「因果輪迴」的觀念給予生活困苦的百姓，無限希望的寄託，尤其亂世時，佛教的教義往往是安定百姓們心靈的寄託。唐代時，儒釋道家思想互相增補，宋代儒家理學則巧妙借以佛家的宇宙論彌補

〔註13〕（明）王陽明著：《王陽明先生傳習錄‧卷中》（成都：四川人民出版社據四部叢刊影印明刊本影印，1998《諸子集成續編》第5冊），頁463。

〔註14〕郭秉融著：《張岱及其散文研究》（臺北：臺北市立師範學院應用語言文學研究所碩士論文，2003），頁17。

傳統儒學宇宙論的不足；經過宋元明的數百年發展，到了晚明時期，儒釋道三家思想不但交流會通，不論是上層的皇宮貴族、或是下層的社會百姓，即是日常生活，都可以看到三家往來全無拘束。晚明士人更是愛好與僧侶交好，平時拜訪寺廟高僧，談論高妙；節慶假日時，僧侶們也會一同與士人們結拜出遊，張岱於〈西湖七月半〉中就描寫了這樣的景象：「亦船亦聲歌，名妓閒僧，淺斟低唱，弱管輕絲，竹肉相發，亦在月下，亦看月而欲人看其看月者，看之。」〔註15〕

　　晚明時期是春秋戰國、魏晉六朝以來第三次思想大解放。長久以來，士人只有盡忠報國、經世濟民的思想。在思想解放後，晚明思潮呈現活潑的樣貌，可以活潑、可以俏皮，最重要的是真性情的表現──強調「獨抒性靈，不拘格套」，這樣的精神充分地表現在晚明小品之中，自然也在遊記文學中開花結果。

四、文學上的蓬勃發展

　　大城市的發展帶動起工商業的興盛，經濟發達促使社會快速變遷，傳統的封建思想畢竟無法束縛人們對物質生活和慾望的追求。這一時期還遇到前所未有的課題：航海大發現帶來新的世界視野，中國不再是世界的中心；西方的文藝復興思潮帶進了以人為本的價值觀；東南沿海出現海寇的掠奪，在明代更是首見。傳統經驗已經不合時宜，都是促使晚明思想解放，多元的重要因素。政治長期的黑暗，儒釋道思想合流，心學的發展，「士而優則學；學而優則仕」的觀念在晚明時期已經退去。取而代之是「及時行樂」思想盛行，這樣的思想自然反映在文學之中。

　　晚明文學呈現多元變化，是受到整體社會環境的影響。大眾文化的盛行帶動通俗文學的興盛，而雅文學的發展到晚明時期，則以清新的小品文為具文學代表：

（一）通俗文學興盛流行

　　通俗文學自唐宋以來的發展，到了明代更是熱絡。復以整體社會經濟的發達，百姓娛樂需求的增加，大眾文化的流行是帶動起通俗文學興盛的主因。「說書」的行業在宋代「瓦舍」中的表演便十分受到歡迎，其說書的種類為滿足大眾需求，十分多元。《東京夢華錄》記載：

〔註15〕（明）張岱著、馬興榮點校：《陶庵夢憶・卷七・西湖七月半》，頁62。

孫寬、孫十五、曾無黨、高恕、李孝詳，講史。李慥、楊中立、張
十一、徐明、趙世亨、賈九，小說。……孔三傳、耍秀才，諸宮調。
毛詳、霍伯醜商謎。吳八兒合生。張山人說諢話。……。霍四究說
《三分》。尹常賣《五代史》。……不以風雨寒暑，諸棚看人日日如
是。〔註16〕

講史、小說、商謎、合生等各種不同的說書表演，滿足大眾口味，其熱鬧程
度更是「不以風雨寒暑，諸棚看人日日如是」。說書的行業發展到明代依然盛
行，晚明時期出現了說書大家柳敬亭（1592～約1676），更把說書藝術推向高
峰。黃宗羲（1610～1695）《柳敬亭傳》記載：

余讀《東京夢華錄》、《武林舊事記》，當時演史小說者數十人。自此
以來，其姓名不可得聞，乃近年共稱柳敬亭之說書。……每發一聲，
使人聞之，或如刀劍鐵騎，颯然浮空，或如風號雨泣，鳥悲獸駭，
亡國之恨頓生，檀板之聲無色，有非莫生之言可盡者矣！〔註17〕

可見柳敬亭說書魅力之大、功力之深。除了著名學者黃宗羲外，為柳敬亭作
傳者，還有余懷（1616～？）的《板橋雜記》、吳偉業（1609～1672）的《柳
敬亭傳》、張岱的《陶庵夢憶・柳敬亭說書》、錢謙益（1582～1664）的《牧
齋有學集・書柳敬亭冊》等。眾多著名文人的記敘，不但成就了柳敬亭的藝
術價值，也反應晚明「說書」大眾文化的興盛。

說書人說書的底本即是「話本」，話本始自宋代，其寫作以營生為目的，
大量的娛樂需求，促使話本創作的職業化與專業化，話本的演進到明代成為
章回小說。明代的小說不但著作驚人，成就也十分傑出，根據明、清兩代著
錄及近人的搜集，長篇小說有目可考者，不下百種，而流傳至今的有五六十
部之多；短篇小說更以百計。其中長篇章回小說，清代李漁（1610～1680）
更稱許《三國演義》、《水滸傳》、《西遊記》及《金瓶梅》為「四大奇書」，是
明代長篇小說文學藝術的最高成就。而短篇小說中「三言」、「二拍」所收集
的故事多是來自於當時市井流傳的民間故事。有歌頌對愛情堅貞不渝的青年
男女要求自主自由的願望；有指責貪官污吏陷害平民百姓的罪惡；有頌揚手
工業者和商人輕財重義的品行；有的揭露了封建家庭的矛盾與糾紛。「三言」、

〔註16〕（宋）孟元老著：《東京夢華錄・卷5・京瓦伎藝》（臺北：新文豐出版公司，
　　　　1985《叢書集成新編》第96冊），頁620。
〔註17〕（清）黃宗羲著：《南雷詩文集・柳敬亭傳》（杭州：浙江古籍出版社，2005
　　　　《黃宗羲全集》第10），頁587。

「二拍」生動的反映當時社會風氣變遷及百姓生活，貼近生活的描寫，引起大眾共鳴，不但廣受百姓喜愛，更是研究明代社會狀況的重要史料。小說的流行，出版業的昌盛與印刷術的發達亦有密切關係。明代印刷術自宋元以來的發展，隨著手工業的技術進步，亦有相當大的突破。嘉靖、萬曆時期是明代刻書的黃金時期，官刻本、家刻本講求細緻精美，坊刻本則是普及大眾市場。單單南京一地就有「世德堂」、「唐氏富春堂」、「文林閣」、「陳氏繼志齋」、「廣慶堂」……等眾多著名書店，印刷技術之研發，市場競爭之激烈，是故劉大杰提到明代社會環境與文學思想時說：「印刷這樣普及和繁榮，對於文化的普及和交流，特別是對小說、戲曲及通俗文學的推廣與傳播，起了重要的作用。」〔註18〕

　　戲曲在明代也是重要的大眾娛樂，唐宋以來的發展到了元代大興。關漢卿、白樸（約 1226～1306）、馬致遠（約 1250～1323）和鄭光祖被譽為「元曲四大家」，是元代雜劇的最高藝術成就。關漢卿的《竇娥冤》、《救風塵》、《拜月亭》、《望江亭》；白樸的《梧桐雨》；馬致遠的《漢宮秋》、《青衫淚》及鄭光祖的《倩女離魂》等都是當時膾炙人口的戲曲。此後戲曲多元發展，元末明初的四大傳奇《拜月亭》、《白兔記》、《荊釵記》、《殺狗記》，故事深入民心，魏良輔研發「水磨腔」更開啟崑曲的全盛時期。明代中期後戲曲發展又進入另一個黃金時期，湯顯祖 （1550～1616）的「玉茗堂四夢」為明末戲曲帶來一波高潮，其中《牡丹亭》更被譽為中國戲劇中的經典。《牡丹亭》情節曲折，構思奇特，富有濃厚的浪漫色彩，非但藝術成就極高，一問世就受到當時人們熱烈歡迎，甚至「家喻戶誦，幾令《西廂》減價」〔註 19〕，湯顯祖更被後世譽為「東方莎士比亞」。而晚明的徐渭（1521～1593）、王驥德（？～1623）、祈彪佳等人皆是優秀的劇作家及著名的戲劇理論家，為晚明開啟另一波高潮。戲曲的流行導致戲班的興盛，早在唐代開元年間，就有皇室設置教坊，管理歌舞、百戲的教習、排練和演出事務。訓練藝人的地方稱為「梨園」。唐玄宗（712～755）就曾親自督導梨園的排演。隨著戲曲的形成和發展，戲曲教習活動也相應發展起來。戲班發展到明代興起蓄養家樂之風，皇室貴族、富豪商賈紛紛自設戲班，教演劇藝，當時的富貴人家往往擁有數個戲班供予娛樂，張岱於〈張氏聲伎〉一文中就指出，家中的戲班有「可餐班」、「武陵

〔註18〕劉大杰著：《中國文學發展史》（臺北：華正書局，2001），頁 986。

〔註19〕（清）沈德符《顧曲雜言・填詞高手》（臺北：臺灣商務印書館，1983《文淵閣四庫全書》第 1496 冊），頁 392。

班」、「梯仙班」、「吳郡班」、「蘇小小班」、「茂苑班」多達六班之多，可見當時蓄養家樂之風盛行。在宮廷內除「教坊司」外，萬曆年間並增設「四齋」、「玉熙宮」等專門教習、演出戲曲的機構。除了達官貴人，一般百姓也熱愛戲曲，逢年過節廟會前的戲劇演出，更是人潮擁擠的盛況。

（二）雅文學清新轉變

韻文、古文的發展自秦漢以來，一直在中國文學的領域極具份量。詩歌的發展始自先秦的《詩經》，經過《楚辭》、古詩、樂府詩的歷代演變逐漸成熟，唐詩、宋詞、元曲更是當代的文學代表。而先秦以來諸子散文大放異彩，《左傳》、《史記》等歷史散文強調「文以載道」思想更成為後代散文思想主流。韻文、古文的發展至唐、宋到了最高潮，唐詩堪稱是中國韻文史上的最高成就，而「唐宋古文八大家」的作品更是散文的經典代表作。明代以後韻文、古文的水準無法突破唐、宋以來的高成就，於是模擬之風盛行。先是「秦漢派」以李孟陽、何景明為代表的前七子，主張「文必秦漢，詩必盛唐」。後有「唐宋派」的歸有光（1506～1571）、唐順之（1507～1560），強調「學六經史漢最得旨趣根源者，莫如韓、歐、曾、蘇。」〔註20〕之後還有「秦漢派」後七子李攀龍（1514～1566）、王世貞（1526～1590）的反動，認為「唐之文庸，猶未離浮也，宋之文陋，離浮矣，愈下矣，元無文。」〔註21〕明代學者的種種主張，導致明代前期的韻文、古文皆以模擬前人作品為主，作品「從古入亦從古出」，加上「八股文」的迂腐影響，不但無法突破前人成就，更促使韻文、古文走向僵化。

明代中葉以後，社會環境快速變遷，思想解放。整個社會的文學觀出現了對擬古的反動：強調文學進化觀，反對模擬抄襲之復古運動，時文、小說、戲曲的價值也逐漸備受重視，並受到不少學者的肯定。明代思想家李贄即云：

> 詩何必古選，文何必先秦，降而為六朝，變而為近體，又變而為傳
> 奇，變而為院本，為雜劇，為《西廂曲》，為《水滸傳》，為今之舉

〔註20〕　（明）唐順之著：《遵岩集・卷二十四・寄道原弟書九》，收錄於《文淵閣四庫全書》（臺北：臺灣商務印書館據國立故宮博物院藏本影印，1983），集部・別集類・明洪武至崇禎・遵巖集・卷二十四。

〔註21〕　（明）王世貞著：《藝苑巵言》，收錄於《文淵閣四庫全書》（臺北：臺灣商務印書館據國立故宮博物院藏本影印，1983），集部・別集類・明洪武至崇禎・弇州四部稿・卷一百四十六・頁2。

子業大賢言聖人之道，皆古今至文，不可得而時勢先後論也。〔註22〕
而「公安派」的袁宗道、袁宏道、袁中道三兄弟更將文學從「文以載道」的
思維解放出來，講究「眞」、「情」、「新」外，亦重「趣味」。在公安派之後還
有「竟陵派」鍾惺、譚元春的推動，和王思任（1574～1646）、陳繼儒（1558
～1639）、張岱等人的努力，並將新興的文體──「小品文」的文學成就推向
最高峰。

（三）遊記文學盛況空前

依周振鶴統計明代文人的文集顯示，明代中葉以前遊記數量並不多，正
德（1506～1521）以前遊記甚少，所見不過十餘篇。至嘉靖年間（1522～1566）
逐漸增加，萬曆（1573～1620）以後，遊記作品大幅出現。〔註23〕遊記文學
的盛況空前，反映明代中葉後注重旅遊休閒的生活風尚，而社會經濟的繁榮，
交通發達，皆與旅遊的盛行有密切關係。明代的遊記文學不管是內容、思想
還是心態上與前代的遊記有很大的不同。在明代以前的遊記文學，多是因爲
文人遭貶官後，來到遙遠的異地，抒發心情而作，作品中常帶有傷感成分。
如唐代的柳宗元（773～819）遭到貶官而寫下著名的「永州八記」。又如宋代
的蘇軾（1037～1101）貶官至黃州團練副使，不得簽署公事，不能擅離貶所。
而在遊歷赤壁的機會，寫下名留千古的〈赤壁賦〉，透過和隨客的問答和獨自
登臨，傷感自己的處境並抒發對宇宙萬物「常」與「變」的體會。

明代的遊記文學，一方面受到大眾文化的影響，旅遊帶有濃烈的娛樂性
及商業性；另一方面又受性靈小品的深化，作品內容清新多元，心態上與前
人不同的風貌：如袁宏道多次當官期間，表明志向隱居山林，袁中道不但是
晚明小品的大家，更是遊記文學的重要寫手。《西湖雜記》篇篇引人入勝，〈虎
丘記〉、〈滿井遊記〉的作品更是令人稱道；徐宏祖（1586～1641）具有冒險
家精神，是中國明代著名旅行探險家和地理學家，其作品《徐霞客遊記》基
於自我對於山川景物的喜愛而書寫成，以日記體裁記錄了其一生旅行生涯中
的所見所聞，包括山川河流、氣候植被、風俗人情等，既富有文學色彩，又
具有科學史觀價值；張岱在清初享有「史學」盛名，並多次被招攬修史，亦
無心於政治而多次拒絕入仕。其遊記小品《陶庵夢憶》、《西湖夢尋》寫盡西

〔註22〕（明）李贄著：《焚書·童心說》（臺北：河洛出版社據清末國粹叢書本排印，
1974），頁98。

〔註23〕周振鶴著：〈從明人文集看晚明旅遊風氣的形成〉，《復旦學報（社會科學版）》
2005年，第一期，頁2～3。

湖一帶的山光美景，其濃烈的人文色彩，將西湖的景色拼湊成一幅優美的「清明上河圖」。

　　文學反映時代──晚明文學反映了社會文化的多元性：俗文學興盛流行、雅文學清新轉變、遊記文學盛況空前，都是這個時代社會文化的呈現。此時期的遊記文學，承襲晚明的獨抒性靈特點，其作品皆是自我真性情的書寫，沒有世俗的野心，只有悠遊山水之間的愉悅、舒暢，少了一份不平之氣，多的是一份真摯的感動。

第二節　張岱之事略

一、張岱之顯赫家世

　　《山陰縣志》與《紹興府志》均記載：「岱累世通顯，食服豪奢，畜梨園數部，日聚諸名士度曲徵歌，詼諧雜進。」〔註24〕張岱先祖可追溯到張九皋是唐朝的著名宰相張九齡（673～740）之兄，是知張岱家族不但是山陰一帶的地方望族，家族顯赫更是「累世通顯」，其從小生活優渥自是「食服豪奢」。自云：

> 少為紈袴子弟，極愛繁華，好精舍，好美婢，好孌童，好鮮衣，好
> 美食，　好駿馬，好華燈，好煙火，好梨園，好鼓吹，好古董，好
> 花鳥，兼以茶淫橘虐，書蠹詩魔，勞碌半生，皆成夢幻。〔註25〕

明亡以前張岱十足是位「紈袴子弟」，遍事各種休閒娛樂，享盡榮華富貴。直到清兵入關後，張岱才有所感悟，「披髮入山，駴駴為野人」〔註26〕且「避跡山居，所存者，破床碎幾，折鼎病琴，與殘書數帙，缺硯一方而已。布衣疏莨，常至斷炊。」〔註27〕惟「因《石匱書》未成，尚視息人世。」〔註28〕其強烈的史觀促使張岱毅然決然完成《石匱書》的使命，進而隱居山林，從此過著家徒四壁，與前半生榮華富貴截然不同的困苦生活。

　　張岱不但是位出色的文學家，更是位著名的史學家，其《石匱書》，提供了谷應泰（1620～1690）修史料之參考蔚為美談。作品中〈家傳〉一文，詳

〔註24〕　〈紹興府志‧張岱傳〉，《張岱詩文集‧附錄》，頁 417～418。
〔註25〕　（明）張岱著、夏咸淳點校：《張岱詩文集‧自為墓志銘》，頁 294。
〔註26〕　（明）張岱著、夏咸淳點校：《張岱詩文集‧夢憶序》，頁 110。
〔註27〕　（明）張岱著、夏咸淳點校：《張岱詩文集‧夢憶序》，頁 110。
〔註28〕　（明）張岱著、夏咸淳點校：《張岱詩文集‧夢憶序》，頁 110。

述張岱家族世代的發展，充分表現了史家精神，爲後人考察張岱家世時提供了珍貴第一手史料。

（一）高祖　張天復

張岱自云：「岱家發祥於高祖。」〔註29〕其高祖爲張天復（1513～1573）。張天復，字復亭，號內山，又號初陽，得年六十二歲。嘉靖二十六年（1547）進士，曾擔任過吏部主事、全楚學政、雲南按察司副使等職，修過《山陰縣志》，著有《皇輿圖》十二卷。〈家傳〉記載天復少有大志：

> 太高祖以二伯子既儒，令高祖賈，高祖泣曰：「兒非人，乃賈耶？」
> 壯其語，仍命業儒。及冠，補縣諸生。華亭徐文貞行學，得高祖牘，
> 置第一。〔註30〕

天復天資聰穎又十分好學，得到徐氏賞識，學而優則仕，授得以官職。而胸懷大志的天復，在調任雲南按察司副使後，開始處理沐氏家族的問題。明代建國以來，雲南在沐氏的統治下，與中央一直處於半獨立的模糊狀態，雙方關係時起時落。天復到任時，雙方正值緊張的時刻，天復忠於朝廷，認爲「沐氏縱恣不法」〔註31〕，故主張用兵：

> 高祖提兵出討，與元戎會，間道驅象四十有二，襂甈衫鐵鎧，出入
> 洞菁狸狄間，俘名酋以十數，斥地二千餘里，惟時功當伯。〔註32〕

秉性聰慧的天復，以文人之尊，竟能巧妙用兵，運用當地的大象及物資打了場漂亮的勝仗，俘虜許多當地部落酋長，名聲威震雲南。沐氏驚恐，改以重金賄賂之，清高的天復認爲「非人臣所宜，嚴詞絕之」〔註33〕。沐氏故而轉賄賂「當道者」，然而「滇中當道皆沐氏私人」〔註34〕，以致在雲南立功的天復非但沒有得到朝廷的犒賞，反遭誣告，「累羈候者月餘」〔註35〕。雖然其子元汴爲父奔走千里，終於得以平反，但認清政治的黑暗，天復從此對朝廷心灰意冷。

> 遂歸里，歸則構別業於鏡湖之阯，高梧深柳，日與所狎縱飲其中，

〔註29〕（明）張岱著、夏咸淳點校：《張岱詩文集・家傳》，頁247。
〔註30〕（明）張岱著、夏咸淳點校：《張岱詩文集・家傳》，頁244、245。
〔註31〕（明）張岱著、夏咸淳點校：《張岱詩文集・家傳》，頁245。
〔註32〕（明）張岱著、夏咸淳點校：《張岱詩文集・家傳》，頁245。
〔註33〕（明）張岱著、夏咸淳點校：《張岱詩文集・家傳》，頁245。
〔註34〕（明）張岱著、夏咸淳點校：《張岱詩文集・家傳》，頁245。
〔註35〕（明）張岱著、夏咸淳點校：《張岱詩文集・家傳》，頁246。

> 命一傒踞樹顚，俟文恭舟至，輒肅衣冠待之，去即開門轟飲，叫嚎
> 如故也。辛未，文恭魁大廷，高祖益喜，召客嘯詠豆觴，日淋漓，
> 遂病瘴，六十二乃卒。〔註36〕

一連串的事件打擊，天復回歸故里，從此過著放浪形骸，「日與所狎縱飲其中」〔註37〕，生活消極渡日，漫無目的至死方休。張岱以史家筆法對高祖給予中肯的評論，雖然有感於高祖的遭遇，但對未曾試圖奮發再起的高祖，張岱仍留下這樣的評語：

> 高祖之所未盡發者，未免褻越太甚。華繁者鮮其實，天地不能長侈
> 長費，而況於人乎？〔註38〕

（二）曾祖　張元忭

　　張元忭（1538～1588），字子藎，號陽和，諡文恭，得年五十一歲。隆慶五年（1571）高中狀元，官至詹事府左諭德。元忭一生著述甚多，曾修史《紹興府志》、《會稽縣志》亦曾撰寫過《雲門志略》、《山游漫稿》、《明大政記》……等書。元忭不但是當代思想家，也是史學家。爲官時勤政愛民，爲人正直，在地方上備受尊重，其爲人對於張岱影響深遠。

　　張岱《明越人三不朽圖贊》記載：「文恭受業龍谿（王畿），爲陽明再傳弟子。」〔註39〕，元忭師事陽明大弟子王畿（1498～1583），以良知學爲宗，並多次到嶽麓書院講學，萬曆十年（西元1582年）元忭更擔任嶽麓書院山長。嶽麓書院是宋代四大書院之一，自唐末五代創辦以來，歷經宋、元、明，滄桑千年，弦歌不絕，世稱「千年學府」，是湖南一帶重要的學術聖地。清代大儒王宗羲曾於《明儒學案》中評論元忭之學術思想，可見其學術地位之份量。元忭的思想承襲陽明後學，並結合朱子部分論點加以深化，終成爲一家之言。胡益民指出：「以陽明之學爲宗而吸收朱子學的某些合理的內核，這種學術思路和方法，對張岱哲學思想的形成亦有相當重要的影響。」〔註40〕

　　在史學方面，元忭也十分有建樹。〈家傳〉記載：

> 居廬，修紹《興府志》及《會稽縣志》，《山陰志》則向出太僕公之

〔註36〕（明）張岱著、夏咸淳點校：《張岱詩文集・家傳》，頁246。
〔註37〕（明）張岱著、夏咸淳點校：《張岱詩文集・家傳》，頁246。
〔註38〕（明）張岱著、夏咸淳點校：《張岱詩文集・家傳》，頁247。
〔註39〕（明）張岱著：《明越人三不朽圖贊・立功・立業・張內山公》收錄於《明代傳記叢刊》（臺北：明文書局，1991），頁98。
〔註40〕胡益民著：《張岱評傳》，頁14。

手。三志並出，人稱談、遷父子。〔註41〕

元汴之父曾修撰《山陰志》，元汴繼而編撰《紹興府志》及《會稽縣志》。三本縣志完成後，元汴與其父在鄉里有「談、遷父子」的美譽。元汴頗得天復遺風，師承陽明心學，又曾於官方修史處——翰林院任職。種種際遇促使元汴史觀通達，治學態度嚴謹，但不拘泥小節。這樣的態度，也奠定日後張岱書寫《石匱書》治史的宏達態度。

元汴除了於思想、史學上的成就外，為人公正不阿，仗義執言的性格，受到鄉里居民的敬重，「里居四年，私刺不入公門，遇鄉里有不平事，輒侃侃言之，不少避。」〔註42〕而其不拘泥於傳統道學的規範，獨樹一格的個性更結交了不少十分有才氣的人物，如著名畫家徐渭（1521～1593），即十分讚賞元汴。徐渭才氣出眾，石濤（1641～約 1718）、石溪、八大山人（約 1626～約 1705）以至揚州八怪等卓絕於當時畫壇的人物都深受徐渭影響甚鉅。徐渭因誤殺繼妻而被判死罪，在仗義執言的元汴極力奔走之下，才得以免於一死。徐渭晚年佯狂幾乎足不出門，不見權貴，甚至長年杜門謝客。但元汴過世時，徐渭卻親自來弔喪，可見得元汴受人敬重的程度。

元汴仗義執言的個性亦表現在營救父親的身上。元汴之父天復因任職於雲南按察司副使，受到沐氏的誣陷而「累繫侯者月餘」〔註43〕，〈家傳〉記載元汴「一歲而旋遶南北者三，以里計者三萬。年三十而髮種種白。」〔註44〕元汴為營救父親不遺餘力，一年內南北奔波，白了少年頭，終獲平反。張岱自評其曾祖父是「一生以忠孝為事。」〔註45〕可見得張岱對於曾祖父張元汴之敬重。

（三）祖父　張汝霖

張汝霖（約 1572～1625），字肅之，號雨若。萬曆二十三年（1595）進士，歷任廣昌令、山東主考、南都刑部、貴州主考、廣西參議、福州副吏。後因其岳父朱金庭當朝，而有所迴避，不再出仕，著有《易經因旨》、《四書荷珠綠》、《甕史》等著作。張汝霖「幼好古學，博覽群書」〔註46〕，張岱記載「大

〔註41〕（明）張岱著、夏咸淳點校：《張岱詩文集・家傳》，頁 249。
〔註42〕同前註，《張岱詩文集・家傳》，頁 250。
〔註43〕同前註，《張岱詩文集・家傳》，頁 246。
〔註44〕同前註，《張岱詩文集・家傳》，頁 248。
〔註45〕（明）張岱著、夏咸淳點校：《張岱詩文集・家傳》，頁 250。
〔註46〕同前註，《張岱詩文集・家傳》，頁 250。

父讀書龍光樓，輟其樓，軸轤傳食，不下樓者三年。」〔註47〕汝霖用功好學，撤掉閣樓階梯，僅僅讓人送上食物，並於龍光樓中讀書三年，其決心與毅力令人佩服。

汝霖之父元汴是科舉狀元，也是當代大儒，元汴以陽明心學傳家，重視致良知，不拘泥於傳統道學陋習，家風開明。汝霖自小深受薰陶，亦養成機智靈敏，反應迅速的個性。父親元汴曾帶著幼小的汝霖去探望當時誤殺人的死囚——徐渭，汝霖非但不害怕，更與徐渭戲語，機智過人的聰穎反應，曾獲得徐渭大為讚許：

> 瞖時以文恭命，入獄視徐文長先生，見囊盛所著械懸壁，戲曰：「此先生無弦琴耶！」文長摩大父頂曰：「齒牙何利。」案頭有《闕編序》，用「怯裹赤馬」。大父曰：「徐先生，『怯裹馬赤』，那得誤『怯裹赤馬』？」文長咋指曰：「幾為後生窺破。」〔註48〕

長大成年的汝霖得到父親元汴的真傳，為官時不但勤政愛民，更不餘遺力提拔人材。汝霖擔任貴州主考時，提拔了「畫中九友」的楊文驄（1597～1646）、梅爾者等人，被貴州里民譽為「三百年來無此提學」〔註49〕。而任廣西參議時，撫治廣西苗族，甚得民心，後因病歸鄉，苗人痛哭送至黔界，蔚為美談。〔註50〕

汝霖不但勤政愛民，更愛好與文化界人士交流，時常聚首。著名文人如陳繼儒、黃汝亨……等人皆與汝霖十分交好，甚至結社吟詩作對，相互切磋。而幼年的張岱時常跟隨在祖父汝霖的身旁，常與這些鴻儒、大學者相處，耳濡目染之下亦養成張岱日後的為學風範。汝霖好讀書，便與好友共組讀史社；好美食，與友共組飲食社，並將其心得撰寫成書，命名為《饔史》；好歌妓，開啟張家畜養歌妓之風；並於臥龍山下修築華麗的庭園——硯園。汝霖這些廣泛的興趣，兼以受到妻舅家族賒靡風尚的影響，開啟張家日後華麗奢侈的家風。〈家傳〉記載：

> 我張氏自文恭（元汴）以儉樸世其家，而後來宮畫器具之美，實開之舅祖朱石門先生，吾父叔輩效而尤之，遂不可底止。〔註51〕

〔註47〕同前註，《張岱詩文集·家傳》，頁251。
〔註48〕同前註，《張岱詩文集·家傳》，頁251。
〔註49〕同前註，《張岱詩文集·家傳》，頁253。
〔註50〕同前註，《張岱詩文集·家傳》，頁254。
〔註51〕（明）張岱著、夏咸淳點校：《張岱詩文集·家傳》，頁255。

可惜汝霖晚年並不順遂，萬曆三十四年（1606）任職山東副使時，遭人誣陷被劾，落職歸里。事後雖恢復官職，但一直未得重用。不得志的心情，促使汝霖沉溺聲妓，一振不起。時年張岱十歲，對此事印象十分深刻，雖然十分同情自己最敬愛的祖父，但於〈家傳〉中仍中肯地評論：

> 大父自中年喪偶，盡遣姬侍，郊居者十年，詩文、人品卓然，有以自立，惜后又有以敗之也。倘能持此不變，而澹然進步，則吾大父之詩文、人品，其可量乎哉。〔註52〕

（四）父親　張耀芳

張耀芳（1574～1632），字爾弢，號大滌。自幼聰慧敏捷，善詩歌，聲出金石，十四歲即為補邑弟子生員，少年時期十分傑出。在上三代家世皆考取科舉功名的家族成長下，耀芳養成用功好學的個性。其父親張汝霖的教導下，耀芳十分用功「惟讀古書，不看時藝」〔註53〕。張岱記載其父親「獨沉埋於帖括中者四十餘年，雙瞳既眊，猶以西洋鏡挂鼻端，漆作蠅頭小楷，蓋亦樂此不為疲也。」〔註54〕可見其好讀書的程度。可惜耀芳的科舉之路並不順遂，屢試不中，直到不惑之年仍埋首於書堆，一切的家計皆由張岱的母親陶宜人（？～1620）扛起：

> 家中世產僅足供饘粥，（耀芳）又不事生計，薪水諸務，一委之陶宜人。宜人辛苦拮据，居積二十餘年，家業稍裕。〔註55〕

幸好，張岱母親賢慧，處理家計二十餘年，終於「家業稍裕」。可惜耀芳一生追求功名，屢敗屢試，直到後來不堪精神與時間的負荷，罹患胃疾。張岱回憶母親為讓飽受身心煎熬的父親轉移重心，特地大興土木，建立富貴華麗的家園：

> 庚辰以來，遂大興土木，造船樓一二，教習小傒，鼓吹戲劇，一切繁靡之事，聽先子任意為之。宜人不辭勞苦，力足以給，故終宜人之世，先子囂然稱富人也。〔註56〕

耀芳一生求取功名，終於以五十三歲的年紀，中副榜貢謁選，授魯藩長史司右長史。初任官職的耀芳秉持張家勤政愛民的傳統，政績甚佳。先後出奇計

〔註52〕（明）張岱著、夏咸淳點校：《張岱詩文集・家傳》，頁255。
〔註53〕（明）張岱著、夏咸淳點校：《張岱詩文集・家傳》，頁255。
〔註54〕同前註，《張岱詩文集・家傳》，頁255。
〔註55〕同前註，《張岱詩文集・家傳》，頁255。
〔註56〕同前註，《張岱詩文集・家傳》，頁256。

擊退山東山賊，平反嘉祥縣冤獄，救助縣令妻兒，代償積欠庫銀，嘉祥縣民感佩之餘，為之捐金立碑，可見耀芳勤政愛民，受鄉里愛戴的程度。另耀芳因對神仙道術多聞有得，〈家傳〉中記載：「魯獻王好神仙，耀芳精引導，君臣道合，召對宣室，必夜分始出。」〔註57〕耀芳的經世才華畢竟並未得到重用，最後終不得志抑鬱辭官回家鄉。胡益民對於張耀芳的一生頗為惋惜，他說：

> 從總體說，張耀芳是一個頗帶悲劇色彩的人物，雖然從面上看，他與當時上層士大夫一樣，一切繁靡之事，任意為之，但其「經濟大才」一生未得施展（盡管其「經濟才」未得在「治」、「平」方面得到實踐證實，但從他的聰敏和幹練性格，當屬實在），而以究心荒誕無稽的神仙家之說來求得內心苦痛的解脫，獲得心理平衡，最後仍鬱鬱以終。〔註58〕

張岱本人自小看著父親一路走來的歷程，也多有感觸，〈家傳〉寫他的父親：

> 先子少年，不事生計，而晚好神仙，宜人以戮力成家。而妾媵、子女、臧獲輒三分之。先子暮年，身無長物，則是先子如邯鄲夢醒，繁華富麗，過眼皆空。先宜人之所以點化先子者，既奇且幻矣。〔註59〕

胡益民指出：「論及張岱的家世，有必要介紹一下其先人的性格、個性，因為他們對張岱本人性格的形成都有著不同程度的影響。」〔註60〕自高祖張天復以降，張家世代皆以科考傳家，曾祖張元汴更是狀元及第，張家為名符其實「書香世家」。學而優則仕的張家歷代子弟，個個都勤政愛民，廣受里民愛戴。更在文化學術界享有盛名，高、曾、祖、父四代接結交許多鴻儒名士，如著名文學家屠隆（1543～1605）、名劇家湯顯祖、名畫家徐渭、大學者陳繼儒等人都與張家交好。自幼在如此環境成長的張岱，跟隨在家大人身邊，便時常與這些鴻儒、大學者們多所接觸，耳濡目染下，為日後博學多聞打下良好基礎。胡益民更於《張岱評傳》中指出：

> 如果說在對於人生的認識和歷史認識論方面，張岱更多地受到張元汴的影響。在敢於懷疑，敢於向權威挑戰和專注於自己性之所遂方

〔註57〕同前註，《張岱詩文集‧家傳》，頁256。
〔註58〕胡益民著：《張岱評傳》（南京：南京大學出版社，2002），頁17。
〔註59〕（明）張岱著、夏咸淳點校：《張岱詩文集‧家傳》，頁258。
〔註60〕胡益民著：《張岱評傳》，頁18。

面，其受張汝霖的影響要更為明顯。〔註61〕

高祖與曾祖的史學建樹，深深影響張岱日後的史觀及史學成就。其祖父、父親從小教育下，陽明學風的洗禮，開明的家風，都為日後張岱的才學奠定最深厚的基石，可見張岱的祖輩對其影響甚巨。

二、張岱之戲劇人生

　　張岱，字宗子，又字石公，號陶庵，別號蝶庵居士，山陰（今浙江紹興）人。張岱的人生際遇十分戲劇化。明代滅亡以前，張岱的身份是富家公子哥，酷愛遊山玩水，流連青樓美色，廣結四海兄弟，排場十分講究，生活極盡奢華，是位十足的紈袴子弟。書香世家及家學淵源的優良教育傳統下，為張岱幼年立下深厚的學問基礎，而這些基礎促使少年時期的張岱在和一般紈袴子弟合流嬉戲時，多了些不同的感觸，多了些寬廣的視野，進而成為日後小品聖手的絕代大家。明亡後，張岱選擇了不同的生活，以張岱當時的盛名，大可以降清後再過優渥的生活。或許是個性使然，但更多的是真性情的表現，再加之史學的素養，使他深刻明瞭明代政治的腐敗與無能，但強烈的民族情懷又無法認同異族的統治，更促使張岱五十歲後隱居臥龍山，過著清苦的自耕生活。張岱的人生際遇從最優渥的富貴生活，降而家徒四壁，從達官顯赫弟子變成國破家亡的遺民，看盡人世冷暖，嘗盡人間酸甜苦辣。這樣的戲劇人生成就了他的文學造詣，更造就張岱晚明小品集大成的地位。

（一）幼年時期聰慧敏捷

　　張岱自述「生於萬曆丁酉（1597）八月二十五日卯時。」〔註62〕正是明代由盛轉衰的時期。張岱幼年時身體不好，尤其「痰疾」嚴重：

> 幼多痰疾，養於外大母馬太夫人者十年。外太祖雲谷公宦兩廣，
> 藏生牛黃丸盈數麓，自余因地以至十有六歲，食盡之而厥疾始瘳。
> 〔註63〕

張岱的父親張耀芳及母親陶宜人兩家皆是山陰望族，外祖母馬太夫人（1559～1620）對外孫張岱十分疼愛。幼年的張岱體弱多病，故寄居外祖父家，由外祖母細心照料，服以珍貴藥材「生牛黃丸」，直到「十有六歲，食盡之而厥疾始瘳」。所幸兩家相距不遠，幼年的張岱經常兩家往返，備受兩家寵愛，直

〔註61〕胡益民著：《張岱評傳》，頁16。
〔註62〕（明）張岱著、夏咸淳點校：《張岱詩文集・自為墓志銘》，頁296。
〔註63〕（明）張岱著、夏咸淳點校：《張岱詩文集・自為墓志銘》，頁296。

到十歲左右，張岱才回到張家。

　　張岱的高、曾、祖、父四代皆是知名大儒，家中藏書十分豐富，積書三萬餘卷。張岱不只遺傳了父執輩的聰慧敏捷，更嗜書成痴，自稱「書蠹詩魔」。祖父張汝霖曾云：「諸孫中惟爾好書，爾要看者，隨意攜去。」〔註64〕在祖、父的教導下，六歲即隨父親讀書於「懸秒亭」。跟隨祖、父之所承，師陽明心學，重視良知之學，不讀朱註，更為張岱開啓不同於一般學子的視野觀點。

> 先輩有言，六經有解不如無解，完完全全幾句好白文，卻被訓詁奬章說得零星破碎，豈不重可惜哉？余幼遵大父教，不讀朱注。凡看經書，未當敢以各家注疏橫據胸中，正襟危坐，朗誦白文數十餘過，其意義忽然有省。〔註65〕

先天的聰慧，嗜書成痴、好學不倦及開明學風下，才思敏捷的張岱自幼有「神童」之美譽。《快園道古》中曾記載與舅氏陶虎溪的臨機考驗：

> 陶庵六歲，舅氏陶虎溪指壁上畫曰：「畫裡仙桃摘不下」。陶庵曰：「筆中花朵夢將來。」虎溪曰：「是子為今之江淹。」〔註66〕

對仗工整，對句漂亮，舅氏陶虎溪直誇張岱為「今之江淹」，可見張岱自小的才華及靈敏的反應。聰慧的張岱，在人前非但不怕生，其洋溢的才華，在眾人面前展現，更時常搏得滿場彩。

> 陶庵六歲，在渭陽家，一客見缸中荷葉出，出對曰：「荷葉如盤難貯水。」陶庵對曰：「榴花似火不生烟。」一座賞之。〔註67〕

荷葉狀似盤子去不能裝水，張岱則想到榴花的樣貌像火狀卻不能冒烟。如此才華洋溢的兒孫，祖父張汝霖更是疼愛有加，時常帶著幼小的張岱，出席許多文人雅士的聚會。張岱曾自述六歲時與當時的大學者陳繼儒的一段小故事：

> 六歲時，大父雨若翁攜余之武林，遇眉公（陳繼儒）先生跨一角鹿為錢塘游客，對大父曰：「聞文孫善屬對，吾面試之。」指屏上〈李白騎鯨圖〉曰：「太白騎鯨，采石江邊撈夜月。」余應曰：「眉公跨鹿，錢塘縣裡打秋風。」眉公大笑，起躍曰：「那得靈雋若此！吾小

〔註64〕 （明）張岱著 馬興榮點校：《陶庵夢憶・卷二・三世藏書》，頁18。

〔註65〕 （明）張岱著、夏咸淳點校：《張岱詩文集・四書遇序》，頁107。

〔註66〕 （明）張岱著：《快園道古・卷之五・夙慧部》（浙江：浙江古籍出版社，1986），頁69。

〔註67〕 （明）張岱著：《快園道古・卷之五・夙慧部》，頁69。

友也。」〔註68〕

祖父帶著張岱遨遊，在武林一帶巧遇大儒陳繼儒，陳繼儒正騎糜鹿慢行，雙方談笑間陳繼儒隨手指著屏風上的〈李白騎鯨圖〉道出「太白騎鯨，采石江邊撈夜月。」給予張岱對句。幼小聰慧的張岱即應答「眉公跨鹿，錢塘縣裡打秋風。」以陳繼儒愛騎糜鹿為題，點出其正在錢塘縣（武林、錢塘縣皆今日之杭州）裡玩樂，用以「打秋風」一詞帶有戲謔的味道對之，陳繼儒聞之大笑而耀起。機智的考驗，非但對仗工整，對句幽默且詼諧，陳繼儒聞之直誇「那得靈雋若此!吾小友也。」而張岱的幽默詼諧，更表現在與人相處的進退上，時常博取長輩的歡心，更得長輩的寵愛：

> 季祖廷尉公面麻奇醜，眼眶臃腫，痘瘢層沓，短髭戟張，見者失笑，
> 陶庵七、八歲時，廷尉喜量之膝上，捋其髭，廷尉曰：「兒善屬對，
> 為我鬚作對。陶庵曰：「大人美目深藏，核桃縫中尋芥子；勁鬚直出，
> 羊肚石上種昌蒲。」廷尉撫掌大笑。〔註69〕

將「面麻奇醜，眼眶臃腫，痘瘢層沓，短髭戟張」的季祖（張汝懋）廷尉公說的既傳神又詼諧，難怪廷尉撫掌大笑。

張岱的才華洋溢，不只在鄉里間受到肯定，季祖廷尉公亦曾將京師中無人以對的對句寄給張岱對之。

> 季祖廷尉公在燕邸寄一對句云京師無有對者，出句云：「天啟七年，
> 七月七日天氣。」陶庵對曰：「大明一統，一府一縣大名。」〔註70〕

這天正好是明熹宗年號天啟七年的七月七日，京師裡出一對句「天啟七年七月七日天氣」。除了年號的年、月、日數字相同外，不但前後「天」字相同，天啟又呼應了與天氣的名稱關係，且聲音亦相同。如此高難度的對句，京師中無人以對，張岱不負季祖廷尉公的期待，以敏潔的才思，精確工整的對出「大明一統，一府一縣大名」。大明王朝中正好有一個大明府、大明縣。不但數字相對，府縣對應月日，前後「大」字相同，而大明正是明王朝的大名，關係不但相呼應，連聲音也相同。此對句如此精巧，不但博得季祖廷尉公的歡心，也肯定了張岱出眾的才華，直逼京城眾儒。張岱自我的努力與好學，加上長輩的厚愛提攜，在自小時常與風雅人士接觸下，養成張岱不同於一般人的胸襟見識，也奠定日後成為一代聖手的基石。

〔註68〕（明）張岱著、夏咸淳點校：《張岱詩文集·自為墓志銘》頁296。
〔註69〕（明）張岱著：《快園道古·卷之十二·小慧部》，頁85。
〔註70〕（明）張岱著：《快園道古·卷之十二·小慧部》，頁85。

（二）少年時期紈袴風流

　　由於家族華麗奢侈的家風，少年時期的張岱受到祖、父對於追求奢侈的影響甚鉅。張岱少年時講求排場、注重華麗，紈袴奢靡。《紹興府志‧張岱傳》記載：

> 及長，文思坌湧，好結納海內勝流。園林詩酒之社，必頡頏其間。
> 岱累世通顯，服食豪侈，畜梨園數部，日聚諸名士度曲徵歌，詼謔雜進，及間以古事挑之，則自四部七略，以至唐宋說家薈粹瑣屑之書，扉不該悉。〔註71〕

張岱不但「好結納海內勝流」，並時常相約聚首，飲酒作樂，吟詩作對不斷，「園林詩酒之社，必頡頏其間」。受到家族畜養梨園的影響，張岱也愛好戲曲，三不五時相約好友高歌度曲，「日聚諸名士度曲徵歌，詼謔雜進」，生活十分糜爛。商盤的〈張岱傳〉即云：

> 陶庵世家子，豪放自喜，家畜梨園數部，日聚海內名士徵歌行酒，
> 有文舉（孔融）座上之風。〔註72〕

張岱時常與好友同歡作樂，一起看戲，一同嬉遊，「日聚海內名士徵歌行酒」。雖然作風紈袴奢靡，但好客的風格，卻頗有孔融的「座上之風」。而張岱也自己毫無顧忌地坦承年少輕狂「極愛繁華」，他自云年輕時愛好華貴的房舍，喜歡美麗的丫鬟，俊美的少年，穿著華麗的服飾，品嚐精緻美食，欣賞名貴的俊馬，喜愛看花燈、看煙火，愛好戲曲及音樂，也喜歡品玩古董、看美麗的花草鳥獸，更癖好品茗茶、食橘，迷戀書籍和詩歌。如此毫無保留，將自己的紈袴奢靡呈現的一覽無遺，張岱不但不遮掩自己風流韻事，還自云：「強半住眾香國，日進城市，夜必出之。」〔註73〕由這段口無遮攔的自白，不但得窺其年少生活的奢侈與風流，更表現出其真性情的一面。

　　張岱雖自言紈袴子弟，但由其自白中可以得知張岱興趣十分廣泛。對於所愛好的事物，張岱都心之所往，進而深入接觸學習之。如「好美食」，曾增補祖父的美食書籍《饕史》，撰寫為《老饕集》。自己也對美食十分講究，不論在烹調、蒸煮皆十分有心得。〈蟹會〉一文便說明了張岱本身對於品嚐美食的心得獨到：

〔註71〕（明）張岱著、夏咸淳點校：《張岱詩文集‧紹興府志‧張岱傳》，頁261。
〔註72〕同前註，商盤著：〈張岱傳〉，《張岱詩文集》附錄，頁419。
〔註73〕（明）張岱著、馬興榮點校：《陶庵夢憶‧卷七‧品山堂於宕》，頁66。

食品不加鹽醋而五味全者，為蚶、為河蟹。河蟹至十月與稻粱俱肥，殼如盤大，墳起，而紫螯巨如拳，小脚肉出，油油如蝤蛑。掀其殼，膏膩堆積如玉脂珀屑，團結不散，甘腴雖八珍不及。〔註74〕

又如「好鼓吹」，曾拜師學藝，二十歲時跟隨紹興著名琴師王侶鵝學琴，二十二歲時又師王本吾習之。

丙辰，學琴於王侶鵝。紹興存王明泉派者推侶鵝，學《漁樵回答》、《列子御風》、《碧玉調》、《水龍吟》、《搗衣環珮聲》等曲。戊午，學琴於王本吾，半年得二十餘曲：《雁落平沙》、《山居吟》、《靜觀吟》、《清夜坐鐘》、《烏夜詠》、《漢宮秋》、《高山流水》、《梅花弄》、《淳化引》、《滄江夜雨》、《莊周夢》，又《胡笳十八拍》、《普庵咒》等小曲十餘種。王本吾指法圓靜，微帶油腔。余得其法，練熟還生，以澀勒出之，遂稱合作。同學者，范與蘭、尹爾韜、何紫翔、王士美、燕客、平子。與蘭、士美、燕客、平子俱不成，紫翔得本吾之八九而微嫩，爾韜得本吾之八九而微迂。余曾與本吾、紫翔、爾韜取琴四張彈之，如出一手，聽者駴服。後本吾而來越者，有張慎行、何明臺，結實有餘而蕭散不足，無出本吾上者。〔註75〕

張岱與王侶鵝習得《漁樵回答》、《列子御風》、《碧玉調》、《水龍吟》、《搗衣環珮聲》等曲，又半年內與王本吾，習得《雁落平沙》、《山居吟》、《靜觀吟》、《清夜坐鐘》、《烏夜詠》、《漢宮秋》、《高山流水》、《梅花弄》、《淳化引》、《滄江夜雨》、《莊周夢》，又《胡笳十八拍》、《普庵咒》等小曲十餘種。甚至與同學四人共彈「四張彈之，如出一手，聽者駴服。」可見其領悟力之高，琴法之精妙。

張岱「好梨園」：曾攜帶自己的戲班子至金山夜戲；「好煙火」：曾欣賞魯藩煙火；「好古董」：珍藏了「木猶龍」〔註76〕的珍玩；自稱「茶淫」寫下《茶史》一書，更尋得「禊泉」，喝「蘭雪茶」與閔老子論茶。連如善飲者閔老子也稱道：「余年七十，精飲事五十餘年，未嘗見客之賞鑒若此之精也。」〔註77〕而在這個時期，「書蠹詩魔」的張岱嗜書成癖，「好著書」。由於家族

〔註74〕（明）張岱著、馬興榮點校：《陶庵夢憶·卷八·蟹會》，頁75。

〔註75〕（明）張岱著、馬興榮點校：《陶庵夢憶·卷二·紹興琴派》，頁18。

〔註76〕一塊重達千斤的木石雕刻藝術品，見《陶庵夢憶·卷一·木猶龍》，頁7。

〔註77〕（明）張岱著、夏咸淳點校：《張岱詩文集·茶史序》（上海：上海古籍出版社，1991），頁251。

有修史的傳統，高祖張天復及曾祖張元汴甚至有「談、遷父子」之美譽，張岱二十二歲即立志修史，歷經十年的書寫，崇禎元年（1628）著書完成《古今義烈傳》，記錄了古今四百多位節義之士，共計八卷，奠定日後書寫明史——《石匱書》的決心。期間張岱也陸續書寫不少書籍，開啓日後著作等身的契機。綜見張岱少年時期生活奢侈，但卻際遇十分豐富且多彩多姿。也因為如此，生活的歷練，以及接觸多元風俗民情的見多識廣，這些都陶練了張岱的藝術修養。是故郭秉融說：

> 張岱前半生過的雖是聲色犬馬、驕奢安逸的享樂生活，但從另一角度而言，前半生的生活體驗，使他結交了從上流社曾到下層社會三教九流各色的人物，這不但開闊了他的視野，也使他嫻熟各種高雅藝術、民間藝術與日常生活藝術，從而成為一位具有全面藝術修養的藝術家，為時來的創作奠下厚實的基礎。〔註78〕

（三）壯年時期國破家亡

崇禎十七年（1644）是中國驚天動地的一年，闖王李自成攻佔北京，崇禎皇帝煤山自縊，吳三桂「怒髮衝冠為紅顏」引清兵入關，大明王朝滅亡。這年也是張岱一生中極具戲劇化轉變的一年。明亡後，弘光政權於南京建立開啓南明時期，弘光政權由魯王朱以海（1618～1662）繼立，張岱父親張耀芳曾擔任魯肅王右長史，而朱以海為魯肅王次子，故魯王來紹興時，張岱特別受到注目，甚至特地造訪張家，張岱也親自接駕。

魯王造訪張家，張岱接駕，街巷擠滿看魯王的人潮，魯王貴為一國之尊卻與張岱「諧謔歡笑如平交」〔註79〕，張岱還帶領魯王參觀張家「臨不二齋、梅花書屋，坐木猶龍，臥岱書榻，劇談移時。」〔註80〕在張岱的招待之下，魯王直呼「爺今日大喜，爺今日喜極！」〔註81〕然而張岱並未因此得到魯王重用，僅擔任閒職，加上內部鬥爭嚴重，形勢惡化急速，弘光政權僅維持一年即垮臺而終。張岱回憶指出：「乙酉（1645）秋九月，余見時事日非，辭魯國主，隱居剡中。」〔註82〕此後張岱不問政事，正式隱歸

〔註78〕郭秉融著：《張岱及其散文研究》（臺北：臺北市立師範學院應用語言文學研究所碩士論文，2003），頁28。

〔註79〕（明）張岱著、馬興榮點校：《陶庵夢憶・補遺・魯王》，頁141。

〔註80〕（明）張岱著、馬興榮點校：《陶庵夢憶・補遺・魯王》，頁141。

〔註81〕（明）張岱著、馬興榮點校：《陶庵夢憶・補遺・魯王》，頁141。

〔註82〕（明）張岱著、馬興榮點校：《陶庵夢憶・補遺・魯王》，頁143。

山林「年至五十，國破家亡，避跡山居。」〔註83〕並過著一連串逃亡的生活，最後隱居臥龍山，著書一生，並耗費餘生數十載，竭力完成《石匱書》鉅著。張岱自云：

> 陶庵國破家亡，無所歸止，披髮入山，馺馺為野人。故舊見之，如毒藥猛獸，愕窒不敢與接。作自輓詩，每欲引決，因《石匱書》未成，尚視息人世，然瓶粟屢罄，不能舉火，始知首陽二老，直頭餓死，不食周粟，還是後人粧點語也。〔註84〕

雖然張岱是晚明遺臣，但以任職官卑吏小不至列入清廷緝補網羅，且以張岱當時在文學界、史學界的盛名，一度曾是清廷拉攏以招攬民心的對象。但性之所然，真性情的張岱一生未曾明志降清，家鄉紹興被清廷攻陷時，張岱過了四年的流亡生活，而原本紹興家產也被盡數佔據或充公。由於時勢所趨，友人皆不敢與之有所接觸，深怕受到牽累，「故舊見之，如毒藥猛獸，愕窒不敢與接。」〔註85〕明亡後，不少張岱的親友皆走向殉國之路：堂伯張焜芳、族弟張燕客、好友倪元璐（1952～1644）、祁彪佳（1602～1645）、黃道周（1585～1646）、王思任（1575～1646）……等人先後殉國。張岱雖未殉國，但也曾作詩自輓，表示隨時可從容就義。只是自言：「因《石匱書》未成，尚視息人世。」〔註86〕未完成《石匱書》的強烈使命感，讓張岱隱居山林著書度日。邵廷采（1648～1711）〈張岱傳〉即說：

> 山陰張岱，字宗子，左諭德元汴曾孫也。性承忠孝，長於史學。丙戌後，屏居臥龍山之仙室，短簷危壁，沉淫於有明一代紀傳，名曰《石匱藏書》，以擬鄭思肖之鐵函《心史》也。至於廢興存亡之際，孤臣貞士之操，未嘗不感慨流連隕涕，三致意也。〔註87〕

明亡後，流亡的四年裡，遷居不斷常至斷炊，是張岱一生最艱苦的日子。但同時也張岱情感最豐沛、才華得以發揮到極致的時刻。「不經一番寒徹骨，焉得梅花撲鼻香」，實為張岱一生作品的最佳寫照。

（三）老年時期著作等身

老年的張岱過隱居山林的生活，生活清苦，家徒四壁，時常三餐不繼，

〔註83〕（明）張岱著、夏咸淳點校：《張岱詩文集·字為墓自銘》，頁294。
〔註84〕（明）張岱著、夏咸淳點校：《張岱詩文集·夢憶序》，頁110。
〔註85〕（明）張岱著、夏咸淳點校：《張岱詩文集·自為墓志銘》，頁294。
〔註86〕（明）張岱著、夏咸淳點校：《張岱詩文集·夢憶序》，頁110。
〔註87〕（清）邵廷采著：〈張岱傳〉，《張岱詩文集·附錄》，頁420。

與年少時期的紈袴子弟形象截然不同，張岱自言：

> 年至五十，國破家亡，避跡山居。所存者，破床碎几，折鼎病琴，
> 與殘書數帙，缺硯一方而已。布衣疏莨，常至斷炊。回首二十年前，
> 真如隔世。〔註88〕

昨是今非的光景，「回首二十年前，真如隔世。」張岱除了生活清苦，同時還要負擔家計，家中子女眾多，全靠張岱養家餬口。隱歸山林張岱，清楚寫下當時的具體生活：

> 我年未至耇，落魄亦不久。奄忽數年間，居然成老叟。自經喪亂餘，
> 家亡徒赤手。恨我兒女多，中年又喪偶。七女嫁其三，六兒兩有婦。
> 四孫又一笄，計口十八九。三餐尚二粥，日食米一斗。昔有負郭田，
> 今不存半畝。敗屋兩三楹，階前一株柳。〔註89〕

山居的生活並不悠閒，反而整天需要為柴米油鹽的家計而苦。所幸生活的艱辛，同時也磨練出了張岱堅強無比的生命韌性，及對人生更深刻的瞭解。山居的日子裡，著書是他的志趣，自言：

> 好著書，其所成者，有《石匱書》、《張氏家譜》、《義烈傳》、《瑯嬛
> 文集》、《明易》、《大易用》、《史闕》、《四書遇》、《夢憶》、《說鈴》、
> 《昌谷解》、《快園道古》、《傒囊十集》、《西湖夢尋》、《一卷冰雪文》
> 行世。〔註90〕

張岱著書遍及經史子集，尤其隱居山林時的著書更是豐沛，具學者統計張岱所存史料整理，一生著書至少四十餘本。可惜至今大多只見書目，無緣見其內容，不過最重要的《陶庵夢憶》、《西湖夢尋》、《石匱書》、《瑯嬛文集》等書籍皆有傳世，實屬大幸。眾著作中張岱以歷史鉅著《石匱書》最為得意：《石匱書》是張岱獨自私修的「明史」。以紀傳體的形式編寫自明代開國以來至天啟年間的歷史，後再編寫《石匱書後集》記天啟之後至明亡的史事。張岱撰史文字精鍊，具求真求實的態度，強調忠義精神，格外關懷明亡的課題。《石匱書》將明亡主因歸諸於宦官亂政與黨爭亡國，並對東林黨亦不吝批評。書中有不少獨自的見解，如對崇禎帝的評價、對明朝亡國時間的認定、對南明史的看法等，張岱常有別於其他史家的獨特看法，可謂一家之言。其曾自言：

〔註88〕（明）張岱著、夏咸淳點校：《張岱詩文集・自為墓志銘》，頁294。
〔註89〕（明）張岱著、夏咸淳點校：《張岱詩文集・甲午兒輩赴省試不歸，走筆招之》
卷二，頁31。
〔註90〕（明）張岱著、夏咸淳點校：《張岱詩文集・自為墓志銘》，頁296。

「陶庵老人著作等身，其自信者尤在《石匱》一書。」〔註91〕張岱在高、曾祖父承襲下來的優良史學傳統，對張岱影響甚鉅已見前述。

對於張岱的卒年，現有史料中並沒有明確的記載，康熙四年（1665）時，明已滅亡二十餘載，張岱時年六十九歲。「間策杖入市，人有不識其姓氏者。」〔註92〕此時的張岱過著深入簡出的生活，幾不爲當時所知。至於其得壽享年，後世學者眾說紛紜，或六十九歲，或七十歲，或八十歲、八十一歲、八十二歲、八十三歲甚至九十三歲不等，可以肯定的是張岱是十分長壽。清代毛奇齡（1623～1713）曾於康熙十八年（1679）寄書給張岱，時年張岱八十三歲，乞求一借張岱的鉅著《石匱書》並供修史，是現存可間接證實張岱年紀最晚紀錄的史料，由此推論張岱至少活了八十三歲之久。目前關於張岱卒年考證，以研究張岱頗有心得的大陸胡益民的「八十四歲」之說最爲後人採信。胡益民親自見過張岱的手寫本及許多第一手的珍貴資料。胡氏從其晚年最後一本著書《瑯嬛乞巧錄》的手稿研判：

> 後半部字跡交爲枯蒼，與前半之飽暢頗有不同，從字跡上判斷，其時（1680年秋）張岱寫字已顯得比較困難，是勉強用力鈔錄完此書的。〔註93〕

胡益民從張岱的手迹、遺留下來的文章詩稿中的線索及當時友人文章中間接資料交叉比對，考證張岱應卒於康熙十九年（1680）享年八十四歲。〔註94〕身爲一個史學家，張岱看過明末的政治腐敗、明代皇帝的昏庸；走過滿清的盛世時期，見識到順治、康熙的清明；對於明、清兩代自有一番評價。而張岱好書而著書，留下了不朽的經典供後人欣賞，《石匱書》正是明代歷史的最佳見證；另外《陶庵夢憶》、《西湖夢尋》更被譽爲張岱集晚明小品之大成。是不論於文學界、史學界，張岱都是一位奇才。其戲劇化的人生際遇，更爲這位不朽人物添增幾分傳奇又浪漫的色彩。

三、張岱之性格特質

晚明的學術風氣講求「獨抒性靈，不拘格套」，這樣的風氣不只表現在晚明小品中，更在晚明文人身上表現得一覽無遺。受到晚明政治敗壞、社會風

〔註91〕（明）張岱著、馬興榮點校：《陶庵夢憶‧序》，頁1。
〔註92〕（明）張岱著、馬興榮點校：《陶庵夢憶‧序》，頁1。
〔註93〕胡益民著：《張岱研究》，頁227。
〔註94〕胡益民著：《張岱研究》，頁226～230。

氣的開放、物質生活華麗、陽明心學的多重影響，晚明文人不再以「經世」
爲己志，取而代之的是「及時行樂」的思潮。晚明文人講求眞性情，形骸放
蕩不羈、不拘泥於傳統儒家道德的束縛，有魏晉任情任性遺風，而張岱正是
這樣一個典型的人物。張岱是位極度浪漫的人，其性格特質，一言以蔽之正
是「眞性情」的表現！其自言爲紈袴子弟，其行爲舉止絲毫無做作、虛僞；「愛
交友」不分各階級，只要是眞性情的朋友張岱都與結交；「好嬉遊」，不論城
市的繁華、鄉里的幽靜、山川的壯美、古刹的莊嚴，張岱都入境隨俗。

（一）眞性情——一往有深情

一首〈西湖詩〉道出張岱的人生態度——「一往有深情」：

> 追想西湖始，何緣得此名。恍逢西子面，大服古人評。
>
> 冶豔山川合，風姿烟雨生。奈何呼不已，一往有深情。〔註95〕

張岱的「深情」不只對西湖美景的依戀，更對西湖的一景一物充滿情感，西
湖的一草一木、一花一樹，西湖一帶的山光水色，酒肆牌坊，那些曾經過往
雲煙的人事物景，走過的足跡，發生過的趣事，在張岱眼裡仍然歷歷在目，
自云：「闊別西湖二十八載，然西湖無日不入吾夢中，而夢中之西湖，實未嘗
一日別余也。」〔註96〕對於西湖的深情懷念，即使鼎革後，依舊掛念。他寫
下了《西湖夢尋》，不只是寫下自己的遊歷記憶，更是對西湖人事景「一往有
深情」的追憶。

張岱的情感豐沛，不只是對於西湖美景的難以忘情，在張岱爲人處世中
皆可看見「一往有深情」的堅持。張岱師承祖、父的陽明心學，對於世間人
事的一切言行皆出於自「良知」的判斷。心之所趨，眞誠相待，不盲目依從
世俗，也不虛僞造作。張岱率眞的性格是天生的、稟賦的，而後天的家風教
育更洗鍊出張岱「眞性情」的個性及人生態度，張岱不喜矯揉造作，有著任
性，有著放逞意氣，有著淘氣，都可看出其率眞的一面：

> 崇禎二年中秋後一日，余道鎮江往兗。日晡，至北固，艤舟江口。
> 月光倒囊入水，江濤吞吐，露氣吸之，噀天爲白。余大驚喜，移舟
> 過金山寺，已二鼓矣。經龍王堂，入大殿，皆漆靜。林下漏月光，
> 疏疏如殘雪。余呼小僕攜戲具，盛張燈火大殿中，唱韓蘄王金山及
> 長江大戰諸劇。鑼鼓喧塡，一寺人皆起看。有老僧以手背搬眼瞖，

〔註95〕（明）張岱著、馬興榮點校：《西湖夢尋・卷一・西湖詩》，頁4。

〔註96〕（明）張岱著、馬興榮點校：《西湖夢尋・張岱自序》，頁7。

> 翕然張口，呵欠與笑嚏俱至，徐定睛，視爲何許人，以何事何時至，
> 皆不敢問。劇完將曙，解纜過江。山僧至山脚，目送久之，不知是
> 人、是怪、是鬼。〔註97〕

張岱一時興起，竟在夜裡二鼓經過金山寺時，來段即興演出。夜晚莊嚴安靜的寺廟，張岱突然「呼小僕攜戲具，盛張燈火大殿中，唱韓蘄王金山及長江大戰諸劇。」一時間「鑼鼓喧塡，一寺人皆起看」。眾師父們竟「翕然張口」，而「視爲何許人，以何事何時至，皆不敢問」。最後張岱「劇完將曙，解纜過江」，而「山僧至山脚，目送久之，不知是人、是怪、是鬼。」如此興起而大鬧佛門，不顧禮教的行爲，正是張岱率眞、眞性情的表現。是故張則桐說：

> 張岱以個體生命走完了魏晉一個時代的審美歷程，貫穿於這個審美
> 歷程之中的便是強烈的生命意識和由此生發出的對人生的深情眷戀
> 與體認。〔註98〕

縱觀張岱所有作品，無一處不是「一往有深情」，無一處不是「眞性情」的體現。

（二）愛交友—不分貧富賤

張岱愛好結交朋友，自言：「生平所遇，常多知己。」〔註99〕好交友的個性，不分老少，不分貴賤。〈祭周戩伯文〉中自述：

> 因好「舉業」，而有「時藝」知己；好「古作」，而有「古文」知己；
> 好「遊覽」，而有「山水」知己；好「詩詞」，而有「詩學」知己；
> 好「書畫」，而有「字畫」知己；好「塡詞」，而有「曲學」知己；
> 好「作史」，而有「史學」知己；好「參禪」，而有「禪學」知己。
> 〔註100〕

上至皇戚貴族，下自三教九流之輩無所不交。張岱以眞情相交，並主張「人無癖不可與交，以其無深情也；人無疵不可與交，以其無眞氣也。」〔註101〕認爲只要「德有獨至，術有專攻」〔註102〕之人，皆是張岱結交的對象。其言：

〔註97〕（明）張岱著、馬興榮點校：《陶庵夢憶・卷一・金山夜戲》，頁4。
〔註98〕張則桐著：〈一往深情──張岱散文情感底蘊論〉，《浙江大學學報（社會科學版）》，1999年，第3期，頁152。
〔註99〕（明）張岱著、夏咸淳點校：《張岱詩文集・祭周戩伯文》，頁361。
〔註100〕（明）張岱著、夏咸淳點校：《張岱詩文集・祭周戩伯文》，頁361。
〔註101〕（明）張岱著、馬興榮點校：《陶庵夢憶・卷4・祁止祥癖》，頁39。
〔註102〕（明）張岱著、夏咸淳點校：《張岱詩文集・五異人傳》，頁267。

> 余家瑞陽之癖於錢，齾張之癖於酒，紫淵之癖於氣，燕客之癖於土
> 木，伯凝之癖於書史，其一往深情，小則成疵，大則成癖。互人者，
> 皆無意於傳，而五人之負癖若此，蓋亦不得不傳之者也。作〈五異
> 人傳〉〔註103〕

張岱認為不論是「癖於錢」、「癖於酒」、「癖於氣」、「癖於土木」、「癖於書史」
都是「一往深情」的表現，他也自言自己是「茶淫橘虐，書蠹詩魔」。從張岱
的作品中，可以看見張岱所結交各式各樣形形色色的人物。有「聰明絕世，
出言靈巧，與人諧謔，矢口放言，略無忌憚」的王謔菴；有「洗垢吹毛，尋
其瘢痕，熱誚冷嘲，乞一生活地不可得」的周宛委；有「去妻子如脫麗，視
變童孌子為性命」的祁止祥；有「聲伎滿前，賓朋滿座，傾酒如泉，揮金似
土」的張亦寓；還有「生平不曉文墨，而有詩意；不解丹青，而有畫意；不
出市廛，而有山林意」的魯雲谷；及「性好山水聲伎，……顧好之實來嘗自
具殽核，為一日谿山之遊，亦未嘗為一日聲樂，以供知一縱飲，乃其所以自
娛者，往往借他人歌舞之場插身入之」的秦一生（？～1638）。再如名妓王月
生、名伶朱楚生、品茗者閔老子……等人，無一不是與張岱至交。張岱平時
與眾友「日聚海內名士徵歌行酒」，一起遊山玩水，一起絲竹唱和。他們之間，
有的身懷絕技，有的善解人意，有的智慧高人，有的令人逗趣，他們豐富了
張岱的美麗人生，也為張岱開拓起更廣闊的視野。

（三）好嬉遊—古剎名勝訪

　　除了對生活享受的追求外，旅遊也是張岱的生活重心。自云：「余少愛嬉
遊，名山恣探討。」〔註104〕晚明旅遊風氣極盛，文人雅士幾乎無人不愛出外
踏青。時常三五好友，攜帶童僕數人，甚至邀請名僧、娼妓一同遊賞，別富
具閒情逸致。據張岱作品所記，其足跡遍佈蘇、浙、魯、皖等地。而在遊歷
各地名勝的同時，張岱也看到當時政治的黑暗、民生的疾苦和官僚的腐化。
與一般文人雅士有所不同的是，張岱不只造訪各地山川美景，更愛好探訪城
市裡的點點滴滴，將各地的風俗民情記錄下來。近人周作人（1885～1967）
稱讚張岱是一位「都會詩人」，他的遊記中最獨到之處不是對於美景的深動刻
畫，而是深刻描繪出張岱所暢遊之處各地的人文色彩。周作人指出：

> 張宗子是個都會詩人，他所注意的是人事而非天然，山水不過是他

〔註103〕（明）張岱著、夏咸淳點校：《張岱詩文集・五異人傳》，頁267。
〔註104〕（明）張岱著、馬興榮點校：《西湖夢尋・卷一・大石佛院詩》，頁8。

所寫的生活背景〔註105〕

統計張岱作品可發現「遊記」在其作品中所佔比例相當之重。《西湖夢尋》通篇是書寫西湖一帶的山光水色、人文風情。《瑯嬛文集》中的〈岱志〉、〈海志〉、〈越山五佚記〉都是遊記文學。最受人注目的《陶庵夢憶》，十八卷計一百二十三則，半數以上講其遊歷各處的所見所聞、民俗風情，深刻書寫出一幅「清明上河圖」的「人文山水」面貌。陳平原亦指出：

> 在《陶庵夢憶》裡，談最多的是戲劇、是節慶，自然風景反倒退居其次。不在日獨立的日月山川，風水只是作爲人物活動的背景。
> 〔註106〕

而愛好旅遊的張岱，對於旅遊時的排場，準備功夫自然馬虎不得，〈游山小啓〉中寫到張岱每次出遊時的場景：

> 辛生勝地，鞋韈間饒山水。喜作閒人，酒席間只談風月，野航冶受，不三兩逾，便蓋隨行，各攜一二，僧上㪺下，觴止茗生，談笑雜以諧諧，陶寫賴比絲竹，興來即出，可趁樵風，日暮輒歸，不因剗雪，願邀同志，願續前游。
>
> 凡遊以一人司會，備小船、坐氈、茶點、盞箸、香爐、薪米之屬。每人攜一籃、一壺、二小菜，遊無定所，出無常期，客無限數，過六人則分坐二舟，有大量則自攜多釀。約某日遊、舟次。右啓某老先生有道司會某具。〔註107〕

旅遊中必準備「小船、坐氈、茶點、盞箸、香爐、薪米」，而每人皆攜帶美酒佳餚一同分享，旅遊時「酒席間只談風月」或飲酒作樂，或高歌一曲，「笑雜以諧諧，陶寫賴比絲竹，興來即出，可趁樵風，日暮輒歸」，如此愜意的生活，十足反映出張岱與當時晚明文人們的旅遊風氣，既悠閒又浪漫。張則桐指出張岱旅遊時的「眞性情」表現：

> 張岱……以自己「一往深情」的審美情懷和山水對話。他的山水小品中經常出現的「解衣盤礴」，就是脫去束縛，以自己的生命和山水交流的過程，而山水宏闊的境界和沈靜的質體又會引動他「一往深

〔註105〕周作人著：《澤瀉集·陶庵夢憶序》（臺北：里仁書局，1982），頁25。

〔註106〕陳平原著：《從文人之文到學者之文——明清散文研究》（北京：生活、讀書、新知三聯書店，2004），頁104。

〔註107〕（明）張岱著、夏咸淳點校：《張岱詩文集·游山小啓》，頁187。

　　情」的情懷對生命的思索。〔註108〕

張岱擅長細微的觀察，將自我的情感，融入於遊記之中。不論是遨遊山水美景之間，或是留戀繁華都市，張岱都深刻的刻畫出遊記中的人文色彩。他持著「一往深情」的情懷對生命的思索，不但呼應著西方文藝復興時期的人文價值，更明顯的彰揚了張岱遊記中「人文」的特色。

〔註108〕張則桐著：〈一往深情－張岱散文情感底蘊論〉，（《浙江社會科學》第 3 期，1999 年），頁 153。

第四章　張岱遊記中的人文薈萃

　　張岱的遊記作品以《陶庵夢憶》、《西湖夢尋》爲代表。《陶庵夢憶》描寫昔日遊歷西湖一帶的所見所聞，深刻描繪出西湖附近的人物、事件及景色，通篇彷彿一幅晚明西湖熱鬧的風俗畫；而《西湖夢尋》更是直承北魏楊衒之的《洛陽伽藍記》精神，寄寓了作者的興衰之感，反應社會生活風貌，並仿效明人劉侗《帝京景物略》的體例，將西湖一帶的各地風景及典故井然有序的一一介紹，其他如《瑯嬛文集》裡也散見數篇遊記於其中。周作人指出：張岱遊記中最大的特色是「人事而非天然」〔註1〕。今從其遊記作品中可發現大量的城市書寫，難怪周作人稱張岱爲「都會詩人」。其作品以「人文」爲主體，大量描寫遊歷西湖一帶所見的慶典、趣聞及風俗民情，爲充分瞭解張岱遊記中「人文薈萃」，筆者將張岱的遊記作品內容依人、事、景三個面相，做深度的探討。從「人」的深入描摩、「事」的精彩敘述及「景」的生動刻畫作一一的剖析，進而闡發其遊記中所呈顯之「人文精神」。

第一節　「人」的深入描摹

　　「人文精神」是張岱遊記的重要內涵，而「人」是整個精神的價值核心。是故在遊記之中，人是眞正的主體，而由人開展出「事」，以及各種人文活動，其中展現了包含公平正義的追求、人倫秩序的體現、歷史文物及人物的緬懷、情愛幸福的期盼、生命價值的珍惜、遺民意識的傷感、悲天憫人的情懷、眞摯情感的流露……等意涵，呈顯出「人文化成」的大千世界。細觀張岱遊記

〔註 1〕 周作人：《澤瀉集・陶庵夢憶序》，頁 25。

中，《陶庵夢憶》中通篇專論「人」的作品不下數十篇，《西湖夢尋》裡點出其古蹟名勝的典故，論及人物的篇章也有十多篇。分析這些篇章，其對人物的深入刻畫，正充分展現每一個人的性格特色及其所代表的人文價值。張岱極愛交友，上至王公貴族，下至街頭賣藝無所不交，而其筆下人物亦無所不寫，其所刻寫人的價值也是全面性的。在張岱眼中身份地位沒有貴賤之別，凡有「癖」者、「一往有深情」之人，張岱都真情相待。舉凡形形色色的人物：王公貴族、名流仕紳、名妓伶人、市井百姓，透過對人物行為舉止的敘述或是藉事件發生的過程，在張岱的妙筆生花之中，都一一活現。

一、王公貴族

張岱家自高祖以降，四代皆中舉任官職，與朝中王公貴族互有來往。其中祖父張汝霖的岳父朱金庭是擔任朝廷核心要職；父親張耀芳擔任魯獻王身邊的魯藩長史司右長史時獲得魯獻王的敬重。張岱自稱紈絝子弟，從小生活在優渥的環境中，自然與朝中王公貴族有所接觸，其文章中也記載了當時上層社會的樣貌。舉如〈魯王〉中曾記寫魯王造訪張岱家的情形。南明時期魯王朱以海建立弘光政權延續明代香火，朱以海之父魯獻王即是張岱父親的所屬長官，張父任職時頗得魯獻王的敬重，是故魯王巡視紹興時也造訪張家，張岱亦前往接駕：

> 福王南渡，魯王播遷至越，以先父相魯先王，幸舊臣第；岱接駕，無所考儀注，以意為之。踏腳四扇，氈罽借之，高廳事尺，設御座，席七重，備山海之供。魯王至，冠翼善，玄色蟒袍，玉帶，朱玉綬，觀者雜遝，前後左右用梯、用臺、用凳，環立看之，幾不能步，剩御前數武而已。傳旨：「勿辟人。」岱進，行君臣禮，獻茶畢，安茶再行禮。不送杯箸，示不敢為主也。趨侍坐，書堂官三人執銀壺二，一斟酒，一折酒，一舉杯，跪進上。膳一肉簋，一湯盞，盞上用銀蓋蓋之，一麵食，用三黃絹籠罩，三藏獲捧盤加額，跪獻之。書堂官捧進御前，湯點七進，隊舞七回，鼓吹七次，存七奏意。是日，演《賣油郎》傳奇，內有泥馬渡康王故事，與時事巧合，睿顏大喜。二鼓轉席，臨不二齋、梅花書屋，坐木猶龍，臥岱書榻，劇談移時，出登席，設二席於禦坐傍，命岱與陳洪綬侍飲，諧謔歡笑如平交。睿量宏，已進酒半門矣，大犀觥一氣盡，陳洪綬不勝飲，嘔噦御座

旁。尋設一小幾，命洪綬書籤，醉捉筆不起，止之。劇完，饒戲十
餘齣，起駕轉席。後又進酒半鬥，睿顏微酡，進輦，兩書堂官掖之，
不能步。岱送至閶外，命書堂官再傳旨曰：「爺今日大喜，爺今日喜
極！」君臣歡洽，脫略至此，眞屬異數。〔註2〕

南明初期清兵入關，北地戰火四起，而紹興地屬偏安尙未有烽火戰事，是故
城市仍呈現一片繁榮景象。當魯王來至張家時，人潮洶湧的景象「觀者雜遝，
前後左右用梯、用臺、用凳，環立看之，幾不能步，剩御前數武而已。」張
岱先寫到魯王的穿著「冠翼善，玄色蟒袍，玉帶，朱玉綏」，華麗的服飾，凸
顯王室的貴氣。而百姓爭相目睹相互推扯的景象，魯王不以自身安危爲考量
反而傳令：「勿辟人！」凸顯出其親民的作爲。張岱接駕時行以簡單的君禮「無
所考儀注，以意爲之」——一切從簡的形式，也反映出當時政局的不穩定與
當局出巡時的克難情形。魯王造訪張家，張岱熱情招待「湯點七進，隊舞七
回，鼓吹七次」，展現出張家的財勢非凡。隔日張岱再令人搬演《賣油郎》的
劇碼，劇中有「泥馬渡康王」的故事，與時事巧合，魯王看了龍心大悅，後
來張岱在帶領魯王參觀張家「臨不二齋、梅花書屋，坐木猶龍，臥岱書榻」。
魯王雖貴爲一國之君，但張岱與之接觸後，藉由許多小事件凸顯出魯王的貴
氣但卻隨和不拘小節的個性，表現出其親切面。與之飲酒，酒過三巡，魯王
與張岱不拘君臣的身份，「諧謔歡笑如平交」。而酒後的魯王「睿顏微酡，進
輦，兩書堂官掖之，不能步。」半醉的模樣，走起路來竟不能步，魯王歡喜
說道：「爺今日大喜，爺今日喜極！」看似失態的模樣卻是表現其眞情不做作
的一面，頗有魏晉率性遺風。撇開國仇、皇室恩怨不說，在張岱眼裡，魯王
是一個值得交往的朋友，沒有一般皇室盛氣淩人高傲的模樣，反而可以諧謔
歡笑如平交，雖然日後張岱並未得魯王的重用，只授與榮譽官職，但篇章中
仍可看出張岱對魯王爲人的肯定。

張岱喜愛遊歷各地名勝，對於歷史君王也多有描繪。〈錢王祠〉裡記載張
岱走訪至西湖南路時，來到祭拜五代的吳越王錢鏐（852～932）廟祠時所寫
下的篇章。錢鏐，字具美，浙江杭州臨安人，唐末跟從石鏡鎭將軍董昌（？
～896）平定黃巢之亂有功，任鎭海節度使。乾寧二年（895），又擊敗董昌，
據兩浙十三州，後梁開平初年（907）被封爲吳越王，建立吳越國，史稱吳越
太祖。在位期間，勤政愛民，並修建錢塘江海塘，又在太湖流域，建造堰閘，

〔註2〕　（明）張岱著，夏咸淳、程維榮校注：《陶庵夢憶・補遺・魯王》，頁141。

以時蓄洪，不畏旱澇，對浙江農業與經濟發展有功，後人爲感恩而建錢王祠以祭之：

> 錢鏐，臨安石鑒鄉人，驍勇有謀略。壯而微，販鹽自活。唐僖宗時，平浙寇王仙芝，拒黃巢，滅董昌，積功自顯。梁開平元年，封鏐爲吳越王。有諷鏐拒梁命者，鏐笑曰：「吾豈失一孫仲謀耶！」遂受之。改其鄉爲臨安縣，軍爲錦衣軍。是年，省塋壟，延故老，旄鉞鼓吹，振耀山谷。自昔遊釣之所，盡蒙以錦繡，或樹石至有封官爵者，舊貿鹽担，亦裁錦韜之。一鄉媼九十餘，攜壺泉迎於道左，鏐下車亟拜。媼撫其背以小字呼之曰：「錢婆留，喜汝長成。」蓋初生時，光怪滿室，父懼，將沉於了溪，此媼苦留之，遂字焉。爲牛酒，大陳以飲鄉人；別張蜀錦爲廣幄，以飲鄉婦。年上八十者，飲金爵，百歲者，飲玉爵。鏐起勸酒，自唱還鄉歌以娛賓曰：「玉節還鄉兮掛錦衣，父老遠近來相隨。鬥牛光起天無欺，吳越一王駟馬歸。」時將築宮殿，望氣者言：「因故府大之，不過百年；填西湖之半，可得千年。」武肅笑曰：「焉有千年而其中不出眞主者乎？奈何因吾民爲！」遂弗改造。宋熙寧間，蘇子瞻守郡，請以龍山廢祠妙音院者，改爲表忠觀以祀之。今廢。明嘉靖三十九年，督撫胡宗憲建祠於靈芝寺址，塑三世五王像，春秋致祭，令其十九世孫德洪者守之。郡守陳柯重鐫表忠觀碑記於祠。〔註3〕

張岱來到錢王祠不講述當地的景色，反而通篇描繪錢鏐其人及歷代建祠的過程，特以用錢鏐的故事凸顯錢王祠的重要性，別具匠心。文章開頭，張岱用以歷史筆法簡述錢鏐生平，清楚交代其崛起與建國經過。後引民間傳說其出生時「光怪滿室」的特異現象，以展現爲天子的徵兆，然而其父母恐懼，欲將沉於溪水，幸有鄰居老媼苦苦哀求才留了下來，故而有「錢婆留」的小名。因此錢鏐心中常存對鄉親的感恩之情，故衣錦還鄉時，命張蜀錦設廣幄，大陳牛酒，宴請鄉親，凡男女八十以上者，皆用金爵飲之，百歲以上者用以玉樽。錢鏐自起執爵，唱還鄉歌，以娛眾賓並仿漢高祖劉邦的《大風歌》高興喝唱：「玉節還鄉兮掛錦衣，父老遠近來相隨。鬥牛光起天無欺，吳越一王駟馬歸。」正見其意氣風發。此外，錢鏐的愛民更可由修築宮室的事件表現而出，望氣者建言填平西湖來修建廣大的宮室可利「傳之千秋」。錢鏐卻不迷信，

〔註3〕　（明）張岱著、馬興榮點校：《西湖夢尋・卷四・錢王祠》，頁60。

一笑置之曰：「焉有千年而其中不出眞主者乎？奈何困吾民爲！」如此愛民的心，一生追求「保境安民，與民生息」，無怪乎司馬光（1019～1086）在《資治通鑑》中更給予其高度評價：「錢鏐所立家訓，乃至臨終遺囑，念念不忘要善事中國，勿以易姓廢大事之禮。」〔註4〕張岱用以一連串事件刻畫出錢鏐的愛民與親民表現，更敬佩其對百姓安定的追尋，故在〈錢王祠詩〉中也給予肯定的評價：「五胡紛擾中華地，歌舞西湖近百秋」〔註5〕。

　　吳越國於五代時長期經營江浙一帶，對當地建設、經濟發展功不可沒。在西湖北路上有座著名的保俶塔，原是吳越國最後一個君王錢俶（929—988）有感於以人質身份自宋平安歸回而建。寶塔傾倒後，百姓有感於其恩德，逐在葛嶺之北寶石山上，築新塔以紀念之。另有訛傳此塔係寡嫂祈叔平安而建，因此訛稱爲「保叔塔」，故不知者遂有「保叔緣何不保夫」的趣聞。寶石山以其秀麗挺拔的保俶塔、千姿百態的石景以及初陽臺上看日出等景觀吸引遊人，而保俶塔塔身秀挺纖細，宛如亭亭玉立在西子湖畔的美女，與雷峰塔的遙相呼應，並有「雷峰似老衲，保俶如美人」的美譽，「保塔朝霞」、「雷峰夕照」是西湖觀日的著名景點。張岱由經西湖北路見保俶塔，於是將寶塔的興建典故與錢俶之愛民表現逐一記之：

> 寶石山高六十三丈，週一十三裏。錢武肅王封壽星寶石山，羅隱爲之記。其絕頂爲寶峰，有保俶塔，一名寶所塔，蓋保俶塔也。宋太平興國元年，吳越王俶，聞唐亡而懼，乃與妻孫氏、子惟濬、孫承祐入朝，恐其被留，許造塔以保之。稱名，尊天子也。至都，賜禮賢宅以居，賞賚甚厚。留兩月遣還，賜一黃袱，封識甚固，戒曰：「途中宜密觀」。及啓之，則皆群臣乞留俶章疏也，俶甚感懼。既歸，造塔以報佛恩。保俶之名，遂誤爲保叔。不知者遂有「保叔緣何不保夫」之句。

> 俶爲人敬慎，放歸後，每視事，徙坐東偏，謂左右曰：「西北者，神京在焉，天威不違顏咫尺，俶敢宵居乎！」每修省入貢，焚香而後遣之。未幾，以地歸宋，封俶爲淮海國王。其塔，元至正末毀，僧慧炬重建。明成化間又毀，正德九年僧文鏞再建。嘉靖元年又毀，

〔註4〕（宋）司馬光著《資治通鑑》，收錄於《文淵閣四庫全書》收錄於《文淵閣四庫全書》（臺北：臺灣商務印書館據國立故宮博物院藏本影印，1983年），史部・編年類・資治通鑑・卷二七七・頁31。

〔註5〕（明）張岱著、馬興榮點校：《西湖夢尋・卷四・錢王祠詩》，頁61。

二十二年僧永固再建。隆慶三年大風折其頂，塔亦漸圮，萬曆二十
二年重修。其地有壽星石、屯霞石。去寺百步，有看松臺，俯臨巨
壑，凌駕松杪，看者驚悸。塔下石壁孤峭，緣壁有精廬四五間，爲
天然圖畫閣。〔註6〕

吳越忠懿王錢俶初名弘俶，小字虎子，後改字文德，雖是吳越國的末代君主，
但卻廣受百姓愛戴。錢俶在位三十餘年，遵從祖訓不願輕易發動戰爭，以國
家安定、百姓平安爲考量，期間恭事後漢、後周和北宋。張岱在〈保俶塔〉
中記載宋太祖太平興國元年（976），南唐滅亡，吳越王錢俶見北宋必將一統
天下，爲國家不受戰火侵擾而攜妻小一同前往北宋擔任人質。當時擔任人質
隨時有被軟禁或遭遇不測的危險，錢俶出發前於佛像前發願：若平安歸來，
將造塔感恩。所幸在朝中得到宋太祖的禮遇「賜禮賢宅以居，賞賚甚厚」，兩
個月後得以回國，臨走前宋太祖賜與一黃包袱，封存極爲牢固，告誡：「途中
宜密觀。」後錢俶打開看之，原來都是宋朝群臣請求扣留錢俶的奏章。錢俶
心存感激，回到吳越後，在寶石山上造了一座高塔來報佛恩，取名爲保俶塔。
張岱另再記述錢俶爲人敬愼，回國後對於宋太祖執禮敬甚，每次視察地方時
必「徙坐東偏」，因爲「西北者，神京在焉，天威不違顏咫尺，俶敢甯居乎！」
張岱以錢俶不顧自身安危爲人質的事件與日後徙坐東偏以對宋太祖的敬愼態
度，凸顯出其對國家、人民的呵護與關懷，十分肯定其身爲君主的愛民作爲。

張岱書寫遊記時，對於人物的刻畫帶有濃厚的史家精神，強調實事求是，
不以偏蓋全。如人人得而誅之的南宋奸臣賈似道（1213～1275），雖然張岱與
大家一樣痛恨他的弄權賣國，但論及賈氏的藝術造詣，張岱卻給予極高的評
價，並云：「余謂博洽好古，猶是文人韻事；風雅之列，不黜曹瞞；賞鑒之家，
尙存秋壑。」〔註7〕賈似道，南宋臺州人，字師憲，《宋史》將其列入「奸臣
傳」，與秦檜（1090～1155）並稱「南宋兩大奸臣」。賈似道「少落魄，爲游博，
不事操行」〔註8〕，後因其姊賈妃有寵於宋理宗趙昀（1205～1264），靠裙帶
關係升官，後入相出將，成爲當朝宰相。其人極愛聲色，常在西湖上張燈作
宴，元兵南下，南宋岌岌可危，「時襄陽圍已急，似道日坐葛嶺，起樓閣亭榭，

〔註6〕（明）張岱著、馬興榮點校：《西湖夢尋·卷一·保俶塔》，頁9。
〔註7〕（明）張岱著、馬興榮點校：《陶庵夢憶·卷六·朱氏收藏》，頁57。
〔註8〕（元）托托著：《宋史》，收錄於《文淵閣四庫全書》（臺北：臺灣商務印書館
　　　據國立故宮博物院藏本影印，1983 年），史部·正史類·卷四百七十四·頁
　　　15。

取宮人娼尼有美色者爲妾，日淫樂其中。惟故博徒日至縱博。」〔註9〕身爲宰相卻玩世不恭，國家大事、軍事重任，全抛到腦後。若賭友們一時不能湊齊，則「與群妾居地鬥蟋蟀。所狎客人戲之曰：『此軍國重事邪』。」〔註10〕時人譏之爲「蟋蟀宰相」。賈似道賣國求榮，行賄敵將，割地賠款，終導致南宋亡國，自己也在被流放中慘遭殺害。然其藝術造詣頗高，張岱於〈三茅觀〉中云：

> 余嘗謂曹操、賈似道千古奸雄，乃詩文中之有曹孟德，書畫中之有
> 賈秋壑，覺其罪業滔天，減卻一半。方曉詩文書畫，乃能懺悔惡人
> 如此。凡人一竅尚通，可不加意詩文，留心書畫哉？〔註11〕

雖然賈似道弄權誤國，但論其藝術上的鑑賞張岱卻對其十分讚揚，甚至「覺其罪業滔天，減卻一半」。受到晚明「獨抒性靈」的風氣洗禮，強調對於術業的專精與肯定，張岱認同賈氏於藝術文化上的修養，並不因其爲誤國奸臣而忌諱不語。〈大頭佛〉中即談到對賈似道精於鑑賞及對處事的果決。

> 賈秋壑爲誤國奸人，其于山水書畫骨董，凡經其鑑賞，無不精妙。
> 所制錦纜，亦自可人。一日臨安失火，賈方在半閒堂鬥蟋蟀，報者
> 絡繹，賈殊不顧，但曰：「至太廟則報。」俄而，報者曰：「火直至
> 太廟矣！」賈從小肩輿，四力士以椎劍護，舁輿人里許即易，倏忽
> 至火所，下令肅然，不過曰：「焚太廟者，斬殿帥。」于是帥率勇士
> 數十人，飛身上屋，一時撲滅。賈雖奸雄，威令必行，亦有快人處。
>
> 〔註12〕

賈似道精於藝術鑑賞「凡經其鑑賞，無不精妙」，甚至連繫於大頭佛上纜舟的精緻錦纜，都與眾不同，極具藝術特色「亦自可人」。最後張岱再舉京城火燒太廟一事件。當其下令「焚太廟者，斬殿帥。」於是將士用命，誓死保護，故曰「賈雖奸雄，威令必行，亦有快人處。」張岱一向肯定人的癡與癖，即使是如此大奸臣，張岱依然肯定其獨到的能力。

　　自小身處官宦之家的張岱，對於上層社會的生活，有很深刻的接觸。文

〔註9〕　（元）托托著：《宋史》，收錄於《文淵閣四庫全書》（臺北：臺灣商務印書館據國立故宮博物院藏本影印，1983年），史部·正史類·卷四百七十四·頁21。

〔註10〕　同前註。

〔註11〕　（明）張岱著、馬興榮點校：《西湖夢尋·卷五·三茅觀》，頁98。

〔註12〕　（明）張岱著、馬興榮點校：《西湖夢尋·卷一·大頭佛》，頁8。

章中對於當代來往中的王公貴族或是歷史上的君王將臣皆有深入的描寫，張岱善以事件凸顯人物的性格及特色。別於歷史上對於這些人物的褒貶功過的角度看之，呈現出這些人物不同的風範：魯王朱以海的不拘小節、吳越王錢鏐的親民愛民、吳越王錢俶的處事敬慎、南宋大奸臣賈似道的鑑賞絕妙與「威令必行」，別見人物風貌。

二、名流仕紳

　　張岱家是紹興一帶的著名仕紳階級，高、曾、祖、父個個都個性豪邁，以書香傳家，學問淵博。來往之中不乏許多當時赫赫有名之人：著名劇作家湯顯祖、畫家徐渭、大學者陳繼儒及屠隆等人都與張家世代交好。張岱承襲了父執輩的性格，也廣愛交友。來往中且不乏名流仕紳，這些人中不少常與張岱結伴共遊，遨遊山水之間，舉杯高歌或吟詩作對，相互砥礪切磋，而張岱也在遊記中側面寫下了他們每一個人的人物特色。

　　晚明陳繼儒與張岱的祖父張汝霖十分交好，陳繼儒。字仲醇，號眉公，又號麋公，松江華亭人。隱居崑山之陽，後築室東佘山，杜門著述，工詩善文，書法蘇米，與當時董其昌（1555～1636）齊名。能繪山水，以梅竹著稱於世，以詩、書、畫的巧妙結合構成了特有的藝術特色。屢奉詔徵用，皆以疾辭，崇禎十二年（1639）卒，年八十二，後人編有《眉公全集》。陳繼儒是一位奇才，集詩、書、畫的成就於一身，在當時享譽盛名，他也很有商業頭腦。當時晚明資本主義興起，經濟繁榮，陳繼儒將其著作化為商品，凡掛有眉公名號的書籍，於書舖中皆遠近爭相買購，可以說是一位當代的「暢銷作家」。張岱自小跟隨祖父張汝霖身邊時，就曾與陳繼儒有所接觸。六歲時，祖父帶他到武林一遊，遇陳繼儒。眉公對其祖父說：「聞文孫善屬對，吾面試之。」〔註13〕便指著畫屏上的《李白騎鯨圖》出了上聯「太白騎鯨，採石江邊撈夜月」〔註14〕張岱抓頭搔耳之後，便對出下聯「眉公跨鹿，錢塘縣裡打秋風。」眉公聽罷大笑頻頻稱稱讚「那得靈雋若此！」〔註15〕陳繼儒極滿意張岱的應對並不顧學者風範與衿持「大笑、起躍」〔註16〕，直呼張岱為「吾小友也！」〔註17〕

〔註13〕　（明）張岱著、夏咸淳點校：《張岱詩文集·自為墓志銘》，頁296。
〔註14〕　（明）張岱著、夏咸淳點校：《張岱詩文集·自為墓志銘》，頁296。
〔註15〕　（明）張岱著、夏咸淳點校：《張岱詩文集·自為墓志銘》，頁296。
〔註16〕　（明）張岱著、夏咸淳點校：《張岱詩文集·自為墓志銘》，頁296。
〔註17〕　（明）張岱著、夏咸淳點校：《張岱詩文集·自為墓志銘》，頁296。

透過張岱生動的筆法，將陳繼儒與張岱的互動活靈活現的刻畫而出。陳繼儒又號麋公，這個典故與張岱的祖父極有關係，《陶庵夢憶》是這樣寫〈麋公〉：

> 萬曆甲辰，有老醫馴一大角鹿，以鐵鉗其趾，設鞁韉其上，用籠頭銜勒騎而走，角上掛葫蘆藥甕，隨所病出藥，服之輒愈。家大人見之喜，欲售其鹿，老人欣然肯解以贈，大人以三十金售之。五月朔日爲大父壽，大父偉碩，跨之走數百步，輒立而喘，常命小僕籠之，從遊山澤。次年至雲間，解贈陳眉公。眉公羸瘦，行可連二三里，大喜。後攜至西湖六橋、三竺間，竹冠羽衣，往來於長堤深柳之下，見者嘖嘖稱爲「謫仙」。後眉公復號「麋公」者，以此。〔註18〕

陳繼儒的麋鹿原是張岱父親贈與祖父的壽禮，但因爲「大父偉碩，跨之走數百步，輒立而喘」，在次年張汝霖拜訪陳繼儒時，見「眉公羸瘦，行可連二三里，大喜」於是慷慨贈之。陳繼儒得麋鹿後於是常「攜至西湖六橋、三竺間」並身穿「竹冠羽衣，往來於長堤深柳之下」，見到的人們嘖嘖稱奇，並稱之爲「謫仙人」，後陳繼儒便有麋公的稱號。從張岱的文字中可以看見其祖父張汝霖與陳繼儒十分交好的情形，連兒子所贈的壽禮都可以慷慨贈之，可見關係非淺，而透過張岱的敘說，對於陳繼儒的豪邁不拘俗禮個性：「大笑、起躍」、「大喜」，也讓讀者對於陳繼儒印象十分深刻。

張岱好癖，自云：「人無癖不可與交，以其無深情也；人無疵不可與交，以其無眞氣也。余友祁止祥有書畫癖，有蹴鞠癖，有鼓鈸癖，有鬼戲癖，有梨園癖。」〔註19〕眾多友人中對祁豸佳的癖好極爲讚美。祁豸佳，字止祥，號雪瓢，山陰人。爲著名學者祁彪佳（1602～1645）之弟。天啓七年（1627）中舉人，官至吏部司務。甲申（1644）之變後，不仕異族，隱居梅市賣畫代耕。字學董其昌，山水仿沈周（1427～1509），氣勢淋漓，筆力挺拔。喜作花卉，亦多逸致，詩文詞、歌、弈、圖章，百戲俱善，多才多藝。張岱作品中《張子文秕》、《西湖夢尋》即有祁豸佳作序，十分推崇張岱之文章。《張子文秕》序中謂其詩文「選題、選意、選字、選句，少不倔意，不肯輕易下筆」〔註20〕，故能「亮拔不群」。而《西湖夢尋》序中也對張岱文筆推崇備至，言其「有酈道元之博奧，有劉同人之生辣，有袁中郎之倩麗，有王季重

〔註18〕（明）張岱著、馬興榮點校：《陶庵夢憶・卷五・麋公》，頁47。
〔註19〕（明）張岱著、馬興榮點校：《陶庵夢憶・卷四・祁止祥癖》，頁39。
〔註20〕（明）張岱著、夏咸淳點校：《張岱詩文集・張子文秕序》，頁54。

之詼諧」〔註21〕。相對地，張岱也極讚揚祁豸佳的才華與癖好，曾經提到祁豸佳癡愛迦陵鳥的故事：

> 壬午，至南都，止祥出阿寶示余，余謂：「此西方迦陵鳥，何處得來？」阿寶妖冶如蕊女，而嬌癡無賴，故作澀勒，不肯著人。如食橄欖，咽澀無味而韻在回甘；如吃煙酒，鯁齁無奈而軟同沾醉。初如可厭，而過即思之。止祥精音律，咬釘嚼鐵，一字百磨，口口親授，阿寶輩皆能曲通主意。乙酉，南都失守，止祥奔歸，遇土賊，刀劍加頸，性命可傾，至寶是寶。丙戌，以監軍駐臺州，亂民鹵掠，止祥囊篋都盡，阿寶沿途唱曲，以膳主人。及歸剛半月，又挾之遠去。止祥去妻子如脫躧耳，獨以孌童崽子爲性命，其癖如此。〔註22〕

祁豸佳養了一隻會說話又愛撒嬌的迦陵鳥，將其名取爲「阿寶」，與當時一位極受歡迎的藝人同名。阿寶長得「妖冶如蕊女，而嬌癡無賴，故作澀勒，不肯著人」十分討祁豸佳的歡喜，於是祁豸佳教牠唱戲，每每不厭其煩教到「字正腔圓」爲止。經過一段時間的訓練，阿寶竟能「皆能曲通主意」，與主人心靈相通。而清兵入關後祁豸佳欲帶著阿寶欲逃到自己的故鄉避難。途中遇到土賊，在面臨「刀劍加頸、性命可傾」千鈞一髮之際，仍舊對阿寶不離不棄。清順治三年（1646），祁豸佳隨身的行李都被亂民奪走了，只有阿寶還是亦步亦趨地跟在身邊。最後，沿路上憑藉著阿寶唱曲的本領，沿街賣藝，祁豸佳終於平安的回到了家鄉。從迦陵鳥的故事對其專愛成癖的性格清楚描繪，無怪乎張岱云：「止祥去妻子如脫躧耳，獨以孌童崽子爲性命，其癖如此。」

除了友愛鳥成癖的祁豸佳，還有愛花成癖的金乳生：

> 金乳生喜蒔草花。住宅前有空地，小河界之。乳生瀕河構小軒三間，縱其趾於北，不方而長，設竹籬經其左。北臨街，築土牆，牆內砌花欄護其趾。再前，又砌石花欄，長丈餘而稍狹。欄前以螺山石纍山披數摺，有畫意。草木百餘本，錯雜蒔之，濃淡疏密，俱有情致。春以罌粟、虞美人爲主，而山蘭、素馨、決明佐之。春老以芍藥爲主，而西番蓮、土萱、紫蘭、山礬佐之。夏以洛陽花、建蘭爲主，而蜀葵、烏斯菊、望江南、茉莉、杜若、珍珠蘭佐之。秋以菊爲主，而剪秋紗、秋葵、僧鞋菊、萬壽芙蓉、老少年、秋海棠、雁來紅、

〔註21〕 （明）張岱著、馬興榮點校：《西湖夢尋・序二》，頁3。
〔註22〕 （明）張岱著、馬興榮點校：《陶庵夢憶・卷四・祁止祥癖》，頁39。

矮雞冠佐之。冬以水仙爲主，而長春佐之。其木本如紫白丁香、綠
萼玉楪蠟梅、西府滇茶、日丹白梨花，種之牆頭屋角，以遮烈日。
乳生弱質多病，早起不盥不櫛，蒲伏堦下，捕菊虎，芟地蠶，花根
葉底，雖千百本，一日必一週之。瘁頭者火蟻，瘠枝者黑蚰，傷根
者蚯蚓、蜒蝣，賊葉者象幹、毛蝟。火蟻，以鰲骨、鱉甲置旁引出
棄之；黑蚰，以麻裹觔頭捋出之；蜒蝣，以夜靜持燈滅殺之；蚯蚓，
以石灰水灌河水解之；毛蝟，以馬糞水殺之；象幹蟲，磨鐵線穴搜
之。事必親歷，雖冰龜其手，日焦其額，不顧也。青帝喜其勤，近
產芝三本以祥瑞之。〔註23〕

張岱描寫金乳生對花草的癡愛。起頭先說金乳生喜殖草花，後即放下金乳生，
反而去敘說其花園中的花草茂盛「草木百餘本，錯雜殖之，濃淡疏密，俱有
情致」，後在花費了超過三分之一的篇幅列舉了於花園中春夏秋冬時所生長各
式各樣的花卉。表面上似乎太過累贅，實際上卻是別有用心。張岱先列出三
十三種花卉和四季裡三十多種不同盛開的花朵樣貌，透過龐大、各式不同的
花朵凸顯出金乳生的花園是個極爲了不起的地方。如此大的花園，極需費心
於濃淡，疏密，時節等安排，在金乳生的巧手下，個個都花開葉茂百花爭豔。
述說完眾多的花卉後才再說金乳生其人，卻是一句「乳生質弱多病」卻如此
癡愛花草令人訝異。從四季花卉的的費心安排，到「早起不盥不櫛，蒲伏堦
下，捕菊虎，芟地蠶，花根葉底，雖千百本，一日必一週之」，再到「事必親
歷，雖冰龜其手，日焦其額，不顧也。」張岱以如此映襯手法，使人感受到
金乳生對花草的喜愛，真正到癡愛的地步，無怪乎「青帝喜其勤，近產芝三
本，以祥瑞之」連春神都受其感動，以靈芝獻其祥瑞生之。張岱善用從旁側
寫，卻能清楚明白的將人物的性格刻畫的淋漓盡致，凸顯出每一個人的特殊
性與價值性。

　　張岱因爲「好花鳥」而結識了祁豸佳、金乳生這樣的癡人；其性格之真
摯，即使是平生素未蒙面，只要氣味相投，一見如故，亦可成爲知己摯友，
另與姚簡叔的相遇相知，彼此惺惺相惜。姚允在，字簡叔，會稽人。姚氏世
工圖繪，簡叔善山水，筆下澹遠，一洗畫工習氣。學荊、關數家，思致不凡。
其摩倣古人，見其臨本，直可亂真，是明末著名畫家。周亮工評其畫：「一洗
浙習，盡萃諸家之長而出以秀韻，每見令人靜穆，不似近人但以浮豔悅人耳

〔註23〕　（明）張岱著、馬興榮點校：《陶庵夢憶・卷一・金乳生草花》，頁 2。

目也。……紀所見名勝，幅幅皆有意致。」〔註 24〕在一次因緣際會下，張岱
認識了姚簡叔：

> 姚簡叔畫千古，人亦千古。戊寅，簡叔客魏為上賓，余寓桃葉渡，
> 往來者閔汶水、曾波臣一二人而已。簡叔無半面交，訪余，一見如
> 平生歡，遂榻余寓。與余料理米鹽之事，不使余知。有空，拉余飲
> 淮上館，潦倒而歸。京中諸勳戚、大老、朋儕、緇衲、高人、名妓
> 與簡叔交者，必使交余，無或遺者。與余同起居者十日，有蒼頭至，
> 方知其有妾在寓也。簡叔塞淵不露聰明，為人落落難合，孤意一往，
> 使人不可親疏。與余交，不知何緣，反而求之不得也。訪友報恩寺，
> 出冊葉百方，宋元名筆。簡叔眼光透入重紙，據梧精思，面無人色。
> 及歸，為余仿蘇漢臣一圖：小兒方據澡盆浴，一腳入水，一腳退縮
> 欲出；宮人蹲盆側，一手拭兒，一手為兒攄鼻涕；旁坐宮娥，一兒
> 浴起伏其膝，為結繡踞。一圖，宮娥盛妝端立有所俟，雙鬟尾之；
> 一侍兒捧盤，盤列二甌，意色向客；一宮娥持其盤，為整茶鍬，詳
> 視端謹。覆視原本，一筆不失。〔註 25〕

崇禎十一年（1638），簡叔作客魏府，張岱則寓桃葉渡。兩人生平素未逢面，
姚簡叔前往拜訪，卻「一見如平生歡」，「遂榻岱寓」。有空閒時，拉著張岱
「飲淮上館，潦倒而歸。」張岱與之同起居十日，有老奴到來，「方知其一
妾在寓也」。可見兩人交好之程度親密。張岱在寄居秦淮時，得姚簡叔介紹，
認識了京城中許多的人物——皇戚、大老、朋儕、緇衲、高人、名妓……
等，也開拓了張岱的交友圈。姚簡叔的畫作在京城享譽盛名，尤其是臨摹
古人的畫作更是直可亂真。在一次兩人同遊報恩寺時，張岱寫到姚簡叔看
畫入神的樣貌是「眼光透入重紙，據梧精思，面無人色。」將其對於畫作
的專注癡愛刻畫的極為傳神，後姚簡叔繪仿蘇漢臣一圖，將其嬰兒洗澡的
神態和宮女服侍的樣貌畫的栩栩如生，難怪張岱稱讚姚簡叔：「畫千古，人
亦千古。」〔註 26〕

　　張岱除善以小事側寫各種人物的風貌性格外，在刻畫人的面容上亦筆觸
精準描摩別出精彩，如形容「麻面奇醜，眼眶朧腫，痘瘢層逊，短髭戟張」

〔註 24〕　（清）周亮工著，《讀畫錄·卷二·姚簡叔》，（臺北：新文豐出版公司，1985
　　　　　《叢書集成新編》），頁 370。
〔註 25〕　（明）張岱著、馬興榮點校：《陶庵夢憶·卷五·姚簡叔畫》，頁 32。
〔註 26〕　（明）張岱著、馬興榮點校：《陶庵夢憶·卷五·姚簡叔畫》，頁 43。

〔註27〕的季祖張汝懋為「大人美目深藏，核桃縫中尋芥子；勁鬚直出，羊肚石上種昌蒲。」〔註28〕傳神的表現出季祖張汝懋的嚴容，搏得季祖的歡心。此外，當張岱拜訪當時著名文人范長白後，也對其人的面容怪異及好客豪邁的性格留下了深刻描繪：

> 主人與大父同籍，以奇醜著。是日釋褐，大父嬲之曰：「醜不冠帶，范年兄亦冠帶了也。」人傳以笑。余亟欲一見。及出，狀貌果奇，似羊肚石雕一小猱，其鼻堊，顴頤猶殘缺失次也。冠履精潔，若諧謔談笑面目中不應有此。開山堂小飲，綺疏藻幕，備極華縟，秘閣請謳，絲竹搖颺，忽出層垣，知為女樂。飲罷，又移席小蘭亭，比晚辭去。主人曰：「寬坐，請看『少焉』。」余不解，主人曰：「吾鄉有縉紳先生，喜調文袋，以《赤壁賦》有『少焉月出於東山之上』句，遂字月為『少焉』。頃言『少焉』者，月也。」固留看月，晚景果妙。主人曰：「四方客來，都不及見小園雪，山石碖硳，銀濤蹴起，掀翻五泄，搗碎龍湫，世上偉觀，惜不令宗子見也。」步月而出，至元墓，宿葆生叔書畫舫中。〔註29〕

范允臨，字長倩，號長白，華亭人，為宋代名臣范仲淹（989～1052）的後代子嗣。萬曆年間與張岱祖父同年進士，官至福建布政司參議。晚年築室蘇州天平山麓，建園林，樂聲伎，自稱神仙中人。善工書畫，與董其昌齊名。范長白長相奇醜，張岱曾聞大父嬲戲稱：「醜不冠帶，范年兄亦冠帶了也。」待親自拜訪後，見到其廬山真面目，果真狀貌果奇，張岱說其「似羊肚石雕一小猱，其鼻堊，顴頤猶殘缺失次也。」簡單幾句即作了生動的描繪出其長相奇醜樣。范長白雖相貌醜，但其人個性卻十分詼諧幽默。擅長園林景觀的塑造，胸有丘壑，構建園亭，大有意致，又精絲竹聲樂，穿戴也很講究。范長白極熱情好客。張岱拜訪之，不但得其導覽遊園，兼之邀約觀女樂，及晚又陪張岱一同賞月。而兩人幽默的對話中，也見識到二人學問淵博的才性，范長白先云：「寬坐，請看『少焉』。」張岱不解，故又說：「吾鄉有縉紳先生，喜調文袋，以《赤壁賦》有『少焉月出於東山之上』句，遂字月為『少焉』。

〔註27〕（明）張岱著：《快園道古‧卷之十二‧小慧部》（浙江：浙江古籍出版社，1986），頁85。

〔註28〕（明）張岱著：《快園道古‧卷之十二‧小慧部》（浙江：浙江古籍出版社，1986），頁85。

〔註29〕（明）張岱著、馬興榮點校：《陶庵夢憶‧卷五‧范長白》，頁41。

頃言『少焉』者，月也。」固留於此賞月，晚景果然精妙。最後深爲因張岱不得見小園雪景而惋惜曰：「四方客來，都不及見小園雪，山石皚皚，銀濤蹴起，掀翻五泄，搗碎龍湫，世上偉觀，惜不令宗子見也。」即見范長白好客以及兩人相交諧樂的情形。

而以生死之交而論，陳洪綬（1598～1652）可以說是張岱的「至交」。陳洪綬，字章侯，又字老蓮、老遲，甲申之變後別號悔遲，浙江諸暨人，明末傑出畫家。陳洪綬是張岱的仲叔，張爾葆之女婿，雖爲張岱長輩，但兩人年僅一歲之差，平常十分交好。曾經求學於著名者劉宗周（1578～1645），補生員後應鄉試不第，捐爲國子監生；崇禎間召爲舍人，得以觀宮中藏畫，揣習臨摹。因臨歷代帝王圖像，其畫技益進。甲申之變後，清兵入浙東，陳洪綬出家紹興雲門寺爲僧，一年後還俗，在紹興、杭州以賣畫爲生。陳洪綬章侯精於人物山水，擅人物、花鳥、仕女，版畫亦極精，皆謂奕奕有生氣。時人謂其畫乃天授，非人力能致之。是故其書與畫，時人爭以購之。張岱謂：「余友陳章侯，才足掞天，筆能泣鬼。昌谷道士，婢囊嘔血之詩。蘭渚詩中，僧秘開花之字，兼之力開畫苑，遂能目無古人」。〔註30〕《石匱書後集》中，張岱把陳洪綬列入《妙藝列傳》，可見成藝術成就甚高。傳世名作有《屈子行吟圖》、《水滸葉子》、《博古葉子》等。另有詩文集《寶綸堂集》八卷存世。

張岱與陳洪綬交往十分密切，於張岱作品中常提及陳洪綬的身影：〈岣嶁山房〉中記載：天啓甲子年（1624）與陳洪綬等人讀書於西湖畔的岣嶁山房裡；〈白洋潮〉中記載崇禎庚辰年（1640）八月同往吊朱燮元及看白洋潮；〈陳章侯〉中又記載崇禎年間相約同遊西湖；而張岱作《喬坐衙》一劇，陳洪綬也爲之題詞，對張岱敢於在劇中「諷刺當局」的內容深感敬佩。張岱自云：「余好書畫，則有陳章侯、姚簡叔爲字畫知己」〔註31〕可見二人關係匪淺。陳洪綬個性放盪不羈，生活放縱，不拘禮法，孤傲倔強，反對文人墨戲，一般人視之爲狂士。爲人風流極愛女色，非女子在座不飲，有擁女子乞畫者輒應，個性是如此鮮明。舉如〈陳章侯〉中即記載了陳洪綬被酒挑一女子的故事：

> 崇禎乙卯〔註32〕八月十三，侍南華老人飲湖舫，先月早歸。章侯悵悵向余曰：「如此好月，擁被臥耶？」余敕蒼頭攜家釀鬥許，呼一小划船再到斷橋，章侯獨飲，不覺沾醉。過玉蓮亭，丁叔潛呼舟北岸，

〔註30〕 （明）張岱著、馬興榮點校：《陶庵夢憶・卷六・水滸牌》，頁56。
〔註31〕 （明）張岱著、夏咸淳點校：《（張岱詩文集・祭周戩伯文》頁361。
〔註32〕 乙卯各本同。按：崇禎年間無乙卯年，疑爲「己卯」之筆誤。

> 出塘棲蜜橘相餉，䕺啖之。章侯方臥船上嚎囂，岸上有女郎，命童子致意云：「相公船肯載我女郎至一橋否？」余許之。女郎欣然下，輕紈淡弱，婉瘱可人。章侯被酒挑之曰：「女郎俠如張一妹，能同虬髥客飲否？」女郎欣然就飲。移舟至一橋，漏二下矣，竟傾家釀而去。問其住處，笑而不答。章侯欲躡之，見其過岳王墳，不能追也。〔註33〕

性情浪漫的陳洪綬見此美好月景，豈可錯過，故強拉張岱一同搭舟夜遊。美景當前，於舟上賞月飲酒，沒想到偶遇一妙齡女子命童子前來致意「相公船肯載我女郎至一橋否？」佳人作陪、美酒共飲，實爲人生一大樂事。陳洪綬的風流韻事不少，傳清兵入官後，一次清將固山額眞，從圍城之戰中擄得陳洪綬，大喜，並急令其作畫，並以刀刃脅迫之，陳洪綬不畫；便以酒與美人誘之，於是畫之。之後，請陳洪綬至彙所畫署，當晚陳洪綬大飲美酒，夜抱畫而眠。隔日清晨僕人欲前往伺候時，發現陳已遁逃。陳洪綬的個性不羈，不在乎世俗眼光，即使命在旦夕也不能命其屈就，但卻可因美酒與美人的相伴，欣喜而畫之，可見其風流成韻的率眞任性。

晚明社會風氣展現的是獨抒性靈，不拘俗套，這樣的氣息多表現在名流仕紳階層的行爲上。他們都有自己特殊的癡與癖：祁止祥愛鳥成癡、金乳生愛花成癡、姚簡叔愛畫成癡、陳章侯風流成韻，在傳統經世濟民的衛道人士眼中，這些都不足以論道。綜觀張岱本身也是名流仕紳，其交友圈內不乏許多名人雅士，但在張岱眼裡，專精於自己的癡與癖，展現自我眞情，才是眞正凸顯自我的價值性。透過張岱的人物描寫，每一個人都有其特殊性，以各人的性格爲本，展現自我喜愛，不拘泥世俗眼光，表現的是純眞任性的精神。

三、名妓伶人

由於經濟繁榮，思想解放，明清時期的娼妓發展達到前所未有的鼎盛，城市裡聲色場所林立，入夜後更是燈紅酒綠。時人錢謙益在〈金陵社夕詩序〉中形容當時娼妓作陪的情形：「海宇承平，陪京佳麗，仕宦者誇爲仙都，遊談者據爲樂土。」〔註34〕余懷《板橋雜記》也記載：

〔註33〕（明）張岱著、馬興榮點校：《陶庵夢憶・卷三・陳章侯》，頁29。
〔註34〕（清）錢謙益著：《金陵社夕詩序》，收錄於《文淵閣四庫全書》（臺北：臺灣商務印書館據國立故宮博物院藏本影印，1983），子部・雜家類・雜纂之屬・元明事類鈔・卷二・頁5。

> 金陵都會之地，南曲靡麗之鄉。紈茵浪子，瀟灑詞人，往來遊戲，
> 馬如遊龍，車相接也。其間風月樓臺，尊罍絲管，又及孌童狎客、
> 雜妓名優，獻媚爭妍，絡繹奔赴。垂楊影外，片玉壺中。秋笛頻吹，
> 春鶯乍囀。雖宋廣平鐵石爲腸，不能不爲梅花作賦也。〔註35〕

可見晚明晚生活之歌舞昇平貌及娼妓之盛況。晚明時期的張岱年少輕狂，出
入青樓，往來聲色之中，生活自是多采多姿。然而當時的娼妓水準眾參差不
齊，名妓的知識水準極高，琴棋書畫精通，知書達禮，甚至只賣藝賣笑，非
才華洋溢之名流仕紳或是富賈貴族之士不可見；而歪妓只能流落街頭，僅能
靠賣身渡日，其差異有如天壤之別。張岱也指出：「名妓匿不見人，非嚮導莫
得入，歪妓多可五六百人。」〔註36〕娼妓發展的鼎盛，也衍生了不少知名的
名妓，他們非但才學淵博，見識過人，除了才子佳人的浪漫故事外，在國破
家亡之際，也往往表現出人的愛國情操，堅強的毅力，一般給予極高的評價，
文人甚至歌頌其人其事，舉如《桃花扇》是孔尚任（1648～1718）寫下明末
復社文人侯方域（1618～1654）與秦淮名妓李香君的愛情故事。透過這個南
明一代興亡的歷史戲劇，劇中除了淒美的愛情故事，也歌頌了李香君的愛國
情操。

　　處在晚明這樣的一個時代環境中，張岱不但是個富家子弟，兼以才華洋
溢，自然結識不少青樓名妓，甚至十分交好，時常相邀踏青遊賞。眾名妓中，
張岱與王月生相交極深，作品中多次記載與王月生相邀出遊的情況：〈燕子磯〉
中與其飲石壁下；〈牛首山打獵〉一文裡，也記寫著與友人、姬侍王月生一同
打獵。而王月生的國色天香，在張岱的筆下是：

> 南京朱市妓，曲中羞與爲伍；王月生出朱市，曲中上下三十年決無
> 其比也。面色如建蘭初開，楚楚文弱，纖趾一牙，如出水紅菱，矜
> 貴寡言笑，女兄弟閒客，多方狡獪，嘲弄哈侮，不能勾其一粲。善
> 楷書，畫蘭竹水仙，亦解吳歌，不易出口。南京勳戚大老力致之，
> 亦不能竟一席。富商權胥得其主席半晌，先一日送書帕，非十金則
> 五金，不敢褻訂。與合巹，非下聘一二月前，則終歲不得也。好茶，
> 善閔老子，雖大風雨、大宴會，必至老子家啜茶數壺始去。所交有
> 當意者，亦期與老子家會。一日，老子鄰居有大賈，集曲中妓十數

〔註35〕（清）余懷著：《板橋雜記・下卷》（上海：上海古籍出版社據天津圖書館藏
　　　　清辨香閣抄本影印，1997《續修四庫全書》），頁9。
〔註36〕（明）張岱著、馬興榮點校：《陶庵夢憶・卷四・二十四橋風月》，頁35。

人，羣誶嘻笑，環坐縱飲。月生立露臺上，倚徙欄楯，眠娗羞澀，
羣婢見之皆氣奪，徙他室避之。月生寒淡如孤梅冷月，含冰傲霜，
不喜與俗子交接；或時對面同坐起，若無覩者。有公子狎之，同寢
食者半月，不得其一言。一日，口囁嚅動，闃客驚喜，走報公子曰：
「月生開言矣！」闃然以爲祥瑞，急走伺之，面頳，尋又止，公子
力請再三，囁澀出二字曰：「家去。」〔註37〕

王月，字微波，又字月生。出生南京朱市，絕色天香的姿顏，「曲中上下三十
年決無其比也」。月生集美麗與才華爲一身，爲京城一帶當紅的名妓，余懷《板
橋雜記》記載，月生善串戲，崇禎十二年（1673）登臺奏月，推爲一時之冠。
張岱論其顏容「面色如建蘭初開，楚楚文弱，纖趾一牙，如出水紅菱。」而
余懷也說「月尤慧妍，善自修飾，頎身玉立，皓齒明眸，異常妖冶，名動公
卿。」〔註38〕如此美麗外表卻是「矜貴寡言笑」，張岱寫月生，僅抓住此一特
點，用兩三件小事，便將羞花閉月的月生寫的活靈活現。其沈默寡言即使是
青樓的姊妹淘、來訪的客人們「多方狡獪，嘲弄咍侮，不能勾其一粲」。在張
岱筆下的許多人物都有這種自矜自憐、自尊自貴、孤傲自傲卻是眞性情表現
的性格，王月生就是這麼一個典型的例子。對於這樣一個淪落風塵的女子，
張岱非但無狎褻之意，更有一份敬佩之心，張岱可以說是打從心裡，眞心欣
賞這位女子，有著惺惺相惜的味道。此篇除描寫王月生的姿色、才藝外，更
著力表現她「矜貴」孤傲，如「孤梅冷月，含冰傲霜」的個性，「不喜與俗子
交接，或時對面同坐起，若無覩者」更展現出其孤芳自賞的性情。月生身陷
煙花之中，但仍堅持自我，不因此而諂媚流俗，即使是「勳威大老」、「富商
權胥」、「豪客公子」的到訪，月生依舊不改臉色。

　　月生的眞情與堅持也表現在對於「茶道」的愛好上，「好茶，善閔老子，
雖大風雨、大宴會，必至老子家啜茶數壺始去。」而「所交有當意者，亦期
與老子家會」，她常與知心朋友會晤於閔老子家飲茶交心，有此可知月生於青
樓裡的「矜貴寡言笑」並非天生，更多恐怕是出於煙花的無奈。張岱寫到「有
公子狎之，同寢食者半月，不得其一言。」後「一日，口囁嚅動，闃客驚喜，
走報公子曰：『月生開言矣！』闃然以爲祥瑞，急走伺之，面頳，尋又止，公

〔註37〕　（明）張岱著、馬興榮點校：《陶庵夢憶・卷八・王月生》，2004），頁72。
〔註38〕　（清）余懷著：《板橋雜記》附見・朱市名妓（上海：上海古籍出版社據天津
　　　　　圖書館藏清辮香閣抄本影印，1997《續修四庫全書》），頁8。

子力請再三，囁澀出二字曰：『家去。』」不但寫出了月生「面赬」、「囁澀」的
風情萬種，更透露出現實中的無奈之情。張岱更寫到月生得氣質出眾「一日，
老子鄰居有大賈，集曲中妓十數人，羣誶嘻笑，環坐縱飲。月生立露臺上，
倚徙欄楯，眡姃羞澀，羣婢見之皆氣奪，徙他室避之。」張岱寫出月生倚靠
欄杆的嬌羞模樣，不僅倚出萬種風姿，更倚出嫵媚嬌媚來，無怪乎其他的青
樓女子紛紛避走，真「沈魚落雁」之美態。

　　除了與當代名妓交好外，張岱也十分仰慕有西湖第一名妓之稱的蘇小小
（479～約502？）。蘇小小死後葬於西湖西泠橋畔，南宋吳自牧著《夢梁錄》
中提到：「蘇小小，在西湖上，有『湖堤步遊客』之句，此即題蘇氏之墓也」
〔註 39〕。蘇小小墓是自古以來，許多文人雅士來訪西湖時的必至之地，除了
弔念她的絕色顏容、風情萬種外，也為她的才華洋溢和敢愛敢恨的性情多所
讚美。張岱來至蘇小小墓，也為她留下了淒美的文字：

> 蘇小小者，南齊時錢塘名妓也。貌絕青樓，才空士類，當時莫不艷
> 稱。以年少早卒，葬於西泠之塢。芳魂不歿，往往花間出現。宋時
> 有司馬槱者，字才仲，在洛下夢一美人搴帷而歌，問其名，曰：「西
> 陵蘇小小也」。問歌何曲？曰：「《黃金縷》。」後五年，才仲以東
> 坡薦舉，為秦少章幕下官，因道其事。少章異之，曰：「蘇小之墓，
> 今在西泠，何不酹酒弔之。」才仲往尋其墓拜之。是夜，夢與同寢，
> 曰：「妾願酬矣」。自是幽昏三載，才仲亦卒於杭，葬小小墓側。
> 〔註 40〕

蘇小小是中國南北朝南齊時期，錢塘的著名歌妓。與美男子阮鬱的愛情故事
不得終成眷屬，一首南齊民歌〈同心歌〉：「妾乘油壁車，郎跨青驄馬，何處
結同心，西陵松柏下」〔註 41〕道盡小小敢愛的豐富情感，殘缺的愛情帶著淒
美的浪漫。而見識過人的慧眼資助寒窗的包仁中舉更蔚為美談，可惜「自古
紅顏多薄命」花樣年華的小小就這樣香消玉殞了。歷來不少名人為她寫下了
許多篇章：長慶初年，大詩人白居易出任杭州刺史時，寫下蘇小小天真多情
的西湖少女形象：「蘇州楊柳任君誇，更有錢塘勝館娃。若解多情蘇小小，綠

〔註39〕　（宋）吳自牧著：《夢梁錄・卷 15・歷代古墓》（北京：中華書局，1985《叢
　　　　書集成初編》），頁 138。

〔註40〕　（明）張岱著、馬興榮點校：《西湖夢尋・卷三・蘇小小墓》，頁 46。

〔註41〕　南齊民歌〈同心歌〉收錄在（明）張岱著、馬興榮點校：《西湖夢尋・卷三・
　　　　蘇小小墓》，頁 46。

楊深處是蘇家。」〔註42〕李賀（790～816）也為蘇小小留下浪漫的文字：「幽蘭露，如啼眼。無物結同心，煙花不堪剪。草如茵，松如蓋。風為裳，水為佩。油壁車，久相待。冷翠燭，勞光彩。西陵下，風吹雨。」〔註43〕晚唐詩人溫庭筠（約 812？～870）的「灑裏春容抱離恨，水中蓮子懷芳心」〔註44〕（《〈蘇小小歌〉》），張祐（約 785？～849？）的「長怨十字街，教郎心四散」、「中擘庭前棗，教郎見赤心」〔註45〕（《蘇小小歌》）都寫下了小小對愛情的赤誠追求和深摯的內心情感。有關於小小的傳說故事甚多，舉如：張岱就記載了一位宋代文人司馬槱與小小的浪漫故事，夢中一曲《黃金縷》讓司馬槱流連忘返，後至西湖時終於與小小夢中三年相會，最後司馬槱葬於小小墓側，也算是有情人終成眷屬了。

　　與名妓談天度曲，邀遊共賞是極為暢快的美事；而聽曲看戲更是一大樂事，張岱不但愛看戲，張岱之父更養了好幾個戲班：

> 有可餐班，以張綵、王可餐、何閏、張福壽名；次則武陵班，以何韻士、傅吉甫、夏清之名；再次則梯仙班，以高眉生、李岕生、馬藍生名；再次則吳郡班，以王畹生、夏汝開、楊嘯生名；再次則蘇小小班，以馬小卿、潘小妃名；再次則平子茂苑班，以李含香、顧岕竹、應楚烟、楊騄駬名。」〔註46〕

自小耳濡目染，張岱不但精通樂理，還會編劇，〈冰山記〉裡一齣以古諷今的劇碼更是搏得臺下觀眾滿堂喝采。張岱不但對戲曲樂理有深入的認識，與伶人們的感情也十分要好，一篇〈祭義伶文〉道盡張岱對家中戲班夏汝開（？～1631）過世的不捨，不只是主僕之情，更是仰慕夏汝開對戲曲的才華洋溢與執著成癖成癡之情。而張岱也與當時著名的伶人朱楚生交往密切，〈不繫園〉

〔註42〕　（唐）白居易著：〈蘇小小歌〉，收錄於《文淵閣四庫全書》（臺北：臺灣商務印書館據國立故宮博物院藏本影印，1983），集部·別集類·漢至五代·白氏長慶集·卷三十一·頁 22。

〔註43〕　（唐）李賀著〈蘇小小歌〉收錄在（明）張岱著、馬興榮點校：《西湖夢尋·卷三·蘇小小墓》，頁 46。

〔註44〕　（唐）溫庭筠著：〈蘇小小歌〉，收錄於《文淵閣四庫全書》（臺北：臺灣商務印書館據國立故宮博物院藏本影印，1983），集部·別集類·漢至五代·溫飛卿詩集箋注·卷二·頁 19。

〔註45〕　（唐）張祐著：〈蘇小小歌〉，收錄於《文淵閣四庫全書》（臺北：臺灣商務印書館據國立故宮博物院藏本影印，1983），集部·總集類·御定全唐詩·卷二十九·頁 8。

〔註46〕　（明）張岱著、馬興榮點校：《西湖夢尋·卷四·張氏聲妓》，頁 37。

裡攜楚生居不繫園一同賞紅葉；張岱更以朱楚生為名書寫一篇文章，其中對
其才華、性格刻畫得十分仔細：

> 朱楚生，女戲耳，調腔戲耳；其科白之妙，有本腔不能得十分之一
> 者。蓋四明姚益城先生精音律，與楚生輩講究關節，妙入情理，如
> 《江天暮雪》、《霄光劍》、《畫中人》等戲，雖崑山老教師細細摹擬，
> 斷不能加其毫末也。班中腳色，足以鼓吹楚生者方留之，故班次愈
> 妙。楚生色不甚美，雖絕世佳人無其風韻。楚楚謖謖，其孤意在眉，
> 其深情在睫，其解意在煙視媚行。性命於戲，下全力為之。曲白有
> 誤，稍為訂正之，雖後數月，其誤處必改削如所語。楚生多坐馳，
> 一往深情，搖颺無主。一日，同余在定香橋，日晴煙生，林木窅冥，
> 楚生低頭不語，泣如雨下，余問之，作飾語以對。勞心慉慉，終以
> 情死。〔註47〕

張岱先寫下朱楚生的腔戲「其科白之妙，有本腔不能得十分之一者」再說其
能善曲「如《江天暮雪》、《霄光劍》、《畫中人》等戲，雖崑山老教師細細摹
擬，斷不能加其毫末也。」可見朱楚生的技藝之精湛，後再刻畫她的神韻「楚
生色不甚美，雖絕世佳人無其風韻。楚楚謖謖，其孤意在眉，其深情在睫，
其解意在煙視媚行。」楚生的容貌並不艷麗，雖不是絕代美女，但卻有其獨
特的風采，她有清雅的風度，透過眉睫之間、視行之際，見出楚生的風韻——
——孤單的神意與深摯和豐富的情感，令人陶醉。張岱以簡潔而細致的筆墨，
畫出楚生的精妙技藝、絕佳風韻、多情多愁及對戲曲藝術一絲不苟的堅持。
最後再寫出的為情而癡：面對斜陽暮靄，心中哀愁無限，低頭不語、但又按
撩不住心頭的悲痛，不禁「泣如雨下」又強加掩飾，不欲人知，終為情亡。
張岱以極簡鍊的筆墨，勾描出朱楚生複雜的心理，不但深刻描繪出楚生的哀
愁與心痛，也寫下了一位「癡情」的女子悲哀。

娼妓與伶人在社會上的地位都不高，但張岱與之交往卻是真誠相待，不
但不在乎世俗言論，大書特書與他們一起交往的情形，更極力讚美他們的真
性情表現。孤芳自賞的王月生，被其真誠所感動，成為了張岱的紅粉知己；
深情瑣眉的朱楚生也不禁卸下了衿持，於張岱懷裡啜泣其中。在張岱眼中人
們沒有貧富貴賤的區別，其文字中流露的是一份真摯感動的心與相知相敬的
對待。

〔註47〕 （明）張岱著、馬興榮點校：《西湖夢尋·卷五·朱楚生》，頁50。

四、市井百姓

　　張岱擅長刻畫人物，上至王宮貴族，下至市井百姓的影子都可在其作品中找尋得到。張岱遊記中記載許多市井百姓的技藝、娛樂、活動與生活，其中民間藝人的興盛與其技藝絕活廣受大眾歡迎，展現出民間社會的豐富文化意涵。民俗技藝包含了先人累積下來的智慧及文化的內涵，許多中國的民間藝技強調獨家絕活及技能一脈單傳，外人對其中奧秘多不得而知。晚明時期經濟繁榮，社會娛樂需求增加，許多的獨門絕技更廣受時人所愛，張岱的〈吳中絕記〉即記載了蘇州一代當時民間藝人的多才多藝：

> 吳中絕技：陸子岡之治玉，鮑天成之治犀，周柱之治嵌鑲，趙良璧之治梳，朱碧山之治金銀，馬勳、荷葉李之治扇，張寄修之治琴，范崑白之治三弦子，俱可上下百年保無敵手。但其良工苦心，亦技藝之能事。至其厚薄深淺，濃淡疏密，適與後世賞鑒家之心力、目力，鍼芥相對，是豈工匠之所能辦乎？蓋技也而進乎道矣。〔註48〕

晚明技藝之精工，極富有藝術價值，不論是有形的藝術品還是無形的說書、唱戲技能，都在當時掀起一股熱潮，廣受時人喜愛，民間藝技的藝術成就提升，這些民間藝人的身份地位也不可而喻，甚至可與鴻儒仕紳並駕齊驅。張岱認為他們「豈工匠之所能辦乎？蓋技也而進乎道矣。」不只是技術而已，民間藝技的高超成就，不在技藝本身，而在由技藝而生發出的對於美的體驗，堪稱是進於技藝之道。張岱當然要結交這群才華洋溢的民間藝人，當然也在其作品中留下出這些民間技藝的風采。彭天錫串戲精妙天下的紀錄，可以窺得當時社會生活的實況，張岱寫起來自然而神氣活現：

> 彭天錫串戲妙天下，然齣齣皆有傳頭，未嘗一字杜撰。曾以一齣戲，延其人至家費數十金者，家業十萬緣手而盡。三春多在西湖，曾五至紹興，到余家串戲五六十場而窮其技不盡。天錫多扮醜淨，千古之姦雄佞倖，經天錫之心肝而愈狠，借天錫之面目而愈刁，出天錫之口角而愈險。設身處地，恐紂之惡不如是之甚也。皺眉眠眼，實實腹中有劍，笑裏有刀，鬼氣殺機，陰森可畏。蓋天錫一肚皮書史，一肚皮山川，一肚皮機械，一肚皮磊砢不平之氣，無地發洩，特於是發洩之耳。余嘗見一齣好戲，恨不得法錦包裹，傳之不朽；嘗比之天上一夜好月，與得火候一杯好茶，祇可供一刻受用，其實珍惜

〔註48〕　（明）張岱著、馬興榮點校：《陶庵夢憶・卷一・吳中絕記》，頁9。

之不盡也。桓子野見山水佳處，輒呼：「奈何！奈何！」眞有無可奈何者，口說不出。〔註49〕

彭天錫，金壇人，其不只是演技精湛，「齣齣皆有傳頭，未嘗一字杜撰。」更展現出他的才學淵博，而愛戲如命的執著精神，爲了獲得好戲，更不惜散盡家財。張岱曾邀起彭天錫至家中「串戲五六十場而窮其技不盡」，更顯現其才華的洋溢。彭天錫善扮演醜淨角色，扮之維妙維肖「千古之姦雄佞倖，經天錫之心肝而愈狠，借天錫之面目而愈刁，出天錫之口角而愈險」有如親見姦雄佞倖本人，不禁令人氣憤，而「設身處地，恐紂之惡不如是之甚也。皺眉眊眼，實實腹中有劍，笑裏有刀，鬼氣殺機，陰森可畏。」令人彷彿深入其境，其串戲功力不禁令人折服。張岱給予彭天錫的技藝評價極高：「一肚皮書史，一肚皮山川，一肚皮機械，一肚皮磊砢不平之氣。」不但將他形容的生動有趣，對其博學多聞的形容更是精妙貼切，無怪乎張岱有「恨不得法錦包裹，傳之不朽」之感慨！

彭天錫串戲精妙天下，而柳敬亭（1587～1670？）說書更是無與倫比：

> 南京柳麻子，黧黑，滿面疤癗，悠悠忽忽，土木形骸，善說書。一日說書一回，定價一兩。十日前先送書帕下定，常不得空。南京一時有兩行情人：王月生、柳麻子是也。余聽其說「景陽岡武松打虎」白文，與本傳大異。其描寫刻畫，微入毫髮，然又找截乾淨，並不嘮叨。哱夬聲如巨鐘，說至筋節處，叱吒叫喊，洶洶崩屋。武松到店沽酒，店內無人，譬地一吼，店中空缸空甓皆甕甕有聲。閒中著色，細微至此。主人必屏息靜坐，傾耳聽之，彼方掉舌。稍見下人咕嘩耳語，聽者欠伸有倦色，輒不言，故不得強。每至丙夜，拭桌剪燈，素瓷靜遞，款款言之，其疾徐輕重，吞吐抑揚，入情入理，入筋入骨，摘世上說書之耳而使之諦聽，不怕其不齰舌死也。柳麻子貌奇醜，然其口角波俏，眼目流利，衣服恬靜，直與王月生同其婉變，故其行情正等。〔註50〕

柳敬亭，名逢春，泰州人。明末清初著名的大說書家。本姓曹，十五歲時爲避仇家而流落江湖，因休於柳下，而改姓柳。曾入左良玉（1599～1645）幕府，左良玉敗，又遊松江馬提督軍中，終不得志，善說書，使人駐足聆聽，

〔註49〕（明）張岱著、馬興榮點校：《陶庵夢憶・卷六・彭天錫串戲》，頁52。
〔註50〕（明）張岱著、馬興榮點校：《陶庵夢憶・卷五・柳敬亭說書》，頁45。

樂而忘倦。自幼喜歡以聽書爲樂，故長大後遂以說書爲業。曾師事松江莫後光。活動範圍甚廣，曾先後在揚州、南京、紹興、常熟、安徽及北京等地演出，並長期待於蘇州。能說之書甚多，有《隋唐》、《水滸》、《三國》、《嶽傳》等，和許多短篇書目。說書技藝精湛，描摹細緻人物，往往使聽書者如見其人。朱劍芒先生在《陶庵夢憶考》中特別提到〈柳敬亭說書〉這一名篇：

> 雖寥寥數句，柳敬亭說書時模擬武松威武形態，都一齊顯現，不是柳敬亭，不能盡情刻畫武松沽酒時的神情；不是作者，決不能盡情刻畫柳敬亭說書時的神態。換句話說，我們讀到這一段，好像真在聽柳敬亭說書，好像真見到武松吃酒。柳敬亭的一張嘴，和陶庵的一支筆，也可說是『並足千古了』。」〔註51〕

對張岱的人物刻畫推崇備至，張岱不只寫活了柳敬亭，連帶也寫活了柳敬亭口中的武松威武樣貌，其功力之深厚，無怪乎朱劍芒稱其二人「並足千古」！柳敬亭身爲一位說書藝人，但卻有著十足的風範及強烈的性格「主人必屏息靜坐，傾耳聽之，彼方掉舌。稍見下人咕嗶耳語，聽者欠伸有倦色，輒不言，故不得強。」如此有氣魄、威嚴的說書人，恐怕已經找不到第二個了，難怪可與京城第一名妓王月生「行情正等」。張岱更仔細描繪了柳敬亭的模樣「黧黑，滿面□瘤，悠悠忽忽，土木形骸」，故稱之柳麻子，然而「口角波俏，眼目流利」的神態，正是以貌之「奇醜」凸顯出說書之極精妙，使人印象深刻。明末清初的許多名士如錢謙益、吳偉業、黃稱姜、周容等，都曾寫過關於柳敬亭的文章，不但說明了柳敬亭說書之精彩、技藝之出神、地位之崇高，也肯定了通俗文化的內涵，彰顯出豐富的社會人文色彩。

除了精彩的才藝受到當代人的喜愛，精緻的藝術品更受到時人爭相收藏，濮仲謙雕刻更是技冠群雄，並開宗立派，他開出了——竹雕金陵派，堪稱是一代宗師：

> 南京濮仲謙，古貌古心，粥粥若無能者，然其技藝之巧，奪天工焉。其竹器，一帚一刷，竹寸耳，勾勒數刀，價以兩計。然其所以自喜者，又必用竹之盤根錯節，以不事刀斧爲奇，則是經其手略刮磨之，而遂得重價，真不可解也。仲謙名噪甚，得其款，物輒騰貴。三山街潤澤於仲謙之手者數十人焉，而仲謙赤貧自如也。於友人座間見

〔註51〕 朱劍芒著：〈陶庵夢憶考〉收錄在（明）張岱著：《陶庵夢憶》（上海：上海書店，1982《美化文學名著叢刊》），頁7。

－93－

有佳竹、佳犀，輒自爲之。意偶不屬，雖勢劫之、利啖之，終不可
得。〔註52〕

明以前，傳世的竹刻藝術甚少，明中葉以後至清代，竹刻名家輩出，使得竹
子從實用工具化爲供人們鑑賞收藏的藝術品。濮仲謙即是明末竹刻金陵派的
創始人，他爲竹刻藝術帶來極高的成就，觀看張岱的記載就可以了解：其寫
濮仲謙雕刻先從其外貌說起：「古貌古心，粥粥若無能者」一個看似柔弱貌的
人物竟可以「技藝之巧，奪天工焉」，張岱善以反襯的手法凸顯其特色，進而
才說其巧奪天工之精妙：「以不事刀斧爲奇，則是經其手略刮磨之，而遂得重
價，眞不可解也。」張岱寫到濮仲謙的雕刻技藝，不需事先精雕細琢，只就
其天然形態，稍加鑿磨，其身價便翻長數倍。濮仲謙其作品大都略施刀刻即
生自然之趣，時人稱之「大璞不斫」。這是金陵派竹雕的主要技法，稱之爲「淺
刻」。這種刻法不僅有線也有面，刻出的景物可再現書畫的筆情墨趣，表現作
品自然的美，又稱之寫意派雕刻。當時名流雅士、富賈權貴爭相收藏濮仲謙
的竹雕作品，其作品中若「得其款，物輒騰貴。」而最可貴的是濮仲謙並不
因此而驕傲自滿，反而「赤貧自如」，透過對竹雕藝術的喜愛，充分表現出濮
仲謙高超的技藝和高尚的品格，實難能可貴。

晚明以來，朱學旁落，政治的黑暗，局勢動盪不安，促使立志讀書報國、
經世濟民的士人已經不再趨之若鶩。更由於受到經濟的繁華，商業的開展，
手工業的發達的影響，有一技之長的人士反而成爲了人人羨慕的對象。在張
岱的遊記作品中寫到了許多民間社會的才藝活動：彭天錫串戲精妙天下、柳
敬亭的說書獨步天下、濮仲謙的雕刻更是技冠群雄，還有陸子岡的治玉、鮑
天成的治犀、周柱的治嵌鑲、趙良璧的治梳、朱碧山的治金銀、馬勳及荷葉
李的治扇、張寄修的治琴、范崑白的治三弦子……等，民間藝技盡括眼裡。
張岱作品展現的不只是每一個人的高超技藝，更凸顯了社會文化的人文價
值，每一個人盡情在我，彰顯自我才華，展現自我特色，展現出各人的獨特
人文風貌。而除了熱鬧的民俗才藝外，張岱作品中也反映出當時社會生活的
樣貌。市井百姓的生活除了有熱鬧的娛樂外，也有清苦的一面，尤其是家家
徒四壁的人家，生處於社會的最底層，對於不公平的待遇也最明顯。在明代
就流傳了一個「小青」女子的故事，這個故事反映了當時社會婚姻不公平狀
況，也凸顯擔任妾房的無奈與悲哀，張岱於〈小青佛舍〉裡就記下這個在當

〔註52〕 （明）張岱著、馬興榮點校：《陶庵夢憶・卷一・濮仲謙雕刻》，頁9。

時廣為流傳的民間故事：

> 小青，廣陵人。十歲時遇老尼，口授《心經》，一過成誦。尼曰：「是
> 兒早慧福薄，乞付我作弟子。」母不許。長好讀書，解音律，善奕
> 棋。誤落武林富人，為其小婦。大婦奇妒，凌逼萬狀。一日攜小青
> 往天竺，大婦曰：「西方佛無量，乃世獨禮大士，何耶？」小青曰：
> 「以慈悲故耳。」大婦笑曰：「我亦慈悲若。」乃匿之孤山佛舍，令
> 一尼與俱。小青無事，輒臨池自照，好與影語，絮絮如問答，人見
> 輒止。故其詩有「瘦影自臨春水照，卿須憐我我憐卿」之句。後病
> 瘵，絕粒，日飲梨汁少許，奄奄待盡。乃呼畫師寫照，更換再三，
> 都不謂似。後畫師注視良久，匠意妖纖。乃曰：「是矣。」以梨酒
> 供之榻前，連呼：「小青！小青！」一慟而絕，年僅十八。遺詩一帙。
> 大婦聞其死，立至佛舍，索其圖並詩焚之，遽去。〔註53〕

在父權社會的時代女子的地位總是十分低落，尤其以中國傳統文化上，身為
二房的女子更無地位可言。小青的故事就是敘說了明代這樣婚姻制度下二房
的悲哀，「大婦奇妒，凌逼萬狀。」悲慘的遭遇，淚卻竟只能盡往肚裡吞。終
日在佛舍中，孤影獨對，不得回家與夫君廝守，後來終於病死。小青是否真
有其人，還是一個歷史懸案，但是她的故事卻流傳很廣，尤為晚明文士所樂
道，是當時一個熱門話題。因為小青這位才貌出眾的女子不幸命運帶有普遍
性，不但反映出種種民間社會不公平的現象，也對於另一方面當時政治黑暗
下的懷才不遇士人的隱射，寄予著同病相憐的感懷。

　　人是人文精神的價值核心，透過人物的刻畫，彰顯出了每一個人的獨立
性與特殊性。張岱善寫人，由於好交友，不分貧富貴賤，並能真誠以待，遼
闊的交友圈，見多識廣的視野，促使張岱的人文關懷是全面性的。上至王公
貴族的放蕩不羈，下至與市井小民同歡作樂，身歷其中的張岱最能感受到各
階層裡不同的感受，故其作品中可以說是對晚明整體社會文化內涵最真誠的
展現。在王公貴族裡，張岱可以與當朝帝王一起把酒言歡，諧謔歡笑如平交；
在名流仕紳中，張岱可以和大學家陳繼儒吟詩戲謔、姚簡叔一起欣賞名畫再
和陳章侯一同風流快活；在名妓伶人裡，張岱可以於孤芳自賞的第一名妓王
月生談笑風生，也可以和名伶朱楚生遊園賞楓；而在市井百姓的生活裡，有
民間藝人的才華洋溢：邀請彭天錫串戲，聆聽柳麻子動人說書，還收藏到了

〔註53〕（明）張岱著、馬興榮點校：《西湖夢尋·卷三·小青佛舍》，頁56。

濮仲謙的精美竹雕。還有下層的市井生活的社會反映：如像小青這樣一個市井女子的無奈與悲哀。綜觀張岱以親身的感受書寫下各種形形色色的人物風彩，充分反映出晚明的社會文化內涵所在，故其所呈現的人文關懷是全面性的。

第二節 「事」的精彩敘述

　　人是人文精神的價值核心，包括環繞著人的各種風俗民情、人文活動而開展出人文化成的世界。舉凡物質生活、社會制度、價值觀念等，不但是先祖千年累積的智慧成果，也是當代人民的生活價值的實踐。物質生活裡，如手工藝的繁榮、科技的進步、器具的精美，用以滿足百姓日常生活所需，一方面反映著當時的人民生活狀況，一方面也可以作為判斷國家是否現代化的標準；社會制度中，如政治、法律的建立、民俗節慶的祭典儀式同歡，建構起社會典章規範與風俗習慣，維繫著群體關係的穩定與秩序；價值觀念的確立，如人生方向、國家與個人、大我與小我的鑑別與確立，塑造了人生的理想與目標，展現出個人對生命的意義與文化價值。張岱的文字裡不只善寫人，更善寫各式各樣社會上的人文活動：節日慶典、休閒遊賞、典故傳說、風花雪月、雅致生活、古玩珍藏……等。住於紹興的張岱的《陶庵夢憶》、《西湖夢尋》是將自己遊歷杭州西湖、南京、錢塘時的所見所聞一一記載，在他精彩的「事件」敘述裡，除了記下當時遊歷所聞時的心情感想，更將當時的社會風俗民情詳實的紀錄，文章中充滿人文色彩，另一方面，是考察當時社會文化活動的重要資料。

一、節日慶典

　　中國的節日慶典不但熱鬧非凡，也包涵著許多傳統的文化美德。透過節日的慶祝，不但讓工作的百姓在休息之餘，增添娛樂歡笑，也傳遞了數千年以來中國文化的內涵與精神。晚明以來經濟大幅成長，百姓重視精神生活，每逢各種節日慶典，出遊團拜熱鬧非凡，而商業化更促使晚明的慶典活動規模擴大。張岱愛嬉遊，各處慶典活動，舉凡元宵、清明、端午、中元、中秋還有各地的廟會活動，只要有熱鬧的地方，都可以看到張岱的身影。

（一）元宵

正月的節日活動最多，從大年初一到十五都是沈浸在過年的氣氛之中，傳統習俗中直到元宵節完，才算新年結束。正月十五是元宵節，又稱上元、元夕或燈節，是民間一個多彩多姿的節日，也是春節最後的一天，自此以後一切恢復常態，所以民間熱烈慶祝，故有小過年之稱。相傳元宵節的起源，是漢代宮廷的一種祭典演變而來；或曰源自民間的「三元節」，舊俗以農曆正月十五日為「上元」即天官大帝的生日，而農曆七月十五日為「中元」即地官大帝的生日，而農曆十月十五日為「下元」即水官大帝的生日，而這三元中又以「上元」最熱鬧也最受重視。元宵節的活動甚多：上元祈福、元宵祭祖、迎花燈、猜燈謎、舞龍舞獅等各式活動精彩活現。孟元老在《東京夢華錄》中對宋代的元宵活動描繪得非常細致：

> 正月十五日元宵，大內前自歲前冬至後，開封府絞縛山棚，立木正對宣德樓。遊人已集御街兩廊下。奇術異能，歌舞百戲，鱗鱗相切，樂聲嘈染十餘里。擊丸蹴踘，踏索上竿；趙野人，倒吃冷淘；張九哥，吞鐵劍；李外寧，藥法傀儡……教坊鈞容直、露臺弟子，更互雜劇。近門亦有內等子班排立。萬姓皆在露臺下觀看，樂人時引萬姓山呼。〔註54〕

宋代時的元宵活動，燈山彩棚、歌舞王戲、奇巧異能、奇術百端，令人看了目不暇接。到了明代的元宵慶典活動，更是熱鬧繽紛：

> 向夕而燈張，燈則燒珠，料絲則夾畫、堆墨等，紗則五色，明角及紙及麥秸，通草則百花、鳥獸、蟲魚及走馬等。樂作，樂則鼓吹、雜耍、弦索，鼓吹則橘律陽、撼東山、海青、十番，雜耍則隊舞、細舞、筒子、斤斗、蹬壇、蹬梯，弦索則套數、小曲、數落、打碟子，其器則胡撥四、土兒密失、艾兒機等。煙火施放。煙火則以架以盒，架高且丈，盒層至五，其所藏械：壽帶、葡萄架、珍珠簾、長明塔等。於斯時也，絲竹肉聲，不辨拍煞，光影五色，照人無研媸，煙冒塵籠，月不得明，露不得。〔註55〕

〔註54〕 （宋）孟元老著：《東京夢華錄・卷6・元宵》（臺北：新文豐出版公司，1985《叢書集成新編》第96冊），頁622。

〔註55〕 （明）劉侗著，《帝京景物略》卷二・城東内外・燈市（北京：北京古籍出版社，1983《北京古籍叢書》第3冊），頁58。

元宵佳節，城市裡遊客如織，各式各樣的表演無不精銳盡出，歌唱鼓吹有橘律陽、撼東山、海青、十番，雜耍跳舞有隊舞、細舞、筒子、斤斗、蹬壇、蹬梯，還有弦索、樂器及精彩的煙火施放，城市裡五光十色，甚至「月不得明」，出現夜色如晝的盛況，將元宵活動帶入一波波高潮。且看張岱將家鄉紹興一帶熱鬧的元宵活動的記載：

> 庵堂寺觀以木架作柱燈及門額，寫「慶賞元宵」、「與民同樂」等字。佛前紅紙荷花琉璃百盞，以佛圖燈帶間之，熊熊煜煜。廟門前高臺鼓吹，五夜市塵，如橫街軒亭、會稽縣西橋，閭裏相約，故盛其燈，更於其地鬥獅子燈，鼓吹彈唱，施放烟火，擠擠雜雜。小街曲巷有空地，則跳大頭和尚，鑼鼓聲錯，處處有人團簇看之。城中婦女，多相率步行，往鬧處看燈；否則大家小户雜坐門前，吃瓜子糖豆，看往來士女，午夜方散。鄉村夫婦，多在白日進城，喬喬畫畫，東穿西走，曰「鑽燈棚」，曰「走燈橋」，天晴無日無之。〔註56〕

從寺廟門額上的吉祥祝福話到鬥獅子燈，鼓吹彈唱，施放煙火，敲鑼打鼓，跳大頭和尚，或鑽燈棚，或走燈橋……等，各種民俗活動熱鬧非凡。不論是城裡的士女，還是鄉村的夫婦，大家都共襄盛舉這熱鬧的節日，全國上下都沈溺於這樣歡樂了氣氛，有如太平盛世：

> 大江以東，民皆安堵；遵海而北，水不揚波。含哺嬉兮，共樂太平之世界……千百國來朝，白雉之陳無算；十三年於茲，黃耇之說有徵。樂聖銜杯，宜縱飲屠蘇之酒；較書分火，應暫輟太乙之藜。前此元宵，竟因雪妬，天亦知點綴豐年；後來燈夕，欲與月期，人不可蹉跎勝事。……士女潮湧，撼動蟊城；車馬雷殷，喚醒龍嶼。況時逢豐穰，呼庚呼癸，一歲自兆重登；且科際辰年，為龍為光，兩榜必徵雙首。〔註57〕

眾多元宵活動中，以燈會最俱特色，宋代以前的城市有夜間宵禁的制度，而自唐代以來是開放正月十四、十五、十六三天開坊市門，點燈慶賀。唐蘇味道（648～705）的詩寫到「火樹銀花合，星橋鐵鎖開。」〔註58〕正是

〔註56〕 （明）張岱著、馬興榮點校：《陶庵夢憶·卷六·紹興燈景》，頁53。
〔註57〕 （明）張岱著、馬興榮點校：《陶庵夢憶·卷八·閏元宵》，頁76。
〔註58〕 （唐）蘇味道著：〈正月十五夜〉，收錄於《文淵閣四庫全書》（臺北：臺灣商務印書館據國立故宮博物院藏本影印，1983年），集部·總集類·御定全唐詩·卷六十五·頁2。

當時的寫照。開元年間，燈會熱鬧非凡，各式各樣的燈籠排列「爲龍、鳳，
螭、豹、騰躑之狀，形肖逼眞。」〔註 59〕唐玄宗開元初年（713），在長安
安福門外布設彩燈五萬盞，最高的燈輪達二十丈，選長安、萬年兩縣少女
千餘人「衣羅衣，曳錦繡，耀珠翠，施香粉」〔註 60〕，唐睿宗與唐玄宗率
嬪妃宮女登安福門城樓觀賞，歡樂至極。這樣的盛況延續到明代，太祖朱
元璋下令元宵節時在秦淮河上燃放燈萬盞，更是盛況空前。而張岱家鄉的
燈景，亦頗有看頭：

> 紹興燈景爲海內所誇者無他，竹賤、燈賤、燭賤。賤，故家家可爲
> 之；賤，故家家以不能燈爲恥。故自莊逵以至窮簷曲巷，無不燈、
> 無不棚者。棚以二竿竹搭過橋，中橫一竹，掛雪燈一，燈球六。大
> 街以百計，小巷以十計。從巷口回視巷內，複疊堆垛，鮮妍飄灑，
> 亦足動人。十字街搭木棚，掛大燈一，俗曰「呆燈」，畫《四書》、《千
> 家詩》故事，或寫燈謎，環立猜射之。〔註 61〕

紹興元宵以燈景著稱，家家莫不點燈，戶戶以不燈爲恥，大街小巷搭棚掛燈，
燈上或畫上《四書》、《千家詩》故事，或寫上燈謎，供人猜之，夜晚的燈海
羅佈，形成極爲壯麗的景觀。除了紹興壯麗的燈海盛況外，張岱也曾與父叔
輩至龍山放燈而山野放燈，是另有一種不同的滋味：

> 沿山襲谷，枝頭樹杪無不燈者，自城隍廟門至蓬萊崗上下，亦無不
> 燈者。山下望如星河倒注，浴浴熊熊；又如隋煬帝夜遊，傾數斛螢
> 火於山谷間，圍結方開，倚草附木迷迷不去者。好事者賣酒，緣山
> 席地坐。山無不燈，燈無不席，席無不人，人無不歌唱鼓吹。男女
> 看燈者，一入廟門，頭不得顧，踵不得旋，祇可隨勢，潮上潮下，
> 不知去落何所，有聽之而已。〔註 62〕

有別於萬家燈火的星海羅佈，龍山的燈景沿山路「自城隍廟門至蓬萊崗上下，
亦無不燈者」而自山下望之，一條條沿山路的燈火「如星河倒注，浴浴熊熊」。
元宵夜裡的龍山是人潮湧簇，整個山林是「席無不人」，充分展現出晚明的旅

〔註 59〕轉引自陶思炎著：《中國都市民俗學》（南京：東南大學出版社，2004），頁 59。

〔註 60〕（清）劉於義等編著：《陝西通志》，收錄於《文淵閣四庫全書》（臺北：臺灣
　　　　商務印書館據國立故宮博物院藏本影印，1983 年），史部・地理類・都會郡縣
　　　　之屬・陝西通志・卷七十二・頁 88。

〔註 61〕（明）張岱著、馬興榮點校：《陶庵夢憶・卷六・紹興燈景》，頁 53。

〔註 62〕（明）張岱著、馬興榮點校：《陶庵夢憶・卷八・龍山放燈》，頁 71。

遊風氣之盛。大夥席地而坐，或是喝酒助興、或是歌唱鼓吹，觀星賞燈，同慶元宵，為這個「小過年」留下一個最美好回憶。

（二）清明

掃墓祭祖是清明的一大盛事，漢代的崔寔（147～167）於《四民月令》中記載了當時的清明習俗：「清明節，命蠶妾治蠶室，塗鄉穴，具槌、峙、簿、籠。」〔註63〕可知早期清明是配合農事運作的節氣而已。而掃墓最早原是「寒食節」的傳統，直到宋代，掃墓祭祖才成為清明的主要活動。在此之前，清明僅是附屬於寒食節的附庸。其重要性，甚至比不上另一個三月上旬的「上巳節」。上巳節是古代專門驅逐晦氣的節日，所以有人會在此時掃墓，並兼具有踏青、祓除不祥的意思。宋孟元老《東京夢華錄》記載：「寒食第三日，即清明也，凡新墳皆用此日拜掃。」〔註64〕然而因為日期相當接近，長久發展下來，三個節日的習俗彼此互相融合，互相增補，而逐漸不再有明顯的區分，是而成為現在大家耳熟能詳的清明節。

《帝京景物略》記載明代的清明掃墓盛況：

> 三月清明日，男女掃墓，擔提尊榼，轎馬後掛楮錠，粲粲然滿道也。拜者、酹者、哭者、為墓除草添土者，焚楮錠次，以紙錢置墳頭。望中無紙錢，則孤墳矣。哭罷，不歸也，趨芳樹，擇園圃，列坐盡醉，有歌者。哭笑無端，哀往而樂回也。是日簪柳，遊高梁橋，曰踏青。多四方客未歸者，祭掃日感念出遊。〔註65〕

明人掃墓時，都會準備豐富的祭品拜之，「擔提尊榼，轎馬後掛楮錠，粲粲然滿道也。」至先人墳前掃墓「拜者、酹者、哭者、為墓除草添土者，焚楮錠次，以紙錢置墳頭。」以虔誠的心慎終追遠。而掃墓結束後「不歸也，趨芳樹，擇園圃，列坐盡醉。」享用豐盛祭品、出遊踏青後，再盡興而歸。「哀往而樂回」幾乎成為晚明清明的特色。而出遊踏青更成為清明的重要活動，風景名勝更是人潮擁擠：「清明日，二湖遊船甚盛，但橋小船不能大。城牆下址稍廣，桃柳爛漫，遊人席地坐，亦飲亦歌，聲存西湖一曲。」〔註66〕傳統敬

〔註63〕（漢）崔寔《四民月令》（臺北：新文豐出版公司據大關唐鴻學輯刻于成都本影印，1985《叢書集成新編》），頁55。

〔註64〕（宋）孟元老著：《東京夢華錄‧卷7‧清明》（臺北：新文豐出版公司，1985《叢書集成新編》第96冊），頁624。

〔註65〕（明）劉侗著，《帝京景物略》卷二‧城東內外‧春場，頁67。

〔註66〕（明）張岱著、馬興榮點校：《陶庵夢憶‧卷一‧日月湖》，頁3。

神祭鬼的嚴肅氣氛逐漸淡化，遊玩的娛樂氣息增加，凡至清明全國各地幾乎都瀰漫在出遊踏青的氣氛中，張岱記載了越俗掃墓的風俗：

> 越俗掃墓，男女袨服靚妝，畫船簫鼓，如杭州人遊湖，厚人薄鬼，率以爲常。二十年前，中人之家尚用平水屋幘船，男女分兩截坐，不坐船，不鼓吹。先輩謔之曰：「以結上文兩節之意。」後漸華靡，雖監門小戶，男女必用兩坐船，必巾，必鼓吹，必歡呼暢飲。下午必就其路之所近，遊庵堂、寺院及士夫家花園。鼓吹近城，必吹《海東青》、《獨行千里》，鑼鼓錯雜。酒徒沾醉，必岸幘嚣嚷，唱無字曲，或舟中攘臂與儕列廝打。〔註67〕

在越一帶的掃墓風俗十分奢靡，男著黑色的禮服，女穿華麗的衣裳，駕著裝飾華麗的遊船前往祭拜，且「必巾，必鼓吹，必歡呼暢飲」。而祭祖完畢後，下午則出遊踏青「遊庵堂、寺院及士夫家花園」飲酒作樂，唱歌跳舞，喧嚣嬉鬧，張岱一句「厚人薄鬼」深刻描繪出越俗掃墓的特色，借掃墓之際，共賞春遊之行，家家戶戶都沈溺在愉悅的氣氛之中。這樣熱鬧的情況，自然也出現在揚州的清明時節裡：

> 揚州清明，城中男女畢出，家家展墓。雖家有數墓，日必展之。故輕車駿馬，簫鼓畫船，轉摺再三，不辭往復。監門小戶，亦攜殽核紙錢，走至墓所，祭畢，席地飲胙。自鈔關、南門、古渡橋、天寧寺、平山堂一帶，靚妝藻野，袨服縟川。隨有貨郎，路旁擺設骨董古玩並小兒器具。……是日，四方流寓及徽商西賈、曲中名妓，一切好事之徒，無不鹹集。長塘豐草，走馬放鷹；高阜平岡，鬥雞蹴踘；茂林清樾，劈阮彈箏。浪子相撲，童稚紙鳶，老僧因果，瞽者說書。立者林林，蹲者蟄蟄。日暮霞生，車馬紛遝。宦門淑秀，車幕盡開，婢媵倦歸，山花斜插，臻臻簇簇，奪門而入。余所見者，惟西湖春、秦淮夏、虎邱秋，差足比擬。〔註68〕

揚州清明也呈現熱鬧的氣氛，「城中男女畢出」，家家掃墓，駕著「輕車駿馬，簫鼓畫船，轉摺再三，不辭往復。」而掃墓結束後，「席地飲胙」開始享用祭品美食。晚明資本主義興起，商業發達，即使是掃墓祭祖也帶有濃厚的商業氣息，舉如：掃墓返家的路上，「隨有貨郎，路旁擺設骨董古玩並小兒器具」

〔註67〕　（明）張岱著、馬興榮點校：《陶庵夢憶・卷一・越俗掃墓》，頁6。
〔註68〕　（明）張岱著、馬興榮點校：《陶庵夢憶・卷五・揚州清明》，頁48。

的現象。而自揚州城的南端始，沿路向北，直到北郊的平山堂，正是揚州踏青郊遊的好去處，張岱採用了全景式的描繪，將揚州清明祭祖結束後出遊踏青的情況、每個人物的作息精彩敘之：「長塘豐草，走馬放鷹；高阜平岡，鬥雞蹴踘；茂林清樾，劈阮彈箏。浪子相撲，童稚紙鳶，老僧因果，瞽者說書。立者林林，蹲者蟄蟄。」是傳神地展示了揚州清明時節的特有風情，其盛況惟有杭州的西湖春色，南京的秦淮夏景，蘇州的虎邱的中秋月貌，「差足比擬」。張岱筆下描繪了熱鬧喧騰的場面、錯綜複雜的事件及形形色色的人物、各種各樣的遊樂活動，絢爛紛披，使人目不暇接。〈揚州清明〉充分展現出整個揚州城內城外的風俗民情及熱情的生命力，通篇是一幅揚州清明圖，更是幅熱鬧的人文風俗畫。

（三）端午

端午是民間傳統節慶中，歷史極為悠久的慶典，早在兩千多年前的先秦時期，就有炎夏沐浴蘭湯，來驅除瘟疫的習俗，《九歌》中即有「浴蘭湯兮沐芳華」〔註69〕之句。由於五月是炎熱的夏季，蚊蟲易滋生，病源容易傳染，傳染病肆虐，往往造成無法收拾的後果，故又有「毒月」、「惡月」的別稱。也因為疫癘大肆流行，端午時節就有許多避疫的習俗。而後再加上紀念愛國詩人屈原的划龍船、吃粽子習俗及白蛇傳裡許仙與白娘子的淒美愛情故事，更讓端午添增傳奇的浪漫色彩。

《風俗通》記載漢代：「五月五，續命縷俗說以益人命」〔註70〕漢人的驅除瘟疫習俗，用以五色綵絲繫於手臂上，名曰之「長命」、「續命」以祈福遠離病瘟；南北朝時，端午又稱為「浴蘭節」，荊楚一帶有採艾的風俗。相傳採艾需在天未央出發，在鄉野間挑選最具人形的艾草帶回家掛於門上，或是用以針灸。時人相信這種艾草，在針灸的時候別具有療效；唐代時，端午已成當朝重要的慶典節日，《唐書‧禮樂志》記載，天寶年間於端午佳節時，用以衣、扇獻於祖陵。《開元天寶遺事》亦記載宮廷中種種的慶祝活動：「宮中每到端午節，造粉團、角黍，貯於金盤中。以小角造弓子，纖巧可愛，架箭射

〔註69〕（戰國）屈原著：《九歌》，收錄於《文淵閣四庫全書》（臺北：臺灣商務印書館據國立故宮博物院藏本影印，1983年），集部‧楚詞類‧楚辭章句‧卷二‧東皇太一，頁3。

〔註70〕（漢）應劭著：《風俗通》收錄於《文淵閣四庫全書》（臺北：臺灣商務印書館據國立故宮博物院藏本影印，1983年），子部‧類書類‧御定淵鑑類函‧卷十九‧頁2。

盤中粉團，中者得食。蓋粉團滑膩而難射也。都中盛行此戲。」〔註71〕而宋代的民間活動熱絡，端午時的節物及活動，精緻又熱鬧，《東京夢華錄》裡提到：

> 端午節物，百索、艾花、銀樣鼓兒，花花巧畫扇，香糖果子、粽小，
> 白團。紫蘇、菖蒲、木瓜、並皆茸切，以香藥相和，用梅紅匣子盛
> 裹。自五月一日及端午前一，日賣桃、柳、葵花、蒲葉、佛道艾。
> 次日家家鋪陳於門首，與五色水團、茶酒供養。又釘艾人於門上，
> 士庶遞相宴賞。〔註72〕

明代以降，端午習俗漸隨商業化，原本意在驅毒的五毒符，逐漸加入裝飾的成分，成爲明代仕女釵頭的點綴。《宛署雜記》記載：「婦女畫蜈蚣、蛇、蝎、虎、蟾爲五毒符，插釵頭。」〔註73〕其風俗特色不但蔚爲風潮，更爲佳節平添幾分豔麗的色彩。而最豔麗的秦淮河畔，端午節慶更是仕女、佳人出遊賞看的大日子，身爲紈絝子弟的張岱自然也來共襄盛舉：

> 年年端午，京城士女塡溢，競看燈船。好事者集小篷船百什艇，篷
> 上掛羊角燈如聯珠，船首尾相銜，有連至十餘艇者。船如燭龍火蜃，
> 屈曲連蜷，蟠委旋折，水火激射。舟中鏒鈸星鐃，讌歌弦管，騰騰
> 如沸。士女憑欄轟笑，聲光凌亂，耳目不能自主。午夜，曲倦燈殘，
> 星星自散。〔註74〕

每逢端午，秦淮河畔的燈船夜景是一大特色，張岱攜伴至秦淮河房遊街、賞景、看燈傳，各式各樣精雕細琢的畫舫，燈火通明佈滿在秦淮河上「燈如聯珠，船首尾相銜，有連至十餘艇者」將整個夜晚的秦淮河點綴成一條鮮明的火龍。人潮絡繹不絕「士女塡溢，競看燈船」擠滿整個河畔，「士女憑欄轟笑，聲光凌亂，耳目不能自主」，可見其燈船夜景的盛況。

　　除了極富特色的秦淮河畔燈船夜景外，划龍船向來是端午的傳統好戲。在明代各處皆有龍船競渡的舉行。張岱自云：「看西湖競渡十二三次，己巳競渡於秦淮，辛未競渡於無錫，壬午競渡於瓜州，於金山寺。」〔註75〕年少的

〔註71〕（五代）王仁裕著：《開元天寶遺事·卷上·射團》（臺北：臺灣商務印書館據國立故宮博物院藏本影印，1983《文淵閣四庫全書》第 1035 冊），頁 853。
〔註72〕（宋）孟元老著：《東京夢華錄·卷8·端午》（臺北：新文豐出版公司，1985《叢書集成新編》第 96 冊），頁 624。
〔註73〕（明）沈榜《宛署雜記》卷十七（北京：北京古籍出版，1982），頁 65。
〔註74〕（明）張岱著、馬興榮點校：《陶庵夢憶·卷四·秦淮河房》，頁 30。
〔註75〕（明）張岱著、馬興榮點校：《陶庵夢憶·卷五·金山競渡》，頁 48。

張岱幾乎年年前往各處看龍船競渡的活動，其中光是觀賞西湖競渡就不下十二三次之多。西湖的龍船分為兩種。其一分為上下兩層，上層有孩童扮演各種歷史、神仙人物，下層載有鼓吹手，敲鑼打鼓，兩傍坐著划船的水手，其龍船較具表演色彩。而競賽的龍船則繞著大龍船周圍打轉，待大龍船上拋下物件，小龍船上的水手便下水爭搶。其中以錢、鴨兩物最難搶得，因錢幣入水即沈，鴨子則會四處游竄躲避，其爭錢奪鴨的模樣，熱鬧逗趣，趣味橫生，往往吸引眾多的遊人至西湖看的龍船競渡。同樣是競渡的活動，金山又不同於西湖，張岱前往金山時即見：

> 瓜州龍船一二十隻，刻畫龍頭尾，取其怒；傍坐二十人持大楫，取
> 其悍；中用綵篷，前後旌幢綉傘，取其絢；撞鉦撾鼓，取其節；艄
> 後列軍器一架，取其鍔；龍頭上一人足倒豎，戲踞其上，取其危；
> 龍尾掛一小兒，取其險。自五月初一至十五日，畫地而出。五日出
> 金山，鎮江亦出。驚湍跳沫，羣龍格鬥，偶墮洄渦，則百臂蝤捷捽，
> 蟠委出之。金山上人團簇，隔江望之，螘附蜂屯，蠢蠢欲動。晚則
> 萬艓齊開，兩岸遝遝然而沸。〔註76〕

金山競渡的競賽十分激烈，其龍船「刻畫龍頭尾」與今日所見的龍船以十分相似而「龍頭上一人足倒豎」的競賽方式也與今日相同。張岱將金山競渡的盛況精彩描繪，將整個激烈比賽的氣勢：怒、悍、絢、節、鍔、危、險的感受一一呈現。氣勢磅礴的場面，震撼不已，各家好手無不使勁爭取最高榮譽，隔江觀賞遊客也將金山寺擠的水洩不通，如「螘附蜂屯，蠢蠢欲動」，整個金山的各式活動表演，從白天的激烈競渡到夜晚的江上「萬艓齊開」，仍是人聲鼎沸，好不熱鬧。

（四）中元

「中元」之名起於北魏，又稱「鬼節」，最早是道教的說法。《五雜組》記載：正月十五是「上元」，為天官賜福日；七月十五是「中元」，為地官赦罪日；十月十五是「下元」，為水官解厄日。因此在七月十五日這一天，民間都會準備豐富的牲禮，祭拜地官大帝、祖先及各地的孤魂野鬼。而佛教也在這一天，舉行超渡法會，稱為「盂蘭盆節」。盂蘭盆來自佛經「目連救母」的故事，其音譯自梵語，原意為「救倒懸」，即解救在地獄裏受苦的鬼魂。為使眾生免於倒懸之苦。佛教以誦經超渡，佈施食物給孤魂野鬼，此舉正好和中

〔註76〕 （明）張岱著、馬興榮點校：《陶庵夢憶・卷五・金山競渡》，頁48。

國的鬼月祭拜不謀而合，因而中元節和盂蘭會節的習俗便同時流傳下來。

　　中國自古以來即有「泛神論」的信仰，商朝人「重鬼神」，祈求天地與先祖的保佑，這樣的習俗與觀念一直流傳至今。因此每年農曆七月十五是我國民間的重要的節慶。民間在這一天以剛收成的新穀祭拜祖先，而佛教的盂蘭盆節，及道教的中元節亦在同一天。又相傳農曆七月是鬼月，七月一日是鬼門開的日子，在這個月當中間，「好兄弟」們都會來到來人間受人祭拜，故由以上種種的由來融合成「中元普度」祭拜先祖及鬼神的傳統習俗。因此每年此刻，道教、佛教皆有盛大的祭典儀式，也成為了民間祭拜鬼神的年度盛事。中元節這天，朝廷、民間都有不少相關的祭祀活動，崇禎十五年（1642），張岱來到南京鍾山帝王陵寢前，參加朝廷的中元祭典：

> 壬午七月，朱兆宣簿太常，中元祭期，岱觀之。饗殿深穆，暖閣去殿三尺，黃龍幔幔之。列二交椅，褥以黃錦孔雀翎，織正面龍，甚革重。席地以氈，走其上必去舄輕趾。稍咳，內侍輒叱曰：「莫驚駕！」近閣下一座，稍前為碩妃，是成祖生母。成祖生，孝慈皇后妊為己子，事甚秘。再下東西列四十六席，或坐或否。祭品極簡陋。硃紅木籩、木壺、木酒罈甚粗樸。籩中肉止三片，粉一鍬，黍數粒，冬瓜湯一甌而已。暖閣上一幾，陳銅爐一、小筋瓶二、杯棬二；下一大幾，陳太牢一、少牢一而已。〔註77〕

國家的祭典，饗殿十分肅穆，祭典中「列二交椅，褥以黃錦孔雀翎，織正面龍」華麗而莊重，「席地以氈」需脫鞋始能進入。由於崇禎十五年（1642）國難不斷，國力已衰，是故「祭品極簡陋」，但整個祭典過程，簡約中仍不失莊重的氣氛。相較於國家祭典的嚴肅，民間的中元普度活動就熱鬧許多，明代工商繁榮，商業氣息濃厚，對於敬畏鬼神的氣氛已經淡化許多，反之趁中元時刻遊賞，「厚人薄鬼」的氣息大盛。在祭拜儀式結束後，明人享用豐盛的祭品大快朵頤，夜晚更是出遊賞月的絕佳時刻，張岱著名的篇章〈西湖七月半〉，即將時人中元夜晚的賞月佳興作了深入分析：

> 看七月半之人，以五類看之：其一，樓船簫鼓，峨冠盛筵，燈火優傒，聲光相亂，名為看月而實不見月者，看之；其一，亦船亦樓，名娃閨秀，攜及童孌，笑啼雜之，環坐露臺，左右盼望，身在月下而實不看月者，看之；其一，亦船亦聲歌，名妓閒僧，淺斟低唱，

〔註77〕（明）張岱著、馬興榮點校：《陶庵夢憶‧卷一‧鍾山》，頁1。

> 弱管輕絲，竹肉相發，亦在月下，亦看月而欲人看其看月者，看之；
> 其一，不舟不車，不衫不幘，酒醉飯飽，呼羣三五，躋入人叢，昭
> 慶、斷橋，嘄呼嘈雜，裝假醉，唱無腔曲，月亦看，看月者亦看，
> 不看月者亦看，而實無一看者，看之；其一，小船輕幌，淨几煖爐，
> 茶鐺旋煮，素瓷靜遞，好友佳人，邀月同坐，或匿影樹下，或逃囂
> 裏湖，看月而人不見其看月之態，亦不作意看月者，看之。〔註78〕

杭州西湖是著名的觀光勝地，尤其是佳節時分，前來西湖賞月之人多如螻蟻，整個西湖簡直是可用人山人海來形容。張岱以細膩的觀察，出在西湖畔熱烈的氣氛，將眾多七月半前來西湖賞月之遊人歸納分析，分別為「明為看月而實不見者」、「身在月下而實不看月者」、「亦在月下，亦看月而欲人看其看月者」、「月亦看，看月者亦看，不看月者亦看，而實無一看者」和「看月而人不見其看月之態，亦不作意看月者」五類。西湖夜色，聞名遐邇，人人都欲想共赴美麗的盛會，然而身處在熱鬧的西湖畔，有人是真的在賞月，有人是假賞月，還有人故作優雅樣，欲吸引眾人目光。明代的旅遊風氣特勝，光從西湖七月半的人潮就可看出端倪，張岱將這些人賞月的心態寫的絲絲入扣，極為生動。而月明星稀，人群盡散後，此刻張岱才與好友一同出來賞月，享受真正不受干擾的花好月圓美景：

> 吾輩始艤舟近岸，斷橋石磴始涼，席其上，呼客縱飲。此時，月如
> 鏡新磨，山復整妝，湖復頮面。向之淺斟低唱者出，匿影樹下者亦
> 出，吾輩往通聲氣，拉與同坐。韻友來，名妓至，杯箸安，竹肉發。
> 月色蒼涼，東方將白，客方散去。吾輩縱舟，酣睡於十里荷花之中，
> 香氣拍人，清夢甚愜。〔註79〕

當人潮散去後，沒有俗人的干擾，才是真正享受賞月之趣。張岱等人這刻時才擺船靠岸，「斷橋石磴始涼」，坐在其上，招呼好友放懷暢飲。此刻「月如鏡新磨，山復整妝，湖復頮面」這才是西湖真正幽美的夜色。而真正雅致之士也在此時紛紛出現，彼此互相問候，相聚一起。真正風雅的人士出來，名妓也到臨，一起飲酒歌唱，同歡共樂。直到「月色蒼涼，東方將白」，雅客們才逐漸散去。最後張岱等人，放開船隻任其東西飄盪，「酣睡於十里荷花之中」香氣襲人，這才是真正享受西湖月夜的清夢愜意阿！

〔註78〕 （明）張岱著、馬興榮點校：《陶庵夢憶・卷七・西湖七月半》，頁63。
〔註79〕 （明）張岱著、馬興榮點校：《陶庵夢憶・卷七・西湖七月半》，頁63。

（五）中秋

八月十五爲中秋，其起源於古代「祭月」風俗中。《周禮》中就曾記載周天子在每年中春的白天，於國都東郊舉行隆重的儀式祭日；在中秋之夜在國都西郊祭月迎寒。而另還有其他說法，認爲「中秋」起源於古代的「秋報」祀土地神：中國自古以農立國，故十分重視土地收成，因此春耕時，祭祀土地神，以祈求豐收，稱之爲「春祈」；而在秋天收成時，爲答謝土地神一年來的庇護，故以舉行祭典，稱之爲「秋報」。故「中秋」可能是古代「秋報」的遺俗，再加之祭月、賞月的習俗及「嫦娥奔月」的浪漫傳說，而成爲今日大家熟悉的中秋。

中秋的紀錄，在《禮記》與《史記》中就有提及。秦漢時候，曾舉行中秋敬老活動：官府向老人賜予坐凳、手杖和用蒸熟黏米飯做的圓餅。在晉代時就有賞月的風俗，而中秋正式成爲歲時節日，應起於唐朝，《唐書·太宗紀》記載以八月十五日爲中秋節，以後即成爲歲時節日，至宋代，中秋舉行歡宴的活動更爲普遍。而到了元末明初時則更具有創新的意義，據《風俗史話》等說法，蒙古人統治中國殘酷無道，漢人不堪欺凌欲起義反抗，準備在中秋之夜，以豎花燈爲信號，月餅中預置「殺韃子」的紙條，約定趁蒙古人酒食之後，殺之起義。因此明太祖朱元璋建國之後，爲紀念這種舉動，獎令舉行中秋，使中秋在明代有著新的意義，也使其慶典活動更爲熱絡。明代中秋有不少習俗習慣，《西湖遊覽志餘》記載明人多於中秋節以月餅相餽贈，取其圓形的「團圓」之義。夜晚則設賞月之宴，或攜帶酒食至湖海之畔遊賞。《帝京景物略》也記載：「八月十五祭月，其餅必圓，分瓜必牙錯，瓣刻如蓮花。……其有婦歸寧者，是日必返夫家，曰團圓節也。」〔註80〕中秋節又稱團圓節，在明代縱使有歸寧的女子，也必定於此日返其夫家團聚。中秋晚上，許多地方還有烙「團圓」的習俗，即烙在類似月餅的小餅上，皆象徵於中秋團圓之意。張岱在〈虎邱中秋夜〉裡紀錄著人們熱鬧賞月：

> 虎邱八月半，土著流寓、士夫眷屬、女樂聲伎、曲中名妓戲婆、民間少婦好女、崽子孌童及游冶惡少、清客幫閒、傒僮走空之輩，無不鱗集。自生公臺、千人石、鶴澗、劍池、申文定祠，下至試劍石、一二山門，皆鋪氈席地坐，登高望之，如雁落平沙，霞鋪江上。天暝月上，鼓吹百十處，大吹大擂，十番鐃鈸，漁陽摻撾，動地翻天，

〔註80〕　（明）劉侗著：《帝京景物略》卷二·城東內外·春場，頁69。

雷轟鼎沸，呼叫不聞！〔註81〕

中秋賞月，幾乎是家家戶戶晚上的重頭戲，而虎丘觀月更是人滿為患。不管是販夫走卒、達官顯要，或是仕女少婦還是名妓孌童，「無不鱗集」齊聚於虎丘共度中秋夜。放眼望去，到處都有鋪氈席地而坐的人們，有如「雁落平沙，霞鋪江上」。賞月之餘或縱酒高歌、或樂曲鼓吹，聲聲不絕於耳，「雷轟鼎沸」，連說話都不易耳聞。無怪乎明人李流芳（1575～1629）也說：「虎丘，中秋遊者尤盛，仕女傾城而往，笙歌笑語，塡山沸林，終夜不絕。」〔註82〕

　　崇禎七年正逢閏七月，剛好有兩個中秋夜。而富有閒情雅緻的張岱，也曾在閏中秋的夜晚，號召聚會於故鄉紹興的蕺山亭上，重現虎丘中秋夜的盛況：

> 崇禎七年閏中秋，仿虎邱故事，會各友於蕺山亭。每友攜斗酒、五
> 簋、十蔬果、紅氈一牀，席地鱗次坐。緣山七十餘牀，衰童塌妓，
> 無席無之。在席七百餘人，能歌者百餘人，同聲唱「澄湖萬頃」，聲
> 如潮湧，山為雷動。諸酒徒轟飲，酒行如泉。夜深客饑，借戒珠寺
> 齋僧大鍋煮飯飯客，長年以大桶擔飯不繼。命小傒岕竹、楚烟，於
> 山亭演劇十餘齣，妙入情理，擁觀者千人，無蚊虻聲，四鼓方散。
>
> 〔註83〕

張岱號召蕺山亭賞月的聚會，眾人皆自備茶點、紅氈，並席地而坐，而前往共襄盛舉竟多達七百多人，座無虛席，可見明人對於休閒活動之重視。百人合聲共唱「澄湖萬頃」，其聲如浪潮澎湃洶湧，整個蕺山亭為之雷動。大夥一起飲酒狂歡，夜深十分，眾人感到飢餓，張岱於是至寺廟向寺僧商借「大鍋煮飯飯客」，後還有戲劇演出一一登場，吸引了上千人的圍觀，極為轟動。

（六）廟會

　　除了各大節日，各地皆有許多慶典外，許多寺廟也有自己當地的廟會慶典活動。由於佛教、道教在民間信仰極盛，中國各地廟宇林立，唐代詩人杜牧一句：「南朝四百八十寺，多少樓臺煙雨中。」〔註84〕即可知中國寺廟之興

〔註81〕　（明）張岱著、馬興榮點校：《陶庵夢憶·卷五·虎邱中秋夜》，頁46。
〔註82〕　（明）李流芳，《檀園集》，收在《景印文淵閣四庫全書》第1295冊（臺北：
　　　　　臺灣商務印書館據國立故宮博物院藏本影印，1983），卷8，〈遊虎山橋小記〉，
　　　　　頁6。
〔註83〕　（明）張岱著、馬興榮點校：《陶庵夢憶·卷七·閏中秋》頁67。
〔註84〕　（唐）杜牧著：〈江南春絕句〉，收錄於《文淵閣四庫全書》（臺北：臺灣商務

盛。光西湖一帶就有近百間寺廟，張岱於《西湖夢尋》裡就介紹了西湖路上十多間極富盛名的寺廟，講述其風俗特色及典故傳說。寺廟常是當地的活動中心，廟會風俗與寺廟的宗教活動有著密切的關係，其廟會活動除表現出人們心靈的祈願外，也呈現出當地人民生活的習俗。所以廟會活動代表了一地的人文風情，是當地文化內涵的呈現。從各地廟會活動中，不但可以了解當地的特殊的民俗儀式，還可以進一步認識其生活習俗及歷史等。

　　廟會，又稱爲廟市或節場，是中國長久以來的傳統風俗。當寺廟在舉辦祭祀典禮時，往往會吸引眾人在寺廟附近聚會，除了祭神、出巡、戲劇等典禮活動外，人潮的聚集也吸引了商業活動的產生。故而有音樂百戲、諸般雜耍、攤販叫賣等娛樂和購物活動出現。早期廟會僅是一種隆重的祭祀活動，隨著經濟的發展，廟會就在保持祭祀活動的同時，逐漸融入集市交易活動。因此廟會又稱爲廟市，成爲中國市集的一種重要形式。而過年逛廟會成了人們不可缺少的過年活動，後來又在廟會上增加娛樂活動。此外，香會活動也聚集許多善男信女，熱鬧非凡。《帝京景物略》裡曾記載祀神女碧霞元君的香會活動：

> 四月一日至十八日，塵風汗氣，四十里一道相屬也。輿者，騎者，
> 步者，步以拜者，張旗幢、鳴鼓金者。輿者，貴家，豪右家。騎者，
> 游俠兒，小家婦女。步看簹人子，酬願祈願也。拜者，頂元君像，
> 負楮錠，步一拜，三月至。……香客歸途，衣有一寸塵，頭有草帽，
> 面有鬼臉，有鼻，有須，袖有麻胡，有歡喜團。入郭門，軒軒自喜。
> 道擁觀者，嘖嘖喜。入門，翁嫗妻子女，旋旋喜繞之。〔註85〕

除了祭拜祈求神明保佑外，香會也是一個百姓歡喜娛樂的節日。祀神女碧霞元君的香會活動，除了有祀神的典禮儀式外也有娛神的活動，更有販賣香客吃喝娛樂之具，遊人們買著玩具，帶著面具，頂著草帽，袖裝吃食，軒軒自喜樣，十分熱鬧。除了祀神女碧霞元君的香會外，西湖香市也是著名的廟會活動，不但規模盛大，時間「起於花朝，盡於端午」，長達數月之久。廟會期間天天都有來自各地的信徒，前來朝奉，山東普陀的信徒、嘉湖天竺的香客等自四面八方而來，人潮絡繹不絕，張岱就寫下西湖香市的盛況：

印書館據國立故宮博物院藏本影印，1983 年），集部・總集類・御定全唐詩・
卷五百二十二・頁 19。
〔註85〕（明）劉侗著：《帝京景物略》卷二・城東內外・春場，頁 68。

> 西湖香市，起於花朝，盡於端午。山東進香普陀者日至，嘉湖進
> 香天竺者日至，至則與湖之人市焉，故曰香市。然進香之人市於
> 三天竺，市於岳王墳，市於湖心亭，市於陸宣公祠，無不市，而
> 獨湊集於昭慶寺，昭慶寺兩廊故無日不市者。三代八朝之骨董、
> 蠻夷閩貊之珍異，皆集焉。至香市，則殿中邊甬道上下、池左右、
> 山門內外，有屋則攤，無屋則廠，廠外又棚，棚外又攤，節節寸
> 寸。凡**檉**骨簪珥、牙尺剪刀，以至經典木魚、孩兒嬉具之類，無不
> 集。〔註 86〕

西湖香市的規模極盛大，寺廟旁、名勝邊四處都是攤販聚集之處「市於三天
竺，市於岳王墳，市於湖心亭，市於陸宣公祠，無不市」，到處都是市集，到
處都是人潮。而除了貢品、香、金紙等一般祭拜用品外，西湖香市裡的商品
更是五花八門，從「三代八朝之骨董、蠻夷閩貊之珍異」這樣如此貴重的物
品到，「經典木魚、孩兒嬉具」等一般價廉物美的小玩意皆陳聚於香市。其中
以西湖內昭慶寺旁的香市更是人山人海，商品更是珍奇古玩皆有之：「兩廊櫛
比，皆市塵精肆，奇貨可居。春時有香市，與南海、天竺、山東香客及鄉村
婦女兒童，往來交易，人聲嘈雜，舌敝耳聾，抵夏方止。」〔註 87〕整個西湖
香市的商品包羅萬象，香客除進香祈福外，順道至此逛街尋寶，所以每逢節
慶，西湖香市人潮更是門庭若市。由於明人十分重視假日至寺廟上香祈福的
活動，一方面祈求心靈的安定，一方面也可乘機出外踏青一番，故假日時，
各地寺廟及廟會都是人潮洶湧，張岱曾記述了一次因為前往普陀進香之路斷
絕而全部湧進天竺，一時香客特盛：「時普陀路絕，天下進香者皆近就天竺，
香火之盛，當甲東南。二月十九日，男女宿山之多，殿內外無下足處，與南
海潮音寺正等。」〔註 88〕。

　　明代的節日慶典盛大，熱鬧非凡，不但展現了中國傳統文化的內涵。還
反映了不同的民俗風貌、地方特色，張岱在參與各式各樣的節慶：從元宵燈
會、清明掃墓、端午競渡、中元普渡、中秋賞月到拜廟進香等，都在文字中
的留下了精彩的人文風貌。

〔註 86〕　（明）張岱著、馬興榮點校：《陶庵夢憶・卷六・西湖香市》，頁 61。
〔註 87〕　（明）張岱著、馬興榮點校：《西湖夢尋・卷一・昭慶寺》，頁 6。
〔註 88〕　（明）張岱著、馬興榮點校：《西湖夢尋・卷二・上天竺》，頁 33。

二、休閒遊賞

　　除了各項佳節慶典活動外，張岱也愛好各項休閒遊賞的活動，三不五時和好友相約出遊：賞荷花、觀洋潮、看雪景、狩獵、還有爬山等。張岱情眞，性直其休閒遊賞往往表現出不同於一般世俗遊賞方式，別具雅致。

　　荷花蕩會是吳郡一帶特有的風俗，《吳郡歲華紀麗》記載當地荷花盛貌：「其地皆窪下田，不能藝禾黍，彌望滇衍，無高堤橋梁亭觀。土人植荷爲生息，花年年盛一方，見慣不鮮，行舟過無采采。凡荷，藕惡石，芋惡泥，花葉喜日，故水太深而陰涼者，不能花也。是地蕩田與荷性宜，故植易蕃。」〔註89〕六月二十四日爲荷花生日，吳郡之人在葑門外荷花蕩觀荷納涼。荷花蕩在蘇州葑門外二里許，值荷花誕日，吳人畫船簫鼓，群集於此。張岱是這樣記載的：

> 天啓壬戌六月二十四日，偶至蘇州，見士女傾城而出，畢集於葑門
> 外之荷花宕。樓船畫舫至魚艓小艇，僱覓一空。遠方遊客，有持數
> 萬錢無所得舟，蟷旋岸上者。余移舟往觀，一無所見。宕中以大船
> 爲經，小船爲緯，遊冶子弟，輕舟鼓吹，往來如梭。舟中麗人皆倩
> 妝淡服，摩肩簇舄，汗透重紗。舟楫之勝以擠，鼓吹之勝以集，男
> 女之勝以溷，歊暑燀爍，靡沸終日而已。荷花宕經歲無人跡，是日，
> 士女以鞍鞗不至爲恥。〔註90〕

荷花蕩會，一方面是賀花之生日，一方面也因窪地植荷收成之喜，但主要還在盛暑之中消夏納涼。且看張岱筆下「舟中麗人皆倩妝淡服，摩肩簇舄，汗透重紗」，是描述夏日炎熱，或在荷花池畔觀荷，或坐船遨遊池中，人潮踴躍俊男靚女外出冶遊，連倩妝淡服的麗人也不禁汗透重紗。

　　杭州八月潮觀是一年一度的大事，在今日浙江嘉興的海寧一帶。海寧潮又稱錢江潮，以其磅礴的氣勢和壯觀的景象聞名遐邇，其「一線橫江」的特色被譽爲「天下奇觀」。海寧潮是以其潮高、多變、洶猛、驚險而名譽海內外。自明清以來，海寧一直都有八月十八觀潮的傳統習俗，這一日，遊客雲集，熱鬧非凡，海塘上更是出現「江潮人潮兩相湧」的壯觀景象。崇禎八年（1640）八月，張岱與好友朱恒岳、陳章侯、祁世培一起前往海塘觀潮：

〔註89〕　（清）袁學瀾著：《吳郡歲華紀麗》。轉引自陶思炎著：《中國都市民俗學》（南京：東南大學出版社，2004），頁103。
〔註90〕　（明）張岱著、馬興榮點校：《陶庵夢憶・卷一・葑門荷石》，頁6。

> 立塘上,見潮頭一線從海寧而來,直奔塘上。稍近,則隱隱露白,
> 如驅千百羣小鵝,擘翼驚飛。漸近,噴沫冰花蹴起,如百萬雪獅蔽
> 江而下,怒雷鞭之,萬首鏃鏃,無敢後先。再近,則颶風逼之,勢
> 欲拍岸而上。看者辟易,走避塘下。潮到塘,盡力一礴,水擊射濺
> 起數丈,著面皆濕。旋捲而右,龜山一攧,轟怒非常,礮碎龍湫,
> 半空雪舞。看之驚眩,坐半日,顏始定。〔註91〕

張岱由遠而近的描繪出海寧潮奔湧變幻的種種奇觀。潮頭初起時「如驅千百
羣小鵝,擘翼驚飛」在遠方先有幽遠縹緲之感。但越接近海塘,越是洶湧暴
怒,有如「百萬雪獅蔽江而下」,圍觀者被其氣勢所嚇。當潮打在塘上時「盡
力一礴,水擊射濺起數丈」,地面全濕。潮水隨即右旋,被龜山一擋,「轟怒
非常」,如炮轟龍潭、「半空雪舞」,氣勢驚人。觀潮者莫不「看之驚眩,坐半
日,顏始定。」可見其況驚心動魄的程度。張岱在此運用比喻寫景、借景抒
情的方式,從不同角度描繪景物特點,再寫觀潮人的反應,是從側面襯托出
白洋潮的壯觀,令人身歷其境,是一篇極為出色的作品。

　　觀潮之外,文人雅事莫如賞雪。張岱曾在大風雪過後,至湖心亭賞雪,
留下了一篇〈湖心亭看雪〉,堪稱絕響:

> 崇禎五年十二月,余住西湖。大雪三日,湖中人鳥聲俱絕。是日更
> 定矣,余拏一小舟,擁毳衣爐火,獨往湖心亭看雪。霧淞沆碭,天
> 與雲、與山、與水,上下一白。湖上影子,惟長堤一痕,湖心亭一
> 點,與余舟一芥,舟中人兩三粒而已。到亭上,有兩人鋪氈對坐,
> 一童子燒酒,爐正沸。見余大喜,曰:「湖中焉得更有此人!」拉余
> 同飲。余強飲三大白而別。問其姓氏,是金陵人,客此。及下船,
> 舟子喃喃曰:「莫說相公癡,更有癡似相公者。」〔註92〕

西湖經歷三天大風雪,人聲鳥聲俱絕,遼闊的雪地:呈現出一股蕭殺的冷寂。
而張岱卻偏偏選擇此時去賞雪,可見其與眾不同的遊賞情趣,也因此他享受
到真正絕色的風物景觀往有別於一般人的體會。這天淩晨,張岱駕一葉小舟,
獨自前往湖心亭。而一個「獨」字,展示了其遺世獨立的高潔情懷和不隨流
俗的生活情趣,此時湖上多夜寒氣如霧,結水成珠,「天與雲、與山、與水,
上下一白。」大地一片混沌白茫。惟有雪光能帶來亮色,映入眼簾的只有「長

〔註91〕　（明）張岱著、馬興榮點校:《陶庵夢憶・卷三・白洋潮》,頁23。
〔註92〕　（明）張岱著、馬興榮點校:《陶庵夢憶・卷三・湖心亭看雪》,頁28。

堤一痕，湖心亭一點，與余舟一芥，舟中人兩三粒而已」張岱用以一痕、一點、一芥、兩三粒的簡筆白描手法，通篇有如一幅中國畫裡的寫意山水：整幅畫裡出現大片「留白」，僅以寥寥幾筆，長與短，點與線，方與圓，多與少，大與小，動與靜，簡潔概括了悠遠脫俗的冰雪之氣，構成人與自然一色，洋溢著天地和諧的意境的藝術畫作。而後，筆鋒一轉，巧遇有共同興致的雅客，大喜驚曰：「湖中焉得更有此人！」酒逢知己千杯少，拉著張岱「強飲三大白」，飲罷相別，始「問其姓氏」，卻又妙在語焉不詳，只說：「是金陵人，客此。」可見這二位湖上知音，原是他鄉遊子。張岱是性情中人，好交友不分貧富賤，只要是「一往有深情」之人，皆是至交，至於身份地位、官職爵位等在其眼底自是世俗物：有緣相聚實非易事，當詢問對方身份之時，也是彼此分別之刻，言外之意頗有後約難期之慨。最後張岱以舟子自言之語收束全文：「莫說相公癡，更有癡似相公者！」舟子言張岱「癡」，體現了俗人之見，但「癡」字又何嘗不是對張岱最確切的評價呢？張岱癡迷於山水之樂，癡迷於世俗之雅情雅致，實為「一往有深情」之人。此一紀遊小品，張岱引用舟子的話包含了對「癡」字的稱賞，同時以天涯遇知音的愉悅化解了心中的淡淡愁緒。〈湖心亭看雪〉一文的刻畫有如柳宗元〈江雪〉的意境：「千山鳥飛絕，萬徑人蹤滅，孤舟蓑笠翁，獨釣寒江雪。」〔註93〕柳宗元的描寫了「空寂之境」賦予「得天趣」、「傲然獨往」的精神和骨氣，而張岱的「空寂之境」中，巧遇知音，少了點獨絕之氣，多了些惺惺相惜的味道。全文筆調淡雅流暢，看似自然無奇，而又耐人尋味。西湖因人而美，而人也因西湖而麗，景與人相映成趣，張岱寫來，文情蕩漾，風味無窮。

　　「一往有深情」的張岱是「愛嬉游，名山恣探討。」〔註94〕因此在人事各項休閒遊賞活動時追求情致心靈的溝通，往往有與眾不同之體會，是故在《陶庵夢憶》和《西湖夢尋》裡，對所經歷的事件都有精彩的描述。舉如：因為「江南不曉獵較為何事，余見之圖畫戲劇」〔註95〕於是張岱來到牛首山打獵，攜帶好友、名妓、侍姬浩浩蕩蕩十多人「身親為之，果稱雄快。」〔註96〕；而在爐

〔註93〕　（唐）柳宗元著：〈江雪〉，收錄於《文淵閣四庫全書》（臺北：臺灣商務印書
　　　　　館據國立故宮博物院藏本影印，1983），集部・別集類・漢至五代・柳河東集・
　　　　　卷四十三・頁18。
〔註94〕　（明）張岱著、馬興榮點校：《西湖夢尋・卷一・大頭佛》，頁8。
〔註95〕　（明）張岱著、馬興榮點校：《陶庵夢憶・卷四・牛首山打獵》，頁32。
〔註96〕　（明）張岱著、馬興榮點校：《陶庵夢憶・卷四・牛首山打獵》，頁32。

峯絕頂上，張岱與友冒著有虎出沒的危險賞月，引來僕役「同山僧七八人，持火燎、刀、木棍，疑余輩遇虎失路，緣山叫喊耳」〔註97〕，隔日更讓人傳出「昨晚更定，有火燎數十把，大盜百餘人，過張公嶺」〔註98〕的趣聞；還有至魯藩看煙火、金山寺大唱夜戲、至定海看水操、到兗州閱武……等，各項活動遊賞，在張岱的筆下，活靈活現，讀者讀來莫不身歷其境，似與張岱同遊其中。透過其豐富的刻畫，不但使讀者對於張岱真性情的性格留下深刻的印象，也對於晚明各種遊賞活動有了更清晰的瞭解。

三、典故傳說

自元朝意大利旅行家馬可波羅在《馬可波羅遊記》中稱杭州為「世界最美麗華貴之城」，西湖從此馳名世界。西湖在中國的地位非凡，因為不僅是山光水色的美麗，它還有許多的歷史典故，是中國悠遠文化的沈澱與結晶。美麗而多彩的西湖，除了處處都是聞名遐邇的美景，遊客至此，悅賞讚嘆絡繹不絕，同時也探訪、接觸感知了許多古老歷史及動人美麗的傳說。如孤山島上的放鶴亭，是來源自宋代隱士林和靖（968～1028）的事蹟，「梅妻鶴子」的高風亮節故事流傳在每一個人心中。而美麗的傳說故事也自西湖展開：西湖北岸的斷橋，即是《白蛇傳》故事裡，許仙和白娘子借傘初次邂逅之處，「水淹金山寺」是白娘子與和尚法海鬥法的地方，雷峰塔裡是幽禁白娘子的天牢，西湖處處都可以看見《白蛇傳》的影子。另外棲霞嶺的岳廟，是對精忠報國的岳飛景仰和思慕。岳墳在岳廟的右首，墓道階下，跪著受人唾罵的秦檜夫婦的鐵像，千百年來受人唾罵。又如靈隱寺，是家喻戶曉的濟公和尚修行的地。還有紀念白居易的竹閣；紀念蘇軾的蘇公祠；紀念歐陽修的六一泉以及；南齊名妓蘇小小墓、詩人蘇曼殊墓。每一處，每一點，都有引人入勝的典故，不是帝王將相，就是才子佳人，都是中國歷史文化的點滴累積成果。張岱遊賞西湖，在每個美景欣賞之餘，也對其身後的歷史的典故及動人的傳說作了記載，其中《陶庵夢憶》和《西湖夢尋》裡即留下了不少景點的典故傳說，供後人追尋：

虎跑寺本名定慧寺，唐元和十四年（819）僧人性空大師所建，位於西湖之南的大慈山上，虎跑寺旁有一泉井，稱之「虎跑泉」，張岱在《西湖夢尋》裡就記下了虎跑泉的典故出處：

〔註97〕（明）張岱著、馬興榮點校：《陶庵夢憶・卷五・爐峰月》，頁43。
〔註98〕（明）張岱著、馬興榮點校：《陶庵夢憶・卷五・爐峰月》，頁43。

> 性空師為蒲板盧氏子，得法於百丈海，來遊此山，樂其靈氣鬱盤，
> 棲禪其中。苦於無水，意欲他徙。夢神人語曰：「師毋患水，南嶽有
> 童子泉，當遣二虎驅來。」翼日，果見二虎跑地出泉，清香甘冽。
> 大師遂留。〔註99〕

民間傳說唐代性空大師遊歷於此，見風景優美，欲建寺在此修行，卻無水源，在決定前往別處時，忽夢見神人告之：即將有二頭老虎前來此處挖泉，翌日，果然有二虎刨山出泉，甘冽醇厚，從此「龍井茶與虎跑泉」被稱為「西湖雙絕」，而虎跑泉亦名列「天下第三泉」。除了虎跑泉泉名的由來外，張岱還述說了一個發生在明代初年的傳說：

> 明洪武十一年，學士宋濂朝京，道山下。主僧邀濂觀泉，寺僧披衣
> 同舉梵咒，泉驀沸而出，空中雪舞。濂心異之，為作銘以記。〔註100〕

宋濂（1310～1381）是明代著名的大學士，民間相傳宋濂曾經路過此泉，在虎跑寺住持和尚的相邀下，來到虎跑泉觀之，而在住持和尚對虎跑泉唸誦梵咒之時。泉水竟然噴湧而出，如在「空中雪舞」，宋濂詫異之餘，作銘以記之。

另位於西湖中路，曾經有一個著名的遺址，它有一個浪漫的名稱，名之為「醉白樓」。在唐時此處就以景美、酒美著稱，是大詩人白居易最留戀之處：

> 杭州刺史白樂天嘯傲湖山時，有野客趙羽者，湖樓最暢，樂天常過
> 其家，痛飲竟日，絕不分官民體。羽得與樂天通往來，索其題樓。
> 樂天即顏之曰「醉白」。在茅家埠，今改吳莊。一松蒼翠，飛帶如虯，
> 大有古色，真數百年物。當日白公，想定盤礴其下。〔註101〕

白居易先後任杭州、蘇州刺史。在杭州任上，疏理六井、築白堤蓄水，以利灌溉，對西湖有極大的貢獻。據說白氏離開杭州時，還把官俸留在州庫，作為公家緩急之需。其為官認真，深得百姓愛戴，任於滿離蘇州時，鄉親父老泣別，相送十里。白居易為人豪邁，愛交友，好飲酒。曾與西湖野客趙羽交好，兩人時常共飲美酒於西湖畔，白居易也時常於趙羽家過夜，兩人「痛飲竟日」，後趙羽向白居易「索其題樓」，白居易於是提下「醉白」二字。可惜此樓在明代時已不見蹤跡，僅留下一棵千年古松，「飛帶如虯，大有古色，真數百年物」，張岱見之曰：「當日白公，想定盤礴其下。」

〔註99〕　（明）張岱著、馬興榮點校：《西湖夢尋・卷五・虎跑泉》，頁79。
〔註100〕　（明）張岱著、馬興榮點校：《西湖夢尋・卷五・虎跑泉》，頁79。
〔註101〕　（明）張岱著、馬興榮點校：《西湖夢尋・卷三・醉白樓》，頁56。

　　杭州的淨慈寺位於西湖南岸，初名「慧日永明院」，始建於後周顯德元年（954）。由於歷代君主多崇佛，故淨慈寺在歷史上曾是杭州城最大的寺院。與靈隱齊名，有「南山淨慈，北山靈隱」之美譽。寺前，雷峰塔矗立，爲佛教界視爲聖物的佛髮舍利即供奉於此；寺內「南屏晚鐘」於落日時分在群山碧空中回盪，是西湖十景之一，張岱寫下了淨慈寺有關於濟公的傳說故事：

> 孝宗時，一僧募緣修殿，日饜酒肉而返，寺僧問其所募錢幾何，曰：
> 「盡飽腹中矣。」募化三年，簿上佈施金錢，一一開載明白。一日，
> 大喊街頭曰：「吾造殿矣。」復置酒肴，大醉市中，摳喉大嘔，撒地
> 皆成黃金，眾緣自是畢集，而寺遂落成。僧名濟顛。〔註102〕

濟公是五百羅漢之一，極其特別以癲瘋著世，家喻戶曉，無人不知，或稱其爲濟公活佛、濟公和尚、濟顛僧。爲方便渡世，濟公常裝瘋賣傻，因此被世人形容爲濟顛或濟顛和尚。西湖靈隱寺對面飛來峰的洞穴中，至今留有「濟公床」、「濟公桌」，相傳濟公常偷偷躲到這裡燒狗肉吃，喝醉了酒就在石床呼呼沉睡。手持大蒲扇，瘋瘋癲癲，是「濟公活佛」的標誌，濟公的形象表現在他借癲渡人、濟世，不拘於形式而獨具一格，他那把大蒲扇更似乎是真有無窮的法力。上面的傳說說其爲淨慈寺募緣修殿，卻「日饜酒肉而返」三年，一日「大醉市中」所吐穢物盡變黃金，促使「寺遂落成」，令人稱奇。

　　典故傳說往往使景點更添浪漫動人之氣息，西淩橋上有「蘇小小結同心處」之字樣，孔廟檜旁有「梁山伯祝英臺讀書處」之匾額，張岱的《陶庵夢憶》和《西湖夢尋》的紀錄，包括了各式各樣的典故傳說，不但展現出當地的特殊風情，也呈現出更豐富的人文色彩。

四、風花雪月

　　晚明是一個極度重視物質生活、講求慾望聲色的時代，受到政治不安定、經濟起飛、思想解放的種種因素，社會風俗中瀰漫著「即時行樂」的享樂色彩。商業繁華的大城市裡，不止白天市集喧囂，入夜幾乎是熱鬧永夜不夜城的生活包括，酒肆飲酒、茶店品茗、看雜藝表演、聽書說故事、看戲劇歌唱……等等，十分豐富多元，有如一場嘉年華。而城市裡青樓林立，每逢夜晚士人、士大夫進出青樓，縱情聲色，夜夜笙歌，狎妓之盛蔚爲風氣。明清兩代的娼妓行業發展極盛，明嘉靖年間（1522～1566）的林希元（1481～1565）述說

〔註102〕（明）張岱著、馬興榮點校：《西湖夢尋·卷四·淨慈寺》，頁62。

道當時娼妓遍佈的情況:「今同兩京九街至數萬計。」〔註103〕大城市裡青樓女子遍佈全城,彼此互相爭豔,各有千秋,《新都梅史》記載:「燕趙佳人,顏美如玉,蓋自古豔之。矧帝都建鼎,於今為盛,而南人風致又復襲染薰陶,其豔宜驚天下無疑。萬曆丁酉(1558)到庚子(1561)年間,其妖冶已極。」〔註104〕而受到江南經濟繁華的影響,至明末時,南方的娼妓不論是在質或量,皆冠居全國。《燕京雜記》就提到:「京師(北京)娼妓雖多,較之吳門、臼下,邈然莫逮。」〔註105〕

　　明人狎妓之風氣特盛,上至王公貴族,下至市井小民皆有之。士人、士大夫更是青樓常客,明代士人喜愛與烟花女子交往,士人的多才多情與烟花女子的多憐多藝,彼此相互傾慕,時常結伴出遊、互吐心事;彼此惺惺相惜,往往譜成了才子佳人的動人故事。士大夫有權有勢,或交際應酬;或附庸風雅;在青樓林立的溫柔鄉裡,談笑風流。張岱「好美婢」,自云:「強半住眾香國,日進城市,夜必出之。」〔註106〕身為紈綺子弟的張岱,自然也是縱情聲色,夜夜笙歌,流連青樓忘返。當時烟花之處:秦淮河畔、廣陵二十四橋、揚州及各地的客店裡,都可看見張岱的蹤跡:

> 秦淮河河房,便寓、便交際、便淫冶,房值甚貴而寓之者無虛日。
> 畫船蕭鼓,去去來來,周折其間。河房之外,家有露臺,朱欄綺疏,
> 竹簾紗幔。夏月浴罷,露臺雜坐。兩岸水樓中,茉莉風起動兒女香
> 甚。女客團扇輕紈,緩鬢傾髻,軟媚著人。〔註107〕

河房是指臨秦淮河修建的風月場所。南京秦淮豔名遠播,早在六朝時就有「北地胭脂,南朝金粉」之譽。明初,明太祖朱元璋更建十六樓以置官妓,輕煙淡粉,以娛嘉賓,風流盛極一時。在明代時南京秦淮直可以說風月場所劃上等號。晚明著名的「秦淮八豔」如李香君、柳如是、董小宛等都是秦淮風月中的翹楚,更因與當時名士侯方域、錢謙益等人的愛情故事融合愛國抗清的情操蔚為美談。「秦淮河河房,便寓、便交際、便淫冶」河房的妓家,屋內精潔,雅色古香,整齊乾淨,沒有一點紅塵的胭脂俗味:各個各分門戶,爭妍

〔註103〕　(明)林希元著:《林次崖先生文集》,轉引自楊君著:《妓女史》(上海:上海藝文出版社,1995),頁73。
〔註104〕　(明)梅史著:《新都梅史》轉引自楊君著:《妓女史》,頁73。
〔註105〕　(清)不著撰人:《燕京雜記》,轉引自楊君著:《妓女史》,頁73。
〔註106〕　(明)張岱著、馬興榮點校:《陶庵夢憶·卷七·品山堂魚宕》,頁66。
〔註107〕　(明)張岱著、馬興榮點校:《陶庵夢憶·卷四·秦淮河房》,頁3。

獻媚，鬥勝誇奇。因此遊人雅客，王公子孫，莫不在此狎妓歡樂，或寓、或
交際、或淫冶。秦淮河房在當時即有「欲界之仙都」、「升平之樂園」、「消魂
之豔窟」的豔名。每當有客光臨時，老鴇熱情相迎，備足茶點，奉為上賓，
招待之周至。殆後數女子出閣相迎，供客人挑選，眾女子無不爭奇鬥豔，目
挑心招，溫柔婉轉。而河房內的風流韻事「凌晨則卯飲淫淫，衣香一室，庭
午則蘭花、茉莉、沉水、甲煎馨聞數里；入夜則吹笛彈箏，梨園搬演，聲徹
九霄。」難怪紈綺子弟，風流才子，士大夫們無不魂迷色陣，氣盡雄風。

其「愛交友」，不分貧富賤，對張岱而言金錢、身份、地位、權勢都只是
世俗物，唯有真誠相待，即使是紅塵女子，張岱也視其為知己，如晚明名妓
王月生即是其身旁最重要的紅顏知己，二人相約牛首山打獵，至燕子磯賞景，
共赴閔老子店品茗，佳人才子出遊，好不羨煞他人。然而晚明娼妓眾多，光
一地之娼妓多可達五六百人，為求生存競爭之激烈，勾心鬥角時有所聞。要
成為當家花魁、或是當紅名妓實非易事，見多識廣的張岱在尋芳之時，也曾
與之交心，對其娼妓的身境與遭遇也倍感同情，在紀寫她們的故事時，往往
也寄予了無限的關懷：

> 廣陵二十四橋風月，……巷口狹而腸曲，寸寸節節，有精房密戶，
> 名妓、歪妓雜處之。名妓匿不見人，非嚮導莫得入。歪妓多可五六
> 百人，每日傍晚，膏沐熏燒，出巷口，倚徙盤礡於茶館酒肆之前，
> 謂之「站關」。茶館酒肆岸上紗燈百盞，諸妓掙映閃滅於其間，肥
> 皤者簾，雄趾者閫。燈前月下，人無正色，所謂「一白能遮百醜」者，
> 粉之力也。遊子過客，往來如梭，摩睛相覷，有當意者，逼前牽之
> 去，而是妓忽出身分，肅客先行，自緩步尾之。至巷口，有偵伺者
> 向巷門呼曰：「某姐有客了！」內應聲如雷，火燎即出，一一俱去，
> 剩者不過二三十人。沉沉二漏，燈燭將爐，茶館黑魅無人聲。茶博
> 士不好請出，惟作呵欠，而諸妓醵錢向茶博士買燭寸許，以待遲客。
> 或發嬌聲唱《劈破玉》等小詞，或自相謔浪嘻笑，故作熱鬧，以亂
> 時候；然笑言啞啞聲中，漸帶悽楚。夜分不得不去，悄然暗摸如鬼。
> 見老鴇，受餓、受笞，俱不可知矣。〔註108〕

揚州廣陵的二十四橋，是以風花雪月而聞名遐邇，小橋流水式的江南建築，
人口密集「巷口狹而腸曲，寸寸節節，有精房密戶」，每日傍晚，尋芳客穿梭

〔註108〕（明）張岱著、馬興榮點校：《陶庵夢憶·卷四·二十四橋風月》，頁35。

街頭巷弄，與烟花女子們「膏沐熏燒，出巷口，倚徙盤礴於茶館酒肆之前」，或交談、或拉客。「遊子過客，往來如梭，摩睛相覷，有當意者，逼前牽之去」，形成一幅特殊的生活圖景。張岱用以白描的寫實手法，眞實地反映了廣陵風月女子的生活面。看似歌舞升平、繁華美麗的背後，往往有著不少辛酸。在「歪妓多可五六百人」的廣陵裡，生存競爭激烈，往往姿色稍差一點的女子，恐怕就乏人問津。張岱以細致筆觸，將風月女子們從傍晚出來拉客，到深夜無可奈何地離去，種種情況活現於紙上。「『某姐有客了！』內應聲如雷，火燎即出，一一俱去」，而「燈燭將燼，茶館黑魆無人聲」時，剩下的女子或發嬌聲唱、或自相譃浪嘻笑，故作熱鬧，談笑間「漸帶悽楚」。張岱不僅描述了她們光鮮豔麗，也述說了她們悲涼的心態及討生活的無可奈何。當夜晚時分不得不去時，「悄然暗摸如鬼。見老鴇，受餓、受笞，俱不可知矣。」其中辛酸、冷暖自知，見之、讀之，令人心生憫情。

除了對於廣陵二十四橋風月裡的辛酸有著深刻的描寫外，張岱對於「揚州瘦馬」，也有深刻的描摹。揚州的風月女子自古以來便以美豔稱於世。《五雜組》記載：「維揚居王下之中，川澤秀媚，故女子多美麗，而性情溫柔，舉止婉慧。固因水澤氣多，亦其秀淑之氣所鍾，諸方不能敵也。然揚人習以爲奇貨，市販各處童女，加惹裝束，教以書畫琴棋之屬，以邀厚值，謂之『瘦馬』。」〔註109〕將女子撫養至荳蔻年華，長之亭亭玉立，教其進退禮儀、琴棋書畫等才藝，而後待價而沽：

> 至瘦馬家，坐定，進茶，牙婆扶瘦馬出，曰：「姑娘拜客。」下拜。曰：「姑娘往上走。」走。曰：「姑娘轉身。」轉身向明立，面出。曰：「姑娘借手睄睄。」盡褫其袂，手出、臂出、膚亦出。曰：「姑娘睄相公。」轉眼偷覷，眼出。曰：「姑娘幾歲了？」曰：幾歲，聲出。曰：「姑娘再走走。」以手拉其裙，趾出。然看趾有法，凡出門裙幅先響者必大；高繫其裙，人未出而趾先出者必小。曰：「姑娘請回。」一人進，一人又出。看一家必五六人，鹹如之。看中者，用金簪或釵一股插其鬢，曰「插帶」。看不中，出錢數百文，賞牙婆或賞其家侍婢，又去看。牙婆倦，又有數牙婆踵伺之。一日、二日，至四五日，不倦亦不盡，……插帶後，本家出一紅單，上寫綵緞若干，金花若干，財禮若干，布匹若干，用筆蘸墨，送客點閱。

〔註109〕　（明）謝肇淛著：《五雜組》，轉引自楊君著：《妓女史》，頁74。

客批財禮及緞匹如其意，則肅客歸。……而花轎及親送小轎一齊往
迎，鼓樂燈燎，新人轎與親送轎一時俱到矣。新人拜堂，親送上席，
小唱鼓吹，喧闐熱鬧。日未午而討賞遽去，急往他家，又復如是。
〔註110〕

「瘦馬」即是指窈窈弱態的揚州美女，揚州人至今還在口頭流傳的一句俗語
「娶馬馬」，意即娶老婆，而這個馬，即是從瘦馬一詞演化而來。明代審美觀
以瘦為美，舉凡瘦馬，必定先從貧寒人家買來幼齒且麗質天生的瘦弱女孩，
即開始養瘦馬。養者，即調教。光有形體瘦弱，這還不夠。瘦馬的舉止投足，
一顰一笑，都必須嚴格符合豪商巨富們的審美趣味。譬如走路，要輕，不可
發出響聲。譬如眼神，要學會含情脈脈地偷看。當時揚州城內，有數百人如
同牲口販子一樣，做著瘦馬買賣。如果那位富賈商人要買瘦馬的消息一經傳
出，這些牙婆，駔儈便會盯上買主，如同蒼蠅附膻，撩撥不去。張岱通篇以
白描的手法，將瘦馬的買賣過程呈現，尤其是檢視瘦馬時的情況，十分深刻。
後張岱再寫下鑑定小腳的方式，以及詳細挑選，付費，送貨上門的一系列過
程。老爺們仔細將瘦馬的面，手，臂，膚，眼，聲，趾等一一看遍，「看中者，
用金簪或釵一股插其鬢，曰『插帶』。看不中，出錢數百文，賞牙婆或賞其家
侍婢，又去看。」中選者賣至大富人家作寵妾、豔婢，運氣好的，可在色老
先衰前享盡容華富貴，運氣不好者，被大戶人家的正室杖斃、或相逼投井，
甚至淪落為流鶯，亦屬常見。而落選的瘦馬，情形更為淒慘，賣入風月紅塵
裡。最終的歸宿是如廣陵二十四橋的風月一樣，每天傍晚，塗脂抹粉，打扮
妖冶，出入巷口，在茶樓酒肆門前「站關」攬客。

　　「愛嬉遊」的風氣秉性下，張岱的生活不乏風花雪月：到秦淮河房上交
際淫冶，至廣陵二十四橋裡尋芳問柳，和牙婆評點揚州瘦馬，客店至泰安州
時見「密戶曲房，皆妓女妖冶其中」〔註111〕，在嘉興煙雨樓上更是「淫靡之
事，出以風韻。」〔註112〕張岱不但常與之風月女子出遊嬉樂，也與之敘情交
心。筆下記寫她們華麗的外表，也摹寫她們的辛酸，背後的炎涼人生無常變
化，讀者讀之更是無限同情無限的同情。透過張岱的遊記記載，不但反映出
當時社會風氣的靡爛，也使讀者對晚明的人文風俗有更進一步的認識。

〔註110〕（明）張岱著、馬興榮點校：《陶庵夢憶‧卷五‧揚州瘦馬》，頁50。
〔註111〕（明）張岱著、馬興榮點校：《陶庵夢憶‧卷四‧泰安州客店》，頁39。
〔註112〕（明）張岱著、馬興榮點校：《陶庵夢憶‧卷四‧烟雨樓》，頁57。

五、雅緻生活

張岱自小生活在鐘鳴鼎盛之家，也養成的極高藝術素養及鑑賞的品味。張岱極重視雅緻生活，在日常生活中不論是品茶藝術、說禪禮佛、美食鑑賞還是戲劇創作都有獨到的見解。

（一）品茗鑑賞

茶道藝術在中國自古有之，唐代陸羽（733～804）即說：

> 開始飲茶，發於神農，至魯之周公旦而有名。齊有晏嬰、漢有揚雄、司馬相如、吳有韋曜、晉有劉琨、張載，我之遠祖陸納、謝安、左思之徒，似皆飲茶。是以與時俱廣，浸於世俗，至國朝而盛。兩都、荊州、渝州諸地，已爲每家必飲之物。〔註113〕

考中國的茶道文化，在唐代大興，陸羽集前人及自己之獨創見解之大成寫下了《茶經》，從此被奉爲規臬。在唐代茶宴和茶會成爲的一種文化現象，士人們飲茶之間談笑風生，陶冶性情。至宋茶館最爲勃興，又稱作茶坊、茶店、茶肆或茶樓，茶館多設置於鬧市或市集處，供一般百姓、遊客、士人休閒之用；而另一種較爲隱密以私人宅第、廟宇廂房等較僻靜之處爲主，不受打擾，專爲家人、來客和同僚品茗聚飲和休閒之用，稱之爲茶寮。茶道文化在民間頗受歡迎，明清時代，茶樓普遍，節日慶典時，茶館的生意往往更是人滿爲患。茶道更是一則高深的藝術：「道」是一個完整的思想學說，是宇宙、人生的法則、規律。「茶道」也是揉合了中華文化傳統的文化藝術與哲理，是一種性靈雙修的休閒藝術。茶道藝術裡有很深的文化內涵，陸羽認爲飲茶可修身養性「精修儉德」，而宋、明茶道的特色則在於「寧靜質樸」。茶道這個充滿雅意的人文活動，可以說是中國文化中不可缺少的一部份。

茶道藝術除了高深的內涵外，飲茶時的茶葉、茶具、茶水、火候及禮儀都十分講究，才能煮出一壺上等茶。如西湖龍井茶名聞天下，但要煮出如此上等好茶須考究不少功夫。其龍井茶葉需選葉扁平挺秀，光滑勻稱，翠綠略黃之葉，人稱其爲「黃金芽」、「無雙品」；如搭以名泉煮之，虎跑泉的清香甘冽、惠泉的空靈涼冽，不同的風味乃出；而用千年檜木當材薪燒之，火候溫馴中帶有淡淡香鬱的薪香；最後再配上景德鎮上等的瓷具，泡在杯中，嫩芽成朵，一旗一槍，交相生輝，芽芽直立，栩栩如生，香馥若蘭，清高持久，湯色明亮，滋味甘鮮，無怪乎西湖龍井以「色翠、香郁、味甘、形美」四絕

〔註113〕（唐）陸羽著，吳智和撰述：《茶經》（臺北：金楓出版社，1964）頁128。

而名聞遐邇。古人飲茶首重「水」的選擇，明代張謙德論煮茶時即說：「烹茶，擇水最為切要。」〔註114〕許次紓也云：「精茗蘊香，借水而發，無水不可與論茶也。」〔註115〕而唐陸羽的《茶經》裡談到水的取用：「其水，用山水上，江水中，井水下。」〔註116〕茶水的選擇，又以山泉為最佳，山泉水在自然山林的孕育之下，清涼凜冽甘美，且帶有一份空靈之氣，不同的山泉水，風味口感也有所不同。張岱自稱「茶淫」，對其茶道的藝術考究更是功夫到家，自云：「啜茶嘗水，則能辨澠、淄。」〔註117〕尤其是對於茶水的堅持，如惠山之泉水「飲茗大佳」，卻流不到錢塘一地，即命「西興腳子挑水過江」，更是跋山涉水在所不惜。而時常遨遊各處的張岱，更時常探訪各地、名泉以品茗，成為其不可缺少古意文雅的人文活動。而在一次無意探訪中，他發現了新的品茗之泉：

> 甲寅夏，過斑竹庵，取水啜之，磷磷有圭角，異之。走看其色，如秋月霜空，噀天為白；又如輕嵐出岫，繚松迷石，淡淡欲散。余倉卒見井口有字畫，用帚刷之，「禊泉」字出，書法大似右軍，益異之。試茶，茶香發，新汲少有石腥，宿三日，氣方盡。……好事者信之，汲日至，或取以釀酒，或開禊泉茶館，或甕而賣及餽送有司。董方伯守越，飲其水，甘之，恐不給，封鎖禊泉，禊泉名日益重。會稽陶谿、蕭山北幹、杭州虎跑，皆非其伍，惠山差堪伯仲。在蠡城，惠泉亦勞而微熱，此方鮮磊，亦勝一籌矣。〔註118〕

文中記在經過斑竹庵時，取其處水喝之，發現其「磷磷有圭角」散發特殊光澤，名之為「禊泉」。張岱嘗試以此泉煮水泡茶，發現其茶香盡發。此事傳播而出後，前來取水者絡繹不絕，或汲水煎茶，「或甕而賣」或「餽送有司」甚至開設禊泉茶館，從此禊泉遠近馳名，連「會稽陶谿、蕭山北幹、杭州虎跑」都無法與之為伍，甚至與著名的「惠山差堪伯仲」。古諺說：「世有伯樂，然後有千里馬，千里馬常有，伯樂卻不常有。」千山之中，山泉遍佈，但唯有

〔註114〕（明）張謙德著：《茶經·中篇論烹》，收錄於陸羽著，吳智和撰述：《茶經》（臺北：金楓出版社，1987），頁158。

〔註115〕（明）許次紓著：《茶疏·擇水》，收錄於（唐）陸羽著，吳智和撰述：《茶經》，頁202。

〔註116〕（唐）陸羽著，吳智和撰述：《茶經》卷下〈五之煮〉，頁39。

〔註117〕（明）張岱著、夏咸淳點校：《張岱詩文集·自為墓志銘》（上海：上海古籍出版社，1991），頁295。

〔註118〕（明）張岱著、馬興榮點校：《陶庵夢憶·卷三·禊泉》，頁21。

真正品茗者，才能發覺出真正的「飲茗大佳」山泉，禊泉藏在百年，而張岱就是伯樂。

除了對於茶水的鑑賞獨步，張岱也對於製茶方式有特殊的創見，曾對於用以龍山瑞草採「松蘿茶」的烘焙方式烘之，但對其口感不甚滿意，於是取雪芽並改良「松蘿茶」的烘焙方式烘之，進而創造著名的「蘭雪茶」：

> 遂募歙人入日鑄。扚法、掐法、挪法、撒法、扇法、炒法、焙法、藏法，一如松蘿。他泉瀹之，香氣不出；煮禊泉，投以小罐，則香太濃鬱。雜入茉莉，再三較量，用敞口瓷甌淡放之；候其冷，以旋滾湯衝瀉之，色如竹籜方解，綠粉初勻；又如山窗初曙，透紙黎光。取清妃白傾向素瓷，真如百莖素蘭同雪濤並瀉也。雪芽得其色矣，未得其氣，余戲呼之「蘭雪」。四五年後，蘭雪茶一關如市焉。越之好事者，不食松蘿，止食蘭雪。蘭雪則食，以松蘿而纂蘭雪者亦食，蓋松蘿貶聲價俯就蘭雪，從俗也。乃近日徽歙間，松蘿亦改名蘭雪，向以松蘿名者，封面俱換，則又奇矣。〔註119〕

經過張岱的巧思及不斷的試驗精進，終於製出風味獨絕的「蘭雪茶」。其無論是香味、茶色、口感，皆屬上乘之作。「四五年後，蘭雪茶一關如市焉」，極受歡迎。甚至有人「不食松蘿，止食蘭雪」，當時「蘭雪茶」受歡迎的程度連原本以「松蘿茶」聞名的安徽歙縣，竟也易名強打「蘭雪茶」，可見張岱的「茶淫」封號，名不虛傳。

張岱的愛好品茗，可以用「癡」一字來形容，一日，聽得好友周墨農說：「汶水茶不置口。」於是為一品閔老子茶一手泡的好茶，特地不遠千里自紹興至南京桃葉渡求見。慕名而來，豈可敗興而歸，直到夜裡，閔老子才姍姍而返，張岱終於可以一睹風采：

> 茶旋煮，速如風雨。導至一室，明窗淨幾，荊溪壺、成宣窯瓷甌十餘種，皆精絕。燈下視茶色，與瓷甌無別，而香氣逼人，余叫絕。余問汶水曰：「此茶何產？」汶水曰：「閬苑茶也。」余再啜之，曰：「莫紿余！是閬苑製法，而味不似。」汶水匿笑曰：「客知是何產？」余再啜之，曰：「何其似羅岕甚也。」汶水吐舌曰：「奇！奇！」余問：「水何水？」曰：「惠泉。」余又曰：「莫紿余！惠泉走千里，水勞而圭角不動，何也？」汶水曰：「不復敢隱。其取惠水，必淘井，

〔註119〕（明）張岱著、馬興榮點校：《陶庵夢憶·卷三·蘭雪茶》，頁22。

靜夜候新泉至，旋汲之。山石磊磊藉甕底，舟非風則勿行，故水之
生磊。即尋常惠水，猶遜一頭地，況他水邪！」又吐舌曰：「奇！奇！」
言未畢，汶水去。少頃，持一壺滿斟余曰：「客啜此。」余曰：「香
撲烈，味甚渾厚，此春茶耶？向瀹者的是秋採。」遂定交。〔註120〕

閔汶水原籍安徽歙縣，後居南京，極擅瀹茶，因其年事已高，人稱「閔老子」。
當時的名流雅士如董其昌、郎瑛等人，凡經過其地，識與不識，皆去拜訪，
並以能嘗到閔老子所烹之茶為人生一大快事。明代的茶道文化是門鑑賞藝
術，它講究品茶環境的幽雅潔淨，所用茶具古樸典雅，追求名茶名水，更重
要的是品茗者要有涵養，諳熟品飲之道，時重鑑賞功夫。張岱品出了真正的
茶道，和閔老子高手過招，出手便知真假，不僅能喝出茶葉的產地、製法與
採季，還能明辨水味。閔老子為取好水，更從南京遠赴無錫的惠泉，半夜汲
出新泉，以山石鋪在甕底，輕舟順風回航，以避震動搖晃，防止水味勞敝澀
滯。兩人對於品茗都是「一往深情」，張岱的專精鑑賞，閔老子的品味堅持，
無怪乎汶水大笑曰：「予年七十，精賞鑒者無客比。」自此由茶道成為忘年之
交。

　　張岱自稱「茶淫」，從他對於泉水的獨到、蘭雪茶的創見到與閔老子煮茶
品茗的專精鑑賞，不難看出張岱對於茶道的情有獨鍾。張岱甚至寫過《茶史》
一書，記錄了張岱一生對於茶道藝術的見解與精彩心得，可惜鼎革之後已經
亡佚。透過《陶庵夢憶》、《西湖夢尋》的追憶，記錄了張岱各種茶道藝術，
是以得幸保留了晚明茶道文化的珍貴資料與風雅的傳奇。

（二）禮佛說禪

　　佛教於東漢末年傳入，並自魏晉大盛，民間佛寺林立，其信仰盛於中國。
尤其是中國化的禪宗確立後，主張「不立文字，教外別傳」影響中國甚鉅。
禪宗主張「見性成佛」強調對自己本性用以直觀方式體驗境界，即是「頓悟」。
反對只注重經典解釋的經院派學風，認為「諸佛妙理，非關文字。」也不局
限於一般的止觀靜修，而是以自給自足的禪居生活為基礎。於是禪宗擴大「禪」
的範圍，認為隨時隨處地發掘和體會自己本然具備的覺悟心性，在行、住、
坐、臥，甚至「屙屎送尿」、「穿衣吃飯」等平常的生活之中都是禪，從此開
啟了入佛法的方便門，對於一般百姓有極大的吸引作用。

　　這種隨緣任性、逍遙豁達的人生哲學，遙遙呼應魏晉名士遺風。其直承

〔註120〕　（明）張岱著、馬興榮點校：《陶庵夢憶‧卷三‧閔老子茶》，頁24。

本心的觀照更與陽明心學的精神相同，也對持以「獨抒性靈，不拘格套」人生態度的晚明士人產生極大的吸引力。晚明儒釋道學說彼此融合普遍，不論是生活上、學問裡，三家學說幾乎都雜容其中。明代士人喜愛禮佛說禪，更時與僧人常結拜出遊，談笑風生「亦船亦聲歌，名妓閒僧，淺斟低唱，弱管輕絲，竹肉相發。」〔註121〕或飲茶閒談、或放聲高歌，或諸佛妙理，都顯示晚明儒釋道融合密切。張岱愛禮佛說禪，自然廣交佛徒道友，他的《陶庵夢憶》、《西湖夢尋》寫下不少佛寺的典故傳說，對於佛教的哲理，往往有深刻的認知，張岱就曾與友一起訪問天童寺僧的金粟和尚：

> 入大殿，宏麗莊嚴。折入方丈，通名刺。老和尚見人便打，曰「棒喝」。余坐方丈，老和尚遲遲出，二侍者執杖、執如意先導之，南向立，曰：「老和尚出。」又曰：「怎麼行禮？」蓋官長見者皆下拜，無抗禮，余屹立不動，老和尚下行賓主禮。侍者又曰：「老和尚怎麼坐？」余又屹立不動，老和尚肅余坐。坐定，余曰：「二生門外漢，不知佛理，亦不知佛法，望老和尚慈悲，明白開示。勿勞棒喝，勿落機鋒，只求如家常白話，老實商量，求個下落。」老和尚首肯余言，導余隨喜。早晚齋方丈，敬禮特甚。〔註122〕

金粟和尚的禪學淵博，但以特殊的方式說禪「見人便打」曰之爲「棒喝」。當張岱與友前往拜訪時，金粟和尚以特殊的方式待客，不以平等的禮儀對待，常人甚難瞭解，幸張岱闇知佛理，並也以其佛理對之。後張岱誠心求佛問法：「二生門外漢，不知佛理，亦不知佛法，望老和尚慈悲，明白開示。勿勞棒喝，勿落機鋒，只求如家常白話，老實商量，求個下落。」才開始對話。金粟和尚的禪學精妙，而張岱也博學多聞，兩人此會交談甚歡，金粟和尚更是對張岱「敬禮特甚」，對其佛法的認知更是刮目相看。

　　晚明一向被視爲反傳統、思想解放、個人主義盛行的時代，禪學的「見性成佛」正好與這樣的氣息相呼應。晚明文士喜愛禮佛說禪，在張岱入修佛理的篇章記載裡，可以看出當時慕道求禪的流行風氣，也反映出當時儒釋道融合的特色，展現出晚明多元信仰與思想交流的自由人文氣息。

（三）精緻美食

　　談起中華美食，源遠流長，匯集數千年的烹調智慧及經驗，與悠久的歷

〔註121〕（明）張岱著、馬興榮點校：《陶庵夢憶‧卷七‧西湖七月半》，頁62。
〔註122〕（明）張岱著、馬興榮點校：《陶庵夢憶‧卷六‧天僮寺僧》，頁55。

史薰陶，講究「色、香、味、形」俱全，往往能以不同的食材，做出一道道精緻的佳餚，菜色的不斷推陳出新，常令各地老饕們為之風靡。張岱對於美食的講究十分有心得，一篇〈方物〉，將各地美食一網打盡：

> 越中清饞無過余者，喜啖方物。北京則蘋婆果、黃鼠、馬牙松；山東則羊肚菜、秋白梨、文官果、甜子；福建則福橘、福橘餅、牛皮糖、紅乳腐；江西則青根、豐城脯；山西則天花菜；蘇州則帶骨鮑螺、山查丁、山查糕、松子糖、白圓、橄欖脯；嘉興則馬交魚脯、陶莊黃雀；南京則套櫻桃、桃門棗、地栗團、窩筍團、山查糖；杭州則西瓜、雞豆子、花下藕、韭芽、玄筍、塘棲蜜橘；蕭山則楊梅、蒪菜、鳩鳥、青鯽、方柿；諸暨則香貍、櫻桃、虎栗；嵊則蕨粉、細榧、龍遊糖；臨海則枕頭瓜；臺州則瓦楞蚶、江瑤柱；浦江則火肉；東陽則南棗；山陰則破塘筍、謝橘、獨山菱、河蟹、三江屯蟶、白蛤、江魚、鰣魚、裏河鯿。〔註123〕

張岱洋洋灑灑列了各地美食數十種，從遠在北京的蘋婆果到福建的福橘，再從南京的的櫻桃到家鄉的河蟹等都一一細數。張岱還增補、修正同樣講究美食的祖父張汝霖著作《饕史》為《老饕集》，可見張家世代對於美食考究的專精程度。

對於美食有所考究，品味也有所堅持。張岱就曾因為不滿意市售的乳酪味道「氣味已失」，故而親自養牛來製作：

> 乳酪自駔儈為之，氣味已失，再無佳理。余自豢一牛，夜取乳置盆盎，比曉，乳花簇起尺許，用銅鐺煮之，瀹蘭雪汁，乳斤和汁四甌，百沸之。玉液珠膠，雪腴霜膩，吹氣勝蘭，沁入肺腑，自是天供。或用鶴觴花露入甑蒸之，以熱妙；或用豆粉攙和，濾之成腐，以冷妙；或煎酥，或作皮，或縛餅，或酒凝，或鹽醃，或醋捉，無不佳妙。而蘇州過小拙和以蔗漿霜，熬之、濾之、鑽之、掇之、印之為帶骨鮑螺，天下稱至味。其製法秘甚，鎖密房，以紙封固，雖父子不輕傳之。〔註124〕

在張岱的精心研究下，佐以「蘭雪茶」的獨家技術，終於製作出「玉液珠膠，雪腴霜膩，吹氣勝蘭，沁入肺腑，自是天供」的張氏乳酪，或用鶴觴花露，

〔註123〕（明）張岱著、馬興榮點校：《陶庵夢憶・卷四・方物》，頁38。
〔註124〕（明）張岱著、馬興榮點校：《陶庵夢憶・卷四・乳酪》，頁34。

放入甑甲蒸熟它，以熱吃為妙；或用豆粉攪和，將成腐的渣滓過濾，以冷吃為妙；或煎或酥，或作成皮，或攤成餅，或加酒凝固，或用鹽醃，或用醋拌，無不美妙，皆「無不佳妙」。由於中國美食風味獨絕，向來講究獨門配方，甚至「雖父子不輕傳之」，如此一脈傳之，獨成一家。另外，蘇州過小拙以獨特「蔗漿霜」和之，風味特殊，堪稱「天下稱至味」，張岱亦讚不絕口。

　　除了對美食製作頗有心得外，對於各地特產亦有所品斷賞愛，張岱自稱「橘虐」，對樊江陳氏橘情有獨鍾：

> 樊江陳氏，辟地為果園，枸菊圍之。自麥為蒟醬，自秫釀酒，酒香洌，色如淡金蜜珀，酒人稱之。自果自蔬，以蟹乳醯之為冥果。樹謝橘百株，青不擷，酸不擷，不樹上紅不擷，不霜不擷，不連蒂剪不擷。故其所擷，橘皮寬而綻，色黃而深，瓤堅而脆，筋解而脫，味甜而鮮。第四門、陶堰、道墟以至塘棲，皆無其比。余歲必親至其園買橘，寧遲、寧貴、寧少。購得之，用黃砂缸，藉以金城稻草或燥松毛收之。閱十日，草有潤氣，又更換之。可藏至三月盡，甘脆如新擷者。枸菊城主人橘百樹，歲獲絹百匹，不愧木奴。〔註125〕

樊江陳氏橘的特色在「青不擷，酸不擷，不樹上紅不擷，不霜不擷，不連蒂剪不擷」，是故其橘「瓤堅而脆，筋解而脫，味甜而鮮」口感獨絕，各地之橘，難以為之匹敵，無怪乎歲餘時張岱必親自前往購之。為保存陳氏橘的風味口感，張岱以特殊的方式「用黃砂缸，藉以金城稻草或燥松毛購之」，如此「可藏至三月盡，甘脆如新擷者」，可見張岱對美食的用心。

　　張岱是一位美食完美主義者，對於美食的收藏，費盡心思只為能保留品嚐美食不流失的原味。而說到保留美食的原汁原味，更不可不提張岱吃河蟹的的獨特方式。十月秋收時刻，是河蟹最肥美的季節，張岱吃秋蟹用以清蒸，不加鹽醋等佐料即五味俱全：

> 殼如盤大，墳起，而紫螯巨如拳，小腳肉出，油油如螾蜒。掀其殼，膏膩堆積如玉脂珀屑，團結不散，甘腴雖八珍不及。〔註126〕

三五好友聚首，「煮蟹食之」再配上其他佳餚「肥臘鴨、牛乳酪。醉蚶如琥珀，以鴨汁煮白菜如玉版。果蓏以謝橘、以風栗、以風菱。飲以玉壺冰，蔬以兵坑筍，飯以新餘杭白，漱以蘭雪茶。」〔註127〕以上所述，是網羅各地珍餚，

〔註125〕　（明）張岱著、馬興榮點校：《陶庵夢憶·卷五·樊江陳氏橘》，頁45。
〔註126〕　（明）張岱著、馬興榮點校：《陶庵夢憶·卷八·蟹會》，頁75。
〔註127〕　（明）張岱著、馬興榮點校：《陶庵夢憶·卷八·蟹會》，頁75。

而成一席豐盛而口感十足的蟹會美食，真是人生一大享受。

　　張岱可以說是位美食專家，吃遍各地美食，對於各地特產、各方佳餚均有研究。他更善於依其食物的特性，烹煮出最道地的口味，這些文字的書寫，為中華美食文化留下了珍貴的素材資料。

（四）戲曲藝術

　　蒙古人統治時期，輕視士人階級，傳統「士而優則仕」的途徑斷絕，大批的文人雅士只能將其精力投入通俗文化的創作之中，自然也造就通俗文學的盛行。在戲曲方面，大量文人在劇本創作、演出活動與戲劇批評方面，均投下可觀的心力，進而傳統戲劇的領域裡，呈現出文人雅化的藝術審美趨勢。其影響層面，於劇作題旨，如「言情」與「風教」之興替、「情」「理」之辨、世變之慨與興亡之思等的重出，曲白典麗風格之側重、傳奇長篇體制之規範、音樂格律之細究、演藝技法之講求，與戲曲批評理論之拓展等，均有大幅度的進步，也造就了戲曲的藝術成就。中國戲曲藝術發展至明清時到了高峰，從帝王、大臣到民間社會，都展現出對於戲曲的熱愛，各類戲曲演出活動頻繁，整個明清文化可以說與戲曲藝術密不可分，因此從明清的戲曲中可以反映出當代文學、藝術、歷史、社會、文化、哲學等各種文化思潮。

　　在這樣一個戲曲藝術盛行的年代，張岱對於戲曲自然有著莫大的興趣。不但愛看戲，也與結交戲友，更對戲曲進行研究。如看了當時著名的演員彭天錫串戲，即推崇他：「一肚皮書史，一肚皮山川，一肚皮機械，一肚皮磊砢不平之氣。」〔註128〕受到明人戲曲風潮的影響，張岱的父親也極愛戲曲，張家還因此養了六個戲班：

> 我家聲伎，前世無之，自大父於萬曆年間與范長白、鄒愚公、黃貞父、包涵所諸先生講究此道，遂破天荒為之。有可餐班，以張綵、王可餐、何閏、張福壽名；次則武陵班，以何韻士、傅吉甫、夏清之名；再次則梯仙班，以高眉生、李岕生、馬藍生名；再次則吳郡班，以王畹生、夏汝開、楊嘯生名；再次則蘇小小班，以馬小卿、潘小妃名；再次則平子茂苑班，以李含香、顧岕竹、應楚烟、楊驌駬名。〔註129〕

〔註128〕（明）張岱著、馬興榮點校：《陶庵夢憶・卷六・彭天錫串戲》，頁52。
〔註129〕（明）張岱著、馬興榮點校：《陶庵夢憶・卷四・張家聲伎》，頁37。

而除了官劇賞戲之外，家中的戲班更讓張岱有機會一展長才，透過對家中戲班的排練，張岱在編、導、演及戲曲理論上都頗有心得。常帶著家中戲班到外面搬演出自己所編的劇碼，甚至大受好評：

> 魏璫敗，好事者作傳奇十數本，多失實，余為刪改之，仍名《冰山》。城隍廟揚臺，觀者數萬人，臺址鱗比，擠至大門外。一人上，白曰：「某楊漣。」□□諕譟曰：「楊漣！楊漣！」聲達外，如潮湧，人人皆如之。杖范元白，逼死裕妃，怒氣忿湧，噤斷嚄唶。至顏佩韋擊殺緹騎，嘄呼跳蹴，洶洶崩屋。〔註130〕

《冰山記》原是寫明代誅殺一代奸臣魏忠賢的戲碼，張岱有感於「傳奇十數本，多失實」而親自加以刪改，仍名之為《冰山記》。不同於一般文人的案頭劇本，張岱喜愛編劇亦喜愛看戲，深知舞臺互動與民眾心態。張岱闇熟戲曲理論的運用與臨場演出的侷限，故其筆下的《冰山記》是一部具有寫實、高水準兼具娛樂性的劇碼。《冰山記》在城煌廟一上演，「觀者數萬人，臺址鱗比，擠至大門外。」反應熱烈。另外，深具赤子之心的張岱甚至見「月光倒囊入水，江濤呑吐，露氣吸之，噀天為白。」〔註131〕一時興起，便在半夜時分，竟在金山寺演起夜戲來，足見張岱對於戲曲劇藝的癡迷。

第三節　「景」的生動刻畫

古人喜愛遊賞天地之間，藉由與山川美景的接觸，不但賞心悅目更可以宣洩自我的情感。柳宗元登永州西山之顛，感受到「悠悠乎與灝氣俱，而莫得其涯！洋洋乎與造物者遊，而不知其所窮！」〔註132〕之氣息而忘卻「為僇人，居是州，恆惴慄」〔註133〕的害怕心情；蘇東坡也因遊賞赤壁的體驗感受到「蓋將自其變者而觀之，而天地曾不能一瞬；自其不變者而觀之，則物于我皆無盡也。」〔註134〕的曠達心境。藉由遊記的書寫，將各地風光美景化為文字，而讀者則藉由文本的閱讀，與作者共神遊山巔水湄之間，共賞古松飛瀑的美景，共同感受喜怒哀樂的情感。張岱的遊記除了對人的生動刻畫、對

〔註130〕（明）張岱著、馬興榮點校：《陶庵夢憶・卷七・冰山記》，頁70。
〔註131〕（明）張岱著、馬興榮點校：《陶庵夢憶・卷一・金山夜戲》，頁4。
〔註132〕（唐）柳宗元著：《柳河東集・始得西山宴遊記》，頁470～471。
〔註133〕（唐）柳宗元著：《柳河東集・始得西山宴遊記》，頁470～471。
〔註134〕（宋）蘇軾著：〈赤壁賦〉，（宋）呂祖謙編《宋文鑑》，頁8。

事的精彩敘述外，對景的生動描寫也是一絕：「園林景色」的巧奪天工、「香市街景」的熙攘熱鬧、「古剎道觀」的歷史緬懷，還有「風景名勝」的美不勝收，生動的描寫，令讀者彷彿置身其中。

一、園林景色

　　中國園林的歷史大約可追溯到三千年以前，《詩經・大雅・靈臺》即有「天在靈囿，麀鹿攸伏。」〔註135〕的記載，囿是指有圍牆的園林，通常用作畜養禽獸的場所。《史記》記載商紂在都城之北營建沙丘苑臺「多取野蜚蟲獸置其中，以供樂戲。」〔註136〕殷商時期即開始有園林的概念，秦漢兩代的苑囿在商周的基礎上有了很大的發展，至魏晉南北朝私家園林的興起，更促進各地園林興盛。經歷代匠師們的承襲發展，至明清之際，園林發展已具很高的藝術水準和獨特風格。在這種情況下，出現了不少園林的書籍，如晚明計成的《園治》，即是一本對園林藝術系統論述的專著；張岱摯友祈彪佳所撰的《寓山志》則記述祈家寓山園林的各種景觀風采，《越中園亭記》則述說越中一帶各園林的特色。張岱在遊記中，亦記載不少遊歷各地園林的亭臺樓閣風貌，文字中精彩呈現了園林藝術的風采。

　　〈范長白〉寫到張岱拜訪范氏時，見到范氏所築的園林之精緻高妙，令人嘆為觀止：

> 范長白園在天平山下，萬石都焉。龍性難馴，石皆笏起。傍為范文
> 正公墓。園外有長堤，桃柳曲橋，蟠屈湖面，橋盡抵園。園門故作
> 低小，進門則長廊複壁，直達山麓。其繒樓、幔閣、秘室、曲房，
> 故故匿之，不使人見也。山之左為桃源，峭壁迴湍，桃花片片流出。
> 右孤山，種梅千樹。渡澗為小蘭亭，茂林修竹，曲水流觴，件件有
> 之。竹大如椽，明靜娟潔，打磨滑澤如扇骨，是則蘭亭所無也。地
> 必古跡，名必古人，此是主人學問。但桃則谿之，梅則嶼之，竹則
> 林之，儘可自名其家，不必寄人籬下也。〔註137〕

范長白為宋代名臣范仲淹的後裔，其園林臨近范文正公墓，依山而建「萬石都焉」，巧為利用，以石造景。除了石景的雄偉，還有流水的靈動，園外湖上修起長堤，種植紅桃綠柳。「桃柳曲橋，蟠屈湖面」彷彿一幅美麗的水鄉風情

〔註135〕《詩經注疏・大雅・靈臺》卷十六之五，頁578。
〔註136〕（漢）司馬遷著：《史記・卷三・殷本紀》，頁64。
〔註137〕（明）張岱著、馬興榮點校：《陶庵夢憶・卷五・范長白》，頁41。

圖畫。橋的盡頭就是園門，園門故意做低矮，呈現別有洞天的效果。走在曲徑通幽處，步步風貌享受園林之性靈美。「桃花片片」、梅林遍佈，「渡澗爲小蘭亭，茂林修竹，曲水流觴，件件有之」且「竹大如椽，明靜娟潔，打磨滑澤如扇骨」，桃竹梅相間，奇山、怪石、流水穿梭其中，且「地必古跡，名必古人」，有如「庭院深深深幾許」般的詩意色彩，還夾帶古跡、古人爲之命名的人文風彩，范氏園林展現出古色古香的濃厚人文氣息於其中。

　　同樣是園林書寫，張岱前往瓜州的「于園」遊賞，其景色意境則展現出不同於范氏園林的風采：

> 于園在瓜州步五裏鋪，富人於五所園也。非顯者刺則門鑰不得出。葆生叔同知瓜州，攜余往，主人處處款之。園中無他奇，奇在礨石。前堂石坡高二丈，上植果子松數棵，緣坡植牡丹、芍藥，人不得上，以實奇。後廳臨大池，池中奇峯絕壑，陡上陡下，人走池底，仰視蓮花，反在天上，以空奇。臥房檻外一壑，旋下如螺螄纏，以幽陰深邃奇。再後一水閣，長如艇子，跨小河，四圍灌木鬣叢，禽鳥啾唧，如深山茂林，坐其中，頹然碧窈。瓜州諸園亭，俱以假山顯，胎於石，娠於礨石之手，男女於琢磨搜剔之主人，至于園可無憾矣。

〔註138〕

張岱先以「實」、「空」、「幽陰深邃」三者點出于園疊山疊石之奇的特色。石上栽花植木，密密匝匝，臥房曲道盤旋迴壑，水木擁閣，碧綠幽深，整體于園營造出幽遠的意境，讓人宛若置身山林。而于園以巧妙的設計，竟使人可以「仰視蓮花」，特殊的景觀，有如浮於天上，達到空奇的效果。瓜州園林以假山造景見長，而于園之造景精妙又在瓜州眾園林之上，由張岱敘述中可見其名不虛傳。

　　而張岱家自己的園林造景藝術也頗爲高妙，其「天鏡園」以水景見長，祁彪佳的《越中園亭記》記載越中一帶各園林的特色，甚至還將之列爲越中諸園之冠，對其推崇不已：

> 天鏡園浴鳧堂，高槐深竹，樾暗千層，坐對蘭蕩，一泓漾之，水木明瑟，魚鳥藻荇，類若乘空。余讀書其中，撲面臨頭，受用一綠，幽窗開卷，字俱碧鮮。每歲春老，破塘筍必道此，輕舠飛出，牙人擇頂大筍一株擲水面，呼園人曰：「撈筍！」鼓枻飛去。園丁劃小舟

〔註138〕　（明）張岱著、馬興榮點校：《陶庵夢憶・卷五・于園》，頁42。

> 拾之，形如象牙，白如雪，嫩如花藕，甜如蔗霜。煮食之，無可名
> 言，但有慚愧。〔註139〕

張岱家的天鏡園裡，浴鳧堂處有槐竹綠蔭的相交掩映，積水長草的淺水湖畔
水淨明亮，在此開卷閱讀，字裡行間都碧綠鮮翠。水天一色，飛鳥游魚穿梭，
還有率性飛舠擲筍的牙人，白嫩鮮甜的破塘筍。在以上〈天鏡園〉一文的描
述中，張岱寫景、敘事、狀物、言情，融成一片，句句活脫，字字精妙，是
詩，是畫，是絕。

　　園林藝術可以說即是自然山水的縮影，夏咸淳指出：

> 士大夫之家建園的主要目的在於欣賞山水，以山水爲家，目涉而月
> 賞，常享山水之樂。〔註140〕

晚明園林藝術發達，光是越中、江南一帶，著名的園林即有數十座，私家園
林更是不可勝數。張岱在遊歷各處也常拜訪各處園林，享受這人文風味之美。
張岱遊記中對遊賞園林的記載甚多，不管是范長白的園林、瓜州的于園、祁
彪佳的寓山、李芨的岣嶁山房，或是包涵所的青蓮山房，愚公先生之園林，
張岱都細細品味，仔細鑒賞。園林的人文風貌不僅帶著豐富的文化內涵，也
凸顯出主人的學問品味高低。張岱賞園不只是品味園林，更是對人文藝術、
學識涵養的極度追求。

二、香市街景

　　城市街上人潮熙熙攘攘，展現出社會民間的活力，各樣民間才藝，百姓
叫賣，繁榮的景象，像是一幅幅熱鬧非凡的社會風俗畫。張岱是一位「都市
詩人」，熱愛城市繁華、與民同樂，遊記中對於各種城市街景的人文氣息有深
入的刻畫，令人讀之彷彿置身人潮洶湧、喧囂不已的街道中，格外有一種擁
擠而熟悉的親切感。

　　每逢花季開始，即是「西湖香市」的盛會，人潮洶湧，往來交易，人聲
鼎沸，舌敝耳聾，至端午方止：

> 此時春暖，桃柳明媚，鼓吹清和，岸無留船，寓無留客，肆無留釀。
> 袁石公所謂「山色如娥，花光如頰，波紋如綾，溫風如酒」，已畫出
> 西湖三月。而此以香客雜來，光景又別。士女閒都，不勝其村妝野

〔註139〕（明）張岱著、馬興榮點校：《陶庵夢憶・卷三・天鏡園》，頁23。
〔註140〕夏咸淳著：〈明人山水趣尚〉（《學術月刊》第4期，1997），頁49。

婦之喬畫；芳蘭薌澤，不勝其合香芫荽之薰蒸；絲竹管弦，不勝其
搖鼓欲笙之聒帳；鼎彝光怪，不勝其泥人竹馬之行情；宋元名畫，
不勝其湖景佛圖之紙貴。如逃如逐，如奔如追，撩撥不開，牽挽不
住。數百十萬男男女女、老老少少，日簇擁於寺之前後左右者，凡
四閱月方罷。恐大江以東，斷無此二地矣。〔註141〕

春暖花開的季節，西湖春光明媚，遊客人潮如織「岸無留船，寓無留客」，大
家一同前往共赴這美麗的盛會。張岱先假袁宏道之妙語：「山色如娥，花光如
頰，波紋如綾，溫風如酒」刻畫西湖美麗動人的一面。後張岱筆鋒一轉，寫
盡了西湖香市的市井風俗貌。進香人群眾多」，文雅優美的仕女，比不上那鄉
村姑娘的喬妝打扮；幽蘭的清香，比不上那野草香茡濃郁的香味；琴笛絲竹
的雅樂聲，比不上那在路邊賣藝手搖鼓和嗩吶的合奏聲響；奇形怪狀的古玩，
比不上那泥人竹馬的行情好；宋元各朝的名畫，比不上西湖風景畫和佛象圖
的暢銷。人們來來往往，追趕奔忙，拉不開，牽不住，整個香市盡是人潮，「數
百十萬男男女女、老老少少，日簇擁於寺之前後左右者」。香市的迷人處在人
與人之前的熱鬧互動盛況，張岱刻畫整個香市的樣貌，人在景中，人也成了
風景，而以五個「不勝」，更寫活了香市之中市井生活的人文風采。

　　張岱善寫城市街景的形形色色，人潮景象。〈昭慶寺〉裡寫到昭慶寺旁是
香市繁華熱鬧「兩廡櫛比，皆市廛精肆，奇貨可居。春時有香市，與南海、
天竺、山東香客及鄉村婦女兒童，往來交易，人聲嘈雜，舌敝耳聾，抵夏方
止。」〔註142〕〈玉泉寺〉中提到遊人至玉泉寺進香而餵魚餵到魚兒飽足的情
況「春時，遊人甚眾，各攜果餌到寺觀魚，喂飼之多，魚皆饜飫，較之放生
池，則侏儒飽欲死矣。」〔註143〕

　　透過張岱遊記的閱覽，一幅幅熱鬧非凡的文字風俗畫作，一幕幕繁華的
街景、一群群高歌唱和的人們。讀者不但可以瞭解到晚明的人文風俗活動，
更可以貼進晚明市井的生活面，與其一起同樂，一同走進晚明的繁華街道中。

三、古剎道觀

　　古剎道觀自古以來一直是人們的信仰中心，不論是佛家觀音、如來的慈
悲為懷，或是道教玉皇大帝、關聖帝君的威靈顯赫，每一個廟宇道觀都是安

〔註141〕（明）張岱著、馬興榮點校：《陶庵夢憶・卷七・西湖香市》，頁61。
〔註142〕（明）張岱著、馬興榮點校：《西湖夢尋・卷一・昭慶寺》，頁6。
〔註143〕（明）張岱著、馬興榮點校：《西湖夢尋・卷二・玉泉寺》，頁19。

定人心的力量。古城、道觀蘊含著人文化成以來中國文化五千年的智慧與內涵，而張岱藉著《陶庵夢憶》、《西湖夢尋》也一次次述說著杭州古城及西湖道觀的人文風貌。中國向來對宗教信仰抱持著包容的態度，因此佛教、道教盛行，各地的古刹道觀林立，杭州城內相各道觀更是修觀塑像，互別苗頭，也讓杭州盈斥不少特殊的人文風貌：

> 塔上下金剛佛像千百億金身。一金身，琉璃磚十數塊湊成之，其衣摺不爽分，其面目不爽毫，其鬚眉不爽忽，鬥笋合縫，信屬鬼工。……夜必燈，歲費油若干斛。天日高霽，霏霏靄靄，搖搖曳曳，有光怪出其上，如香烟繚繞，半日方散。〔註144〕

報恩塔上百千億金身金剛佛像，打造出雄偉氣派，展現其威武氣勢。佛像上，每一個面目、鬚眉栩栩如生，每一座簡直都是巧奪天工的藝術極品。而為彰顯其雄偉威武貌，逢晚「夜必燈」，燈火通明直達天聽的盛況，吸引大批遊人來此觀燈賞月，成為當地一大特色。

而杭州的「紫陽庵」裡，則以道教式的奇幻色彩取勝：

> 紫陽庵在瑞石山。其山秀石玲瓏，岩竇窈窕。宋嘉定間，邑人胡傑居此。元至元間，道士徐洞陽得之，改為紫陽庵。其徒丁野鶴修煉於此。一日，召其妻王守素入山，付偈云：「懶散六十年，妙用無人識。順逆俱兩忘，虛空鎮長寂。」遂抱膝而逝。守素乃奉屍而漆之，端坐如生。妻亦束發為女冠，不下山者二十年。今野鶴真身在殿亭之右。亭中名賢留題甚眾。〔註145〕

道教好神仙，講求畫符、煉丹之術，是在中國傳統道家與陰陽家思潮下而衍生出的道地中國式的宗教，透過燒香、祭拜以祈福平安，這樣的習俗，至今民間社會仍廣為流傳。而道士們更以修行成仙為己志，「紫陽庵」述說著道士徐洞陽與徒弟丁野鶴在此修練成仙的傳奇故事，而據說「今野鶴真身在殿亭之右」，不但讓紫陽庵聲名遠播，香火鼎盛，信眾不絕。連許多名人雅士都至此一遊，於亭中題書留作紀念。

走在杭州城內，一景一物，都在述說著這個古城的過往歷史，〈西湖香市〉的市集絡繹不絕，〈城隍廟〉裡煙香繚繞，〈靈隱寺〉中聽濟公活佛救世濟民的民間故事，〈關王廟〉上遙想三國英傑，赤壁烽火間的英姿煥發。除了眼前

〔註144〕（明）張岱著、馬興榮點校：《陶庵夢憶・卷五・虎邱中秋夜》，頁46。
〔註145〕（明）張岱著、馬興榮點校：《西湖夢尋・卷五・紫陽庵》，頁99。

的美景、古蹟風光無限，更可與古人神交，暢遊西湖，共飲高歌，回味無窮。張岱透過一景一物的介紹，帶領讀者仔細品味各處的風光美色，而最後又將一篇篇的遊記小品結合在一起——亭臺樓閣、井泉池河、古剎道觀，於是組合重構。了一座古色古香又充滿活力的杭州大城。

四、西湖勝景

杭州古城內、西湖畔各處風景名勝林立，美不勝收。欲想泛覽博觀，往往眼花撩亂，不知所云。王雨謙指出：「張陶庵盤礴西湖四十餘年，水尾山頭無不到處，湖中典故真有世居西湖之人不能識者，而陶庵識之獨詳。」〔註146〕透過張岱的導覽，於《西湖夢尋》裡，追憶舊遊，以北路、西路、南路、中路和外景五門分別依序介紹，如此，乃可將大部分的西湖名勝盡攬眼底。

〈明聖二湖〉總記西湖歷史典故與絕色風光，暢快抒發出張岱自我對西湖情感，真情流入露：

> 自馬臻開鑒湖，而由漢及唐，得名最早。後至北宋，西湖起而奪之，人皆奔走西湖，而鑒湖之淡遠，自不及西湖之冶艷矣。至於湘湖則僻處蕭然，舟車罕至，故韻士高人無有齒及之者。余弟毅孺常比西湖為美人，湘湖為隱士，鑒湖為神仙。余不謂然。余以湘湖為處子，目氐姈羞澀，猶及見其未嫁之時；而鑒湖為名門閨淑，可欽而不可狎；若西湖則為曲中名妓，聲色俱麗，然倚門獻笑，人人得而媟褻之矣。人人得而媟褻，故人人得而艷羨；人人得而艷羨，故人人得而輕慢。在春夏則熱鬧之至，秋冬則冷落矣；在花朝則喧哄之至，月夕則星散矣；在晴明則萍聚之至，雨雪則寂寥矣。

> 故余嘗謂：「善讀書，無過董遇三餘，而善遊湖者，亦無過董遇三餘。董遇曰：『冬者，歲之餘也；夜者，日之餘也；雨者，月之餘也。』雪巘古梅，何遜煙堤高柳；夜月空明，何遜朝花綽約；雨色淒濛，何遜晴光灩瀲。深情領略，是在解人。」即湖上四賢，余亦謂：「樂天之曠達，固不若和靖之靜深；鄴侯之荒誕，自不若東坡之靈敏也。」其餘如賈似道之豪奢，孫東瀛之華贍，雖在西湖數十年，用錢數十萬，其於西湖之性情、西湖之風味，實有未曾夢見者在也。世間措大，何得易言遊湖。〔註147〕

〔註146〕（明）張岱著、馬興榮點校：《西湖夢尋·王雨謙序》，頁2。
〔註147〕（明）張岱著、馬興榮點校：《西湖夢尋·卷一·明聖二湖》，頁1。

西湖古代又稱明聖湖。《西湖遊覽志・西湖總敘》：「漢時，金牛見湖中，人言明聖之瑞，遂稱明聖湖」〔註148〕因有內外湖之別而遂稱二湖。東坡讚嘆西湖「水光瀲灩晴方好，山色空濛雨亦奇，欲把西湖比西子，濃粧淡抹總相宜。」〔註149〕自此之後，西湖更是盛名遠播。對於西湖美景，每人各有不同品味，袁宏道認為：「西湖最盛，為春為月。一日之盛，為朝煙，為夕嵐。」〔註150〕而對於西湖的鑑賞，張岱另有獨特的見解，認為欣賞西湖之美應當選擇在下雪、下雨、月夜之時：「雪巘古梅，何遜煙堤高柳；夜月空明，何遜朝花綽約；雨色溟濛，何遜晴光瀲灩。」這時「喧哄」散盡、遊人絕跡，西湖恢復了她的真面，觀賞者這才領略到她的「性情」與「風味」。就像一個絕代佳人，在卸去濃妝、洗盡鉛華之後更加美麗。

西湖美景動人，遊客人潮洶湧，每逢佳節，更是人滿為患，無怪乎張岱說「西湖七月半，一無可看，止可看看七月半之人」〔註151〕中元節的西湖夜晚盡是人群，張岱寫下時人們附庸風雅賞月的樣貌：

> 杭人遊湖，巳出酉歸，避月如仇，是夕好名，逐隊爭出，多犒門軍酒錢，轎夫擎燎，列俟岸上。一入舟，速舟子急放斷橋，趕入勝會。以故二鼓以前，人聲鼓吹，如沸如撼，如魘如囈，如聾如啞，大船小船一齊湊岸，一無所見，止見篙擊篙，舟觸舟，肩摩肩，面看面而已。少刻興盡，官府席散，皂隸喝道去；轎夫叫，船上人怖以關門，燈籠火把如列星，一一簇擁而去。岸上人亦逐隊趕門，漸稀漸薄，頃刻散盡矣。〔註152〕

杭州人平常遊賞西湖是「巳出酉歸，避月如仇」。然而中元佳節這天，因「好名」而一群群的遊人爭相出城，「一入舟，速舟子急放斷橋，趕入勝會。」張岱看見湖上人潮如織的樣貌，二更以前，人聲和音樂聲，如沸騰、如震撼，如夢魘、如囈語，如聾子、如啞吧。「大船小船一齊湊岸，一無所見」，只看

〔註148〕（明）田汝成著：《西湖遊覽志》，收錄於《文淵閣四庫全書》（臺北：臺灣商務印書館據國立故宮博物院藏本影印，1983），史部・地理類・山水之屬・西湖遊覽志・卷一・頁1。

〔註149〕（宋）蘇軾著：《飲湖上初晴後雨》，收錄於《文淵閣四庫全書》（臺北：臺灣商務印書館據國立故宮博物院藏本影印，1983），集部・總集類・御選宋金元明四朝詩・御選宋詩・卷六十六・頁18。

〔註150〕（明）袁宏道著：〈晚遊六橋待月記〉，《袁中郎全集・袁中郎遊記》，頁19。

〔註151〕（明）張岱著、馬興榮點校：《陶庵夢憶・卷七・西湖七月半》，頁63。

〔註152〕（明）張岱著、馬興榮點校：《陶庵夢憶・卷七・西湖七月半》，頁63。

到「篙擊篙、船碰船、肩擦肩、面看面而已」。不久興致盡了，官府的宴會沒了，衙門的差役唱道離去，轎夫叫船上人趕快上岸。「燈籠火把如列星，一一簇擁而去」，岸上人也成群結隊趕進城門，人越來越少，頃刻間散光了。張岱是將佳節遊人遊湖賞月的盛況以及市井生活的慶典樣貌寫得淋漓盡致。

　　張岱形容西湖為「為曲中名妓，戶色俱麗，然倚門獻笑，人人得而媟褻之矣」〔註153〕因為西湖的美艷動人，聲名遠播，歷代文人墨客、遊客佳人無不來此朝聖，留連西湖，而西湖在每個人心目中也有不同的風采。在張岱的心中則有一個與截然與別人不同的西湖風貌。《陶庵夢憶》、《西湖夢尋》是對西湖的眷戀和追懷，是對美的一種深深追慕，更是張岱對於美的最高詮釋。《西湖夢尋》中張岱描繪了西湖如詩畫般的美景，透過他導遊般的路線規劃，讀者走進了西湖總記、穿過西湖北路、西湖中路、西湖南路，並來到了西湖外景。張岱以西湖為中心導覽讀者：山為背景，湖中堤島錯落，山外峰巒疊起，翠木林立，綠草如茵，峰、岩、洞、壑之間穿插著生動的池、泉、溪、澗，加上有亭、臺、樓、榭、塔、閣、苑、橋等園林建築到處襯托靜立，使西湖顯得時時有情，處處見趣。「蘇堤春曉」、「柳浪聞鶯」、「曲院風荷」、「南屏晚鐘」、「斷橋殘雪」、「雙峰插雲」、「花港觀魚」等西湖的自然山水和人文景觀，透過張岱文字盡收眼底：

　　「紫雲洞」位於西湖北路上的溶岩奇觀：

> 紫雲洞在煙霞嶺右。其地怪石蒼翠，劈空開裂，山頂層層，如廈屋天構。賈似道命工疏剔建庵，刻大士像於其上。雙石相倚為門，清風時來，谽谺透出，久坐使人寒栗。又有一坎突出洞中，蓄水澄潔，莫測其底。洞下有懶雲窩，四山圍合，竹木掩映，結庵其中。名賢遊覽至此，每有遺世之思。洞旁一壑幽深，昔人鑿石，聞金鼓聲而止，遂名「金鼓洞」。洞下有泉，曰「白沙」。好事者取以瀹茗，與虎跑齊名。〔註154〕

紫雲洞「地怪石蒼翠，劈空開裂，山頂層層」，冬天時，洞中的暖氣從洞口噴出，形成紫色氣霧在石山洞口處飄緲，故有紫雲之名。洞內景點精美華麗，石灰岩地形奇特，鐘乳石林立，猶如瑤池仙宮。「名賢遊覽至此，每有遺世之思」頗見世外仙境之情。

〔註153〕（明）張岱著、馬興榮點校：《西湖夢尋・卷一・明聖二胡湖》，頁1。
〔註154〕（明）張岱著、馬興榮點校：《西湖夢尋・卷一・紫雲洞》，頁17。

「北高峰」則矗立在西湖西路上方：

> 北高峰在靈隱寺後，石磴數百級，曲折三十六灣。上有華光廟，以
> 祀五聖。山半有馬明王廟，春日祈蠶者鹹往焉。峰頂浮屠七級，唐
> 天寶中建，會昌中毀；錢武肅王修復之，宋鹹淳七年複毀。此地群
> 山屏繞，湖水鏡涵，由上視下，歌舫漁舟，若鷗鳬出沒煙波，遠而
> 益微，僅規其影。西望羅刹江，若匹練新濯，遙接海色，茫茫無際。
> 〔註155〕

北高峰位在著名道觀靈隱寺後，是西湖第一高峰，在峰頂，極目遠望，有「登
泰山而小天下」的氣勢。張岱登上此處見「群山屏繞，湖水鏡涵，由上視下，
歌舫漁舟，若鷗鳬出沒煙波，遠而益微，僅規其影」，景色十分壯麗，而向西
方望去是羅刹江「遙接海色，茫茫無際」景色極為壯觀。

在西湖南路裡的「九溪十八澗」是一幅以「溪水」為主題，以山林為依
託的幽雅寧靜之山澗美景：

> 九溪在煙霞嶺西，龍井山南。其水屈曲洄環，九折而出，故稱九溪。
> 其地徑路崎嶇，草木蔚秀，人煙曠絕，幽闃靜悄，別有天地，自非
> 人間。溪下為十八澗，地故深邃，即緇流非遺世絕俗者，不能久居。
> 按志，澗內有李岩寺、宋陽和王梅園、梅花徑等跡，今都湮沒無存。
> 而地複邃遠，僻處江幹，老於西湖者，各名勝地尋討無遺，問及九
> 溪十八澗，皆茫然不能置對。〔註156〕

「九溪十八澗」北起龍井村，是著名龍井茶的產地，南至九溪村，兩側均為
山林與茶園，其間多有山間小溪流過，風景秀美怡人。張岱見此「草木蔚秀，
人煙曠絕，幽闃靜悄」而讚美此處「別有天地，自非人間」。除此外張岱的遊
記小品還記載了哇哇宕、大佛頭、保俶塔、西泠橋、岳王墳、飛來峰、靈隱
寺、韜光庵、峋嶁山房、青蓮山房、呼猿洞、三生石、孤山、關王廟、蘇小
小墓……等等眾多杭州西湖一帶的美景，依序羅列，一一述說，一覽無遺的
帶領讀者一起遨遊西湖的風光絕色。

此外〈蘇公堤〉裡述說北宋大詩人蘇東坡任杭州知州時築「蘇堤」的故事：

> 杭州有西湖，穎上亦有西湖，皆為名勝，而東坡連守二郡。其初得
> 穎，穎人曰：「內翰只消遊湖中，便可以了公事。」秦太虛因作一絕

〔註155〕（明）張岱著、馬興榮點校：《西湖夢尋‧卷二‧北高峰》，頁25。
〔註156〕（明）張岱著、馬興榮點校：《西湖夢尋‧卷四‧九溪十八澗》，頁77。

云：「十里荷花菡萏初，我公身至有西湖。欲將公事湖中了，見說官
閒事亦無。」後東坡到潁，有謝執政啓云：「入參兩禁，每玷北扉之
榮；出典二幫，迭爲西湖之長。」故其在杭，請濬西湖，聚葑泥，
築長堤，自南之北，橫截湖中，遂名蘇公堤。夾植桃柳，中爲六橋。
南渡之後，鼓吹樓船，頗極華麗。後以湖水漱嚙，堤漸凌夷。入明，
成化以前，裏湖盡爲民業，六橋水流如線。〔註157〕

「其在杭，請濬西湖，聚葑泥，築長堤，自南之北，橫截湖中，遂名蘇公堤。
夾植桃柳，中爲六橋。南渡之後，鼓吹樓船，頗極華麗。」長堤臥波，連接
了南山北山，給西湖增添了一道嫵媚的風景線。南宋時「蘇堤春曉」被譽爲
西湖十景之首，元代又稱「六橋煙柳」而列入錢塘十景。張岱站於蘇堤上遙
想當年「東坡守杭之日，春時每遇休暇，必約客湖上，早食於山水佳處。飯
畢，每客一舟，令隊長一人，各領數妓，任其所之。晡後鳴鑼集之，復會望
湖亭或竹閣，極歡而罷。」〔註158〕如此曠古風流，實爲人生一大樂事；而西
湖上的小瀛洲「建亭其上。露臺畝許，周以石欄，湖山勝概，一覽無遺。」〔註
159〕自湖中央上四周眺望，四面湖水繚繞，別是一般風味，在湖心亭上「金碧
輝煌，規模壯麗，遊人望之如海市蜃樓。煙雲吞吐，恐滕王閣、岳陽樓俱無
甚偉觀也。」〔註160〕提起湖心亭的絕色，張岱除有在大雪三日後的看雪特別
經驗外，他更直指「春時，山景、暘羅、書畫、古董，盈砌盈階，喧闐擾嚷，
聲息不辨。夜月登此，闃寂淒涼，如入鮫宮海藏。月光晶沁，水氣滃之。」〔註
161〕春分月色的湖心亭甚美，然「闃寂淒涼」，「人稀地僻，不可久留」〔註162〕；
而在西湖岸邊有座「玉蓮亭」，是百姓感念白居易對杭州「歷任多年，湖葑盡
拓，樹木成蔭」〔註163〕的辛勞所建，白氏任杭州刺史不但爲官公正清廉，更
頗有建樹，是故當地居民爲感恩其德「設像祀之，亭臨湖岸，多種青蓮，以
象公之潔白。」〔註164〕因此玉蓮亭畔青蓮茂盛，環境清幽，甚爲美麗。

　　人是人文精神的主體，而由人開展出各種「人文化成」的世界。張岱「愛

〔註157〕　（明）張岱著、馬興榮點校：《西湖夢尋・卷三・蘇公堤》，頁51。
〔註158〕　（明）張岱著、馬興榮點校：《西湖夢尋・卷三・蘇公堤》，頁51。
〔註159〕　（明）張岱著、馬興榮點校：《西湖夢尋・卷三・湖心亭》，頁53。
〔註160〕　（明）張岱著、馬興榮點校：《西湖夢尋・卷三・湖心亭》，頁53。
〔註161〕　（明）張岱著、馬興榮點校：《西湖夢尋・卷三・湖心亭》，頁53。
〔註162〕　（明）張岱著、馬興榮點校：《西湖夢尋・卷三・湖心亭》，頁53。
〔註163〕　（明）張岱著、馬興榮點校：《西湖夢尋・卷一・玉蓮亭》，頁5。
〔註164〕　（明）張岱著、馬興榮點校：《西湖夢尋・卷一・玉蓮亭》，頁5。

嬉遊」，將其遊歷時的所見所聞、形形色色的人物、精彩有趣的事件、各種人文活動，一一記載在其遊記的篇章裡。在《陶庵夢憶》、《西湖夢尋》中可以看見對於各種「人」的深入刻畫：王公貴族的榮華富貴、名流仕紳的品味生活、名妓伶人的風姿嫵媚、民間藝技的奇人怪才和市井小民的謀生困苦。更可以看見「人文化成」世界裡「事」的精彩敘述：節日慶典的熱鬧非凡、休閒遊賞的逍遙快活、典故傳說的精彩故事、風花雪月的美麗與哀愁及雅致生活的閒情逸致。還有各式各樣的人文景觀書寫：園林景色的精緻、香市街景的繁華、古城道觀的緬懷還有名勝探訪的愉悅。張岱遭遇坎坷，歷經國破家亡，飽經世事滄桑，是故其遊記中展現出比常人更高的體會。文字中的「空靈晶映」，展現出境界的開闊、蒼茫淡遠的境界。他除了追求繁華的世俗熱鬧，也追求幽靜曠遠。在遊記中，張岱記下了對人文與自然的體悟，求得心靈的謐靜，更藉由山水紀遊的書寫，抒闊了自己的胸懷。

第五章　張岱遊記之人文精神

　　分析張岱遊記文本內容，其對於「人」的深入刻畫、「事」的精彩敘述、「景」的生動描寫，字裡行間流露出獨特的張氏風格。文字中眞情流露，蘊含著個人遺民情感，創作中不自覺的帶入人文關懷的情操於其中。本章節就其遊記中所呈顯之人文精神這個層面進行觀察。

第一節　任眞自由的生命情態

　　晚明是個情感自由、性格張顯的年代，其文人的性格，大都放任不羈，率性而動。舉如徐渭的「尙情」、李贄的「童心說」、三袁的「獨抒性靈」無不張顯情感的自然流露。黃宗羲稱泰州學派先驅顏山農是「平時只是率性而行，純任自然，便謂之道」〔註1〕。袁宏道也稱自己：「性之所安，故不可強」〔註2〕任自然，率天性，正是這個時代的特性。是故晚明文人十分推崇「眞情」，「貴眞」是晚明文人的特色。不僅僅表現日常的行爲舉止、做人、做事上。在文學創作裡，只有「眞」的文章才是好的作品，李贄認爲「絕假純眞」之文，才是「天下之至文」〔註3〕。江盈科稱贊袁宏道的文章：「情眞而境實，

〔註1〕　（清）黃宗羲著：《明儒學案》，收錄於《文淵閣四庫全書》（臺北：臺灣商務印書館據國立故宮博物院藏本影印，1983），史部・傳記類・總錄之屬・明儒學案・卷三十二，頁2。

〔註2〕　（明）袁宏道著：〈復李驗封伯華書〉，收錄於《文淵閣四庫全書》（臺北：臺灣商務印書館據國立故宮博物院藏本影印，1983），集部・總集類・明文海・卷一百九十七・頁14。

〔註3〕　（明）李贄著：《焚書・童心說》（臺北：河洛出版社據清末國粹叢書本排印，1974），頁98。

揭肺肝示人」〔註4〕。真與情密不可分，尊情必貴真，貴真必尊情，「情」是真情、至情。而「真、善、美」可以說是晚明文人們所追求的最高目標與理想，是做人的根本，立身行事的基礎，也是文學藝術的價值之所在，生命力之所繫。對於張岱及其詩文，王雨謙便是頻頻使用「真話」、「真情」、「真氣」、「境真」等詞語讚美之。

在《陶庵夢憶》、《西湖夢尋》裡到處可以看見張岱的情感意蘊，不論是對率真誠摯的執著、對世俗生活的熱愛、對昔日西湖的眷戀。種種的人生體驗、生命感悟及對人的價值追尋，張岱都以「一往深情」的「真性情」自詡，其各篇章都是真情流露：

一、對真情至性的執著

張岱的文采具有冰雪之氣，其字裡行間表現出天然、任情、活潑與自由之氣質，而在其個性、行為舉止上亦是展現出對於任情、率真性格的執著。張岱是位性情中人，其性格的率真，毫無矯揉造作，〈岣嶁山房〉寫下個人的愛恨分明：

> 一日，緣溪走看佛像，口口罵楊髡。見一波斯坐龍象，蠻女四五獻花果，皆裸形，勒石誌之，乃真伽像也。余椎落其首，并碎諸蠻女，置溺溲處以報之。寺僧以余為椎佛也，咄咄作怪事，及知為楊髡，皆歡喜讚嘆。〔註5〕

楊髡即是楊璉真珈，是吐蕃高僧八思巴的弟子，元朝初年人，備受忽必烈寵愛。《明史》記載其惡劣的行為：「悉掘徽宗以下諸陵，攫取金寶，哀帝後遺骨，瘞於杭之故宮，築浮屠其上，名曰鎮南，以示厭勝，又截理宗顱骨為飲器。」〔註6〕楊髡以宋理宗頭蓋骨奉給帝師為飲器，是為「骷髏碗」，其行為令人髮指，是故張岱在看「見一波斯坐龍象，蠻女四五獻花果，皆裸形，勒石誌之，乃真伽像也」心中一股忿忿不平之氣，油然而生，因而「落其首，并碎諸蠻女，置溺溲處以報之」。而在〈金山夜戲〉裡，張岱在夜行過金山寺

〔註4〕　（明）江盈科著：《解脫集二序》，收錄於《文淵閣四庫全書》（臺北：臺灣商務印書館據國立故宮博物院藏本影印，1983），總集類・明文海・卷二百七十・頁5。

〔註5〕　（明）張岱著、馬興榮點校：《西湖夢尋・卷二・岣嶁山房》，頁29。

〔註6〕　（清）張廷玉等編纂：《明史》，收錄於《文淵閣四庫全書》（臺北：臺灣商務印書館據國立故宮博物院藏本影印，1983），史部・正史類・明史・卷二百八十五・頁10。

時，見「月光倒囊入水，江濤吞吐，露氣吸之，噀天爲白」而大喜一時興起，二鼓十分的夜晚，「呼小僕攜戲具，盛張燈火大殿中，唱韓蘄王金山及長江大戰諸劇。」不論是催毀佛像或是夜戲金山寺，率性而動，毫無矯揉造作，足見張岱個性之率眞。

而張岱放浪形骸的背後，卻有顆悲天憫人的情懷，對人尤其眞摯誠懇，不分貧富賤，也足見張岱任情的特質，〈祭義伶文〉寫下他對家族戲班夏汝開的眞誠與不捨：

> 崇禎辛未，義伶夏汝開死，葬於越之敬亭山。明年寒食，其舊主張長公屬其同儕王畹生、李生持酒一甌，割羽牲一，至其隴，招其魂而祭之，並招其同葬之父鳳川同食。諭之曰：夏汝開，汝尚能辨余談話否耶？……汝蘇人，父若子不一年而皆死於茲土，皆我殮之，我葬之，亦奇矣，亦慘矣。汝爲人跋扈而戇直，今死後忘其爲跋扈，而僅存其戇直，余安得不思之，不惜之！……（汝）死之日，市人行道兒童婦女無不歎息，可謂榮矣。吾想越中多有名公巨卿，不死則人祈其速死，既死則人慶其已死，有奄奄如泉下，未死常若其已死，既死反若其不死者比比矣。夏汝開未死，越之人喜之贊之，既死，越之人歎之惜之，又有舊主且思之祭之，汝亦可以瞑目於地下矣。汝其收淚開懷，招若父同飲酒食肉，頹然醉焉。余有短歌一闋，汝其按拍而歌之。〔註7〕

夏汝開僅僅只是張岱家中眾多聲妓中的一人，但張岱特地爲她作祭文，並追憶起過去的美好種種，演戲時，傅粉登場，弩眼張舌，喜笑鬼渾，觀者絕倒，聽者噴飯，「爲未死，越之人喜之贊之，既死，越之人歎之惜之。」文中眞情流露，感人備至，不只是看見伶人夏汝開的風采，更見張岱率眞誠摯的另一面。

二、對世俗生活的熱愛

晚明生活榮華，從各個民間技藝到各種民俗慶典，民間社會生活展現出多采多姿的風貌。張岱熱情地投入這樣的生活，享受繁華生活帶給予的種種樂趣。也將其樂趣書寫而下，各個篇章中反映著各地的風物特產、晚明的各種民間技藝，比如宜興茶壺遠近馳名，是時人收藏、品茗的最愛，張岱就記

〔註7〕 （明）張岱著、夏咸淳點校：《張岱詩文集・祭義伶文》，頁353。

載下宜興壺的藝術精巧：

> 宜興罐，以龔春為上，時大彬次之，陳用卿又次之。錫注，以王元
> 吉為上，歸懋德次之。夫砂罐，砂也；錫注，錫也。器方脫手，而
> 一罐一注價五六金，則是砂與錫與價其輕重正相等焉，豈非怪事！
> 然一砂罐、一錫注，直躋之商彝、周鼎之列，而毫無慚色，則是其
> 品地也。〔註8〕

宜興茶壺的精美，深受雅客們的喜愛，然若經過名家錘鍛，非但身價暴漲，
直與黃金等值，其藝術之價值張岱更稱之「直躋之商彝、周鼎之列，而毫無
慚色」。

除了藝術品的鑑賞外，〈魯藩烟火〉裡，張岱寫下了邀遊兗州時，其烟火
華麗燃放，城市的熱鬧繁華：

> 兗州魯藩烟火妙天下……光中、影中、烟中、火中，閃爍變幻，不
> 知其為王宮內之烟火，亦不知其為烟火內之王宮也。殿前搭木架數
> 層，上放黃蜂出窠，撒花蓋頂，天花噴礴。四旁珍珠簾八架，架高
> 二丈許，每一簾嵌孝、悌、忠、信、禮、義、廉、恥一大字。每字
> 高丈許，晶映高明。下以五色火漆塑獅、象、橐駝之屬百餘頭，上
> 騎百蠻，手中持象牙、犀角、珊瑚、玉斗諸器，器中實千丈菊、千
> 丈梨諸火器。獸足蹴以車輪，腹內藏人，旋轉其下。百蠻手中，瓶
> 花徐發，雁雁行行，且陣且走。移時，百獸口出火，尻亦出火，縱
> 橫踐踏。端門內外，烟焰蔽天，月不得明，露不得下。看者耳目攫
> 奪，屢欲狂易，恆內手持之。昔有一蘇州人，自誇其州中燈事之盛，
> 曰：「蘇州此時有起火亦無處放，放亦不得上。」眾曰：「何也？」
> 曰：「此時天上被烟火擠住，無空隙處耳！」人笑其誕。於魯府觀之，
> 殆不誣也。

晚明的民俗慶典十分熱鬧，「魯藩烟火妙天下」，各地遊客紛紛前往共赴這場
烟火盛會。各式各樣的烟火，變幻無窮，令人目不暇給，「光中、影中、烟中、
火中，閃爍變幻」光彩奪目。還有嘉年華式的遊行人潮，百獸的造型的機關，
移動時還可噴火出煙，精彩無與倫比。張岱置身其中，與民同樂，一起看花
燈、賞烟火、遊行於人潮中，看百獸機關耍出噴火絕活，繁華的世俗生活，
盡在筆下。

〔註8〕 （明）張岱著、馬興榮點校：《陶庵夢憶·卷二·砂罐錫注》，頁17。

　　張岱的遊記寫盡晚明時代的各式社會風貌，作品中寫下了一篇篇民間生活的熱鬧風采：有各地的節日慶典的熱鬧繁華，如元宵節的〈紹興街景〉燈海羅佈，〈揚州清明〉的掃墓踏青，端午時節的〈金山競渡〉、中元節裡〈西湖七月半〉人潮如織，〈虎丘中秋夜〉賞月高唱。還有各地的奇風異俗，如〈秦淮河房〉的絕色香豔，〈西湖香市〉的虔誠信徒，〈揚州瘦馬〉的買賣盛況。還有寫下各種百藝百技，唱戲如〈彭天錫串戲〉、說書有〈柳敬亭說書〉、飲茶如〈閔老子茶〉、說禪禮佛有〈天童寺僧〉、民間絕技如〈濮仲謙雕刻〉、風花雪月有〈二十四橋風月〉等各種風俗。透過文字的刻畫，記錄了社會各行各業的眾生相，他是以凡人之軀走入世俗，共歡喜，共悲態，展現出對於世俗生活的熱愛。

三、對西湖山水的眷戀

　　對於西湖，張岱有一種無法言欲的特殊情感。四歲時第一次隨祖父來到杭州，八歲、十一歲時也分別兩次遊覽杭州，二十八歲在杭州讀書，三十歲時曾多次往返於紹興與杭州之間，四十多歲之後多次遊玩於西湖畔。對張岱而言，這裡是他兒時的留戀處、成長的讀書地及年少遊賞的回憶。明亡後，張岱曾在五十多歲的時兩次重返西湖，他對西湖待以真情，西湖可說是他創作的樂土。他是將他對於西湖的風采多姿，封印在《陶庵夢憶》、《西湖夢尋》裡。他自謂：

> 余生不辰，闊別西湖二十八載，然西湖無日不入吾夢中，而夢中之西湖，實未嘗一日別余也。……。余之夢西湖也，如家園眷屬，夢所故有，其夢也真。今余僑居他氏已二十三載，夢中猶在故居，舊役小溪，今已白頭，夢中仍是總角。凤習未除，故態難脫，而今而後，余但向蝶庵岑寂，蘧榻於徐，唯吾舊夢是保，一派西湖景色，猶端然未動也。兒曹詰問，偶為言之，總是夢中說夢，非魘即囈也。因作夢尋七十二則，留之後世，以作西湖之影。余猶山中人歸自海上，盛稱海錯之美，鄉人競來共舐其眼。嗟嗟！金齏瑤柱，過舌即空，則舐眼亦何救其饞哉！〔註9〕

張岱對西湖的眷戀極深，自云「西湖無日不入吾夢中，而夢中之西湖，實未嘗一日別余也。」即使鼎革後，事過境遷，人事已非，但昔日的美好仍然歷歷在目。

〔註9〕　（明）張岱著、馬興榮點校：《西湖夢尋·張岱自序》，頁7。

　　《西湖夢尋》完全寫盡西湖的人事物，而《陶庵夢憶》裡也有很大一部
分是寫下西湖與杭州的追憶。西湖是都市裡的山水，可盡攬熱鬧繁華入目：
「住西湖之人，無人不帶歌舞，無山不帶歌舞，無水不帶歌舞，脂粉紈綺，
即村婦山僧，亦所不免。」〔註10〕也可幽靜獨賞：「酣睡於十里荷花之中。」
〔註11〕而張岱是都市裡的詩人，張岱與西湖在都市相遇，留下無數回憶，因
此張岱對西湖格外鍾情。

　　余秋雨的〈西湖夢〉說：「西湖即便是初遊，也有舊夢重溫的味道，這簡直
成了中國文化中的一個常用意象，摩挲中國文化一久，心頭都會有這個湖……
多數中國文人的結構中，對一個充滿象徵性和抽象度的西湖，總有很大的向心
力。」〔註12〕從白居易、蘇東坡、林和靖到張岱，多少名士流連忘返於西湖畔
之間。徜徉在蘇公堤上、白公堤旁，無須目接湖光山色，單由一個個絕勝處的
名稱，即能帶出一幕幕詩情畫意的想像。由斷橋的風雨中的紙傘，至西泠的油
壁車與青驄馬，再由葛嶺的白日飛升，到孤山的梅魂鶴影，西湖的人文與自然，
深深烙印在千年來每一個人的心中。而對於西湖，張岱更是用情極深，「日日看
西湖，一生看不足。」〔註13〕西湖的風采、歌聲、人情，一篇篇的真情文字，
一章章的動人樂章，盡在《陶庵夢憶》、《西湖夢尋》中可見。

　　張岱的真情不只是時代的呼喚，對率真誠摯的執著、對世俗生活的熱愛
及對昔日西湖的眷戀，都是發自內心，最深層的體會。張岱「任真」的性格，
表現在《陶庵夢憶》、《西湖夢尋》裡，更是纖毫畢張，劉貴蘭說：

> 張岱在《陶庵夢憶》中對那些熱鬧繁華的世俗生活行為是頗有偏好
> 的，比如他多次追憶了金山夜歡、魯藩煙火、南鎮祈夢、紹興燈景等
> 極盡聲色娛樂的盛大場面，相對於西湖，作者執著回憶的始終是一片
> 寧靜祥和的天地，是一個可以慰藉心靈的庇護所在，西湖，成為張岱
> 後半生思緒至純至靜的「靈谷」，是他供奉在自己心靈深處的「佛庵」。
> 一切關於西湖的熱鬧最終轉為冷寂，只留下言辭不盡的凄涼和憂傷，
> 張岱對這種「華麗後的蒼涼」的偏愛，正是其個人獨特審美觀的具體
> 表現，更是其對自我人生歷程的理性反思後的真情流露。〔註14〕

〔註10〕（明）張岱著、馬興榮點校：《西湖夢尋・卷二・冷泉亭》，頁22。
〔註11〕（明）張岱著、馬興榮點校：《陶庵夢憶・卷七・西湖七月半》，頁63。
〔註12〕余秋雨著：《文化苦旅・西湖夢》，頁204。
〔註13〕（明）張岱著、馬興榮點校：《西湖夢尋・卷四・雷峰塔・雷峰塔詩》，頁65。
〔註14〕劉貴蘭著：〈精神家園的夢憶與夢尋——解讀張岱小品文的「西湖情結」〉（長

第二節　率性而動的遺民意志

　　「遺民」是我國古代特殊的政治與文化現象，傳統仁義道德的禮教薰陶下，這種「不事二主」的精神氣節得到了歷代人們的掌聲與讚揚。早從三代時伯夷、叔齊，不食周粟，餓死首陽山，誓死成為殷朝的遺民，即樹立了「遺民」的典範。元朝初年蒙古人統治中國，宋的遺民人士大幅增加，文天祥、汪元量、謝翱、林璟熙、鄭思肖都是著名的前朝遺士，其中文天祥的一首〈過零丁洋〉詩「人生自古誰無死，留取丹心照汗青。」〔註15〕更是展現出千古不朽的遺民精神與氣勢。清初滿州人統治中國，明代的遺民現象與宋代相比，有過之而無不及。

一、國破家亡後的抉擇

　　自崇禎皇帝自縊煤山明亡後，士大夫面臨了一個最大也是最敏感的問題──生與死的抉擇。許多的士大夫或選擇和錢謙益一樣降清的道路，歸順新朝，成為新貴，依舊擔任官職，仍享榮華富貴的生活，或是忍辱負重，以天下蒼生為己任，繼續在新朝下當官上任；也有部分的忠臣烈士選擇像史可法一樣捨身殉國，只有認定大明江山是唯一的歸宿，明亡後自己也沒有意義苟活於世──或戰死殺場、或投河自盡、或閉關餓死，展現出明人的民族氣節與情操；還有一批士人選擇了像張岱一樣，作個既不捨身取義，也不做降清的前朝遺民，自此獨自生活，不問政事。清初三大家的顧炎武、黃宗羲、王夫之在明亡後，屢拒清廷徵召，隱居著述講學，而王鳴盛、沈壽民、徐枋更被譽為「海內三遺民」。張岱自小不熱中功名，也未曾仕官，但受到高、曾、祖、父四代皆任明代官職，生於斯，長於斯，是從明祚中走入新朝，縱使早已看清晚明君王的昏庸無能、政治鬥爭的黑暗腐敗，張岱對大明王朝仍有一份割捨不了的情感。崇禎煤山自縊後，張岱一度也有從事反清復明的工作，受到父親曾任魯藩長史司右長史的關係，在南明時期曾擔任過魯王朱以海底下的小官職數月。紹興被清兵佔領後，張岱開始過著幾年顛沛流離的流亡生活，再回到紹興後，家園的一切全都人事已非，或充公、或毀壞，或被佔據，早已無其容身之處，在感受了國破家亡的心情後，「無所歸止，披髮入山，駴

春：長春師範學院學報，2005.1 第 24 卷第 1 期），頁 53。

〔註15〕　（宋）文天祥著：〈過零丁洋〉，收錄於《文淵閣四庫全書》（臺北：臺灣商務印書館據國立故宮博物院藏本影印，1983），史部・正史類・宋史・卷四百十八・頁 31。

馳為野人」〔註16〕，最後張岱選擇了山居自耕過日。

然而在新朝統治下，這些前朝的遺民人士所遇到最現實的問題即是生活。改朝換代後，新的朝代確立，新朝的士人、士大夫、百姓們人人受到新的政治氣氛影響，一方面為避免招惹不必要的麻煩，一方面也為了向新朝輸誠，紛紛斷絕與這些遺民舊友的來往，「故舊見之，如毒藥猛獸，愕窒不敢與接。」〔註17〕當然真正有氣節的遺民，也不屑與之接觸。《清史稿》記載明遺民劉永錫在明亡後，一介不取，身為新朝新貴的錢謙益欲想救助他，卻被他一口回絕，最終餓到起不來，大呼「烈皇帝」數聲後死，寧可餓死，也不屑這些「貳臣」的救濟，展現出極高的遺民情操。遺民生活大多面臨著社交的斷絕與貧困的威脅，尤其這些遺民多是前朝的士大夫、士人，從前的生活都非富即貴，物質生活的困乏對遺民人士的生活態度影響甚鉅，有不少人最後終於受不了，而放棄艱困的生活，投向新朝的懷抱之中。觀諸張岱自小即生長在「累世通顯」的鐘鼎之家，過著是富家子弟般的生活：

> 余生鍾鼎家，向不知稼穡。米在倉廩中，百口從我食。婢僕數十人，
> 殷勤伺我側。舉案進饔飧，庖人望顏色。喜則各欣然，怒則長戚戚。
>
> 〔註18〕

鼎革後卻是「避跡山居，所存者，破床碎幾，折鼎病琴，與殘書數帙，缺硯一方而已，布衣蔬食，常至斷炊。」〔註19〕從富麗堂皇的家園，降至家徒四壁，甚至過著簞瓢屢空的清苦生活。垂暮之年的張岱，以羸弱之身，為了家計仍須作粗活工作：

> 今皆辭我去，在百不存一。諸兒走四方，膝下皆哇泣。市米得數升，
> 兒饑催煮急。老人負舂來，米敢遲刻。連下數十舂，氣喘不能吸。
> 自恨少年時，杵臼全不識。因念犬馬齒，今年六十七，世為廢人，
> 賃舂非吾職。〔註20〕

從「連下數十舂，氣喘不能吸」到「婢僕無一人，擔糞固其分」〔註21〕舂米擔糞的粗活，張岱都需自行打理，和前半生的富貴生活截然不同，其艱

〔註16〕 （明）張岱著、夏咸淳點校：《張岱詩文集·陶庵夢憶序》，頁110。
〔註17〕 （明）張岱著、夏咸淳點校：《張岱詩文集·陶庵夢憶序》，頁110。
〔註18〕 （明）張岱著、夏咸淳點校：《張岱詩文集·舂米》，頁35。
〔註19〕 （明）張岱著、夏咸淳點校：《張岱詩文集·自為墓誌銘》，頁294～295。
〔註20〕 （明）張岱著、夏咸淳點校：《張岱詩文集·舂米》，頁35。
〔註21〕 （明）張岱著、夏咸淳點校：《張岱詩文集·擔糞》，頁36。

困、無助、清貧的日子，實在不可言喻。遺民人士絕非苟且偷生，長期的遭人異樣眼光與非議、長期的困頓與貧乏，還不如殉國的一了白了痛快。他自選擇另一種冷眼旁觀的態度抗清，有人聽取遺訓不事新朝，有人展現明人的高貴情操，而張岱則是「眞情任性」之驅然。不論怎樣的原因，他們的遺民風範，都展現了傲人的毅力與氣魄，也獲得了後世的掌聲與讚美，名流千古。

二、故國風物中的追思

鼎革後的張岱過著隱居的遺民生活，自耕爲家，而唯一的樂趣是著書。自云「好著書」〔註22〕，且是「著作等身」〔註23〕，計有：

> 有《石匱書》、《張氏家譜》、《義烈傳》、《瑯嬛文集》、《明易》、《大易用》、《史闕》、《四書遇》、《夢憶》、《說鈴》、《昌谷解》、《快園道古》、《傒囊十集》、《西湖夢尋》、《一卷冰雪文》行世。〔註24〕

張岱幾乎用盡畢生心血在名山事業上，其中在文學史上最受矚目的《陶庵夢憶》與《西湖夢尋》即是在這個時期完成。張岱以洗鍊的筆法，豐沛的情感，走過人生歷練，而寫下了這兩本小書。記載了張岱遊歷江浙、西湖一帶的所見所聞，盡括當地風俗見聞，山川流水、亭臺樓閣，還有廟宇市集及人文風情，文字中屢見對故國的思念之情。甲午年（1654）張岱時年五十八歲，明亡國已十一年，再一次重遊西湖柳州亭時，見昔日美景僅剩斷垣殘，有人事已非之慨，不禁慟哭：

> 高柳長堤，樓船畫舫會合亭前，雁次相緻。朝則解維，暮則收纜。車馬喧闐，騶從嘈雜，一派人聲，擾嚷不已。堤之東盡爲三義廟。過小橋折而北，則吾大父之寄園、銓部戴斐君之別墅。折而南，則錢麟武閣學、商等軒塚宰、祁世培柱史、余武貞殿撰、陳襄範掌科各家園亭，鱗集於此。過此，則孝廉黃元辰之池上軒、富春周中翰之芙蓉園，比閭皆是。今當兵燹之後，半椽不剩，瓦礫齊肩，蓬蒿滿目。李文叔作《洛陽名園記》，謂以名園之興廢，蔔洛陽之盛衰；以洛陽之盛衰，蔔天下之治亂。誠哉言也！余於甲午年，偶涉於此，故宮離黍，荊棘銅駝，感慨悲傷，幾效桑苧翁之遊苕溪，夜必慟哭

〔註22〕 （明）張岱著、馬興榮點校：《陶庵夢憶・序》，頁1。
〔註23〕 （明）張岱著、夏咸淳點校：《張岱詩文集・自爲墓誌銘》，頁296。
〔註24〕 （明）張岱著、夏咸淳點校：《張岱詩文集・自爲墓誌銘》，頁296。

而返。〔註25〕

柳州亭原在張岱故居附近，明亡前，當時的美景是「高柳長堤，樓船畫舫會
合亭前，雁次相綴。」場景十分美麗動人，而人聲鼎沸「車馬喧闐，騶從嘈
雜，一派人聲，擾嚷不已。」更是充滿熱鬧的氣息，不少名家的亭臺樓閣也
林立於此，尤其是張岱至交祈彪佳的舊園更矗立在此。而如今看到「半椽不
剩，瓦礫齊肩，蓬蒿滿目」的景象，在想起明亡後祈彪佳的捨身殉國，而其
中「名園之興廢，蔔洛陽之盛衰；以洛陽之盛衰，蔔天下之治亂。」更顯出
文人黍離之悲、亡國之痛，無怪乎張岱會「慟哭而返」。

對於故國的情懷，張岱也常常透過對於昔日熱鬧的繁華，而有所追思，
曾經寫下了〈揚州清明〉的喧嘩風貌：

> 是日，四方流寓及徽商西賈、曲中名妓，一切好事之徒，無不咸
> 集。……然彼皆團簇一塊，如畫家橫披；此獨魚貫雁比，舒長且三
> 十里焉，則畫家之手卷矣。南宋張擇端作《清明上河圖》，追摹汴京
> 景物，有西方美人之思，而余目盱盱，能無夢想！〔註26〕

在張岱的筆下，揚州的清明盛況彷彿是一幅充滿歡笑、熱鬧、寫意的民間風
俗畫：各式各樣的民俗活動、百藝特技，從走馬放鷹、鬥雞蹴踘、劈阮彈箏、
童稚紙鳶、到瞽者說書……等。浪子，童稚，老僧，大家閨秀，還有媵妾奴
婢等，行行色色的人物盡在畫中，熱鬧不已。此情此景張岱想到了南宋張擇
端的著名風俗畫——《清明上河圖》。此畫是張擇端進獻帝王時所作的頌辭，
係描繪北宋之都城及汴河兩岸清明時節之風俗人事而故名之。其畫幽雅，風
景生動逼真，城郊農村清照，疏林落霧掩映著農舍，滿家阡陌縱橫，田畝井
然。村頭的大道上，人潮簇擁，掃墓踏青而歸，整張畫以拱橋為中心，橋上
行人熙熙攘攘，商鋪林立，有停足而觀者，橋下舟楫川流不息，篙師縴夫牽
重舟逆急而上，沿著汴河街市商店鱗列，行人遊客往來頻頻，南來北往有士
農工商醫卜僧道百家人物熙熙攘攘。而趕集有載貨之貨車者，馬車拖曳者，
還有婦幼乘驢者，以物易物者之貨郎擔者，執斧而鋸者，困而睡者，以板為
輿者，驢騾馬牛彙跑之屬。屋宇則官府之衙，市廛之居甚為可觀。店肆之所
鬻，則若渴若饌。雅貨百物，有題匾名氏字畫，人與物多至不可指數，此圖
主題在於表現承平風物。然而這種歌舞昇平樣貌在「宣和」後，因「靖康之

〔註25〕（明）張岱著、馬興榮點校：《西湖夢尋・卷四・柳州亭》，頁58。
〔註26〕（明）張岱著、馬興榮點校：《陶庵夢憶・卷五・揚州清明》，頁48。

變」繁華的汴京轉瞬毀於烽火。張擇端流亡到了南宋，行在臨安，回首北望，追摹故國風物，因之寄託著深沉的哀思而畫。董其昌《容臺集》中評張擇端的《清明上河圖》為「南宋時追摹汴京景物，有西方美人之思。」〔註27〕而張岱寫下揚州清明的風俗記事，其繁華的場景與張擇端畫景遙相呼應，若似追憶揚州之盛，而繪寫下清明時節之繁貌。最後再藉董其昌的話語，表達出對於故國江山的無限思念，〈揚州清明〉張岱一路寫來，表現出悠悠的遺民情絲，刻畫之真實，用情真切，令人看之回味無窮。

三、困苦著述裡的自覺

　　明代遺民有著共通的矛盾心結：大多數人對於晚明政治黑暗、敗壞感到絕望，但又無法認同新朝的統治。如錢士升是崇禎時期的閣臣，明亡後他沒有仕清也沒有抗清，在他的著作《賜餘堂集》中記載了其入仕時的種種遭遇，從而窺見明末政治腐敗。文集中敘說崇禎皇帝猜忌善變的性格、朝中閹黨的不群跋扈以及奸佞誤國的溫體仁（1573～1639）為人險惡等等。崇禎九年（1636）錢士升在獲准回籍歸故里後，對政治完全絕望，即使有南明魯王高舉抗清旗幟，但從他的書信中已見其絕望之心意。故而成為遺民者，或為民族情操、或為君王中心、或對大明江山的眷戀，但更多是對於現實不滿的逃避，恐怕才是許多明遺民的主要心態。

　　而對張岱而言，他既非前朝士大夫，又明白明代的政治黑暗，在當時即享有史學的盛名，是清廷極力拉攏人心的對象，這樣的一個人物，卻走上了遺民這條艱辛的路程，原因何故？明亡後，張岱過著深居簡出的樸實生活，與前半生縱情聲色的紈絝子弟風貌截然不同。是對於現實的不滿，是亡國的痛楚，但更多恐怕是「真性情」的使然。自小受到祖、父陽明心學的思想教育，對張岱一生有重要的啟迪作用，陽明心學強調心即理，認為遇事處事，只要本心全然獲顯，即可對應天下事物。張岱一生奉此為準則，是其任性而動，喜好各種美好事：「少為紈袴子弟，極愛繁華，好精舍，好美婢……好梨園，好鼓吹，好古董，好花鳥，兼以茶淫橘虐，書蠹詩魔。」〔註28〕，對於前半生頹廢糜爛的行為舉止，他並不避諱，甚至對自己前半生的生活在《陶

〔註27〕　（明）董其昌著：《容臺集》，收錄於《文淵閣四庫全書》（臺北：臺灣商務印書館據國立故宮博物院藏本影印，1983），子部・藝術類・書畫之屬・御定佩文齋書畫譜・卷八十三，頁56。

〔註28〕　（明）張岱著、夏咸淳點校：《張岱詩文集・自為墓誌銘》，頁294。

庵夢憶》與《西湖夢尋》裡往往還帶著自誇與自嘲的意味在。在張岱心中只有眞情的流露、任眞的性格，他關注的向來是生活周遭的美好：品茗、美食、聽書、看戲、風花雪月。他又好交友，不管是「王公貴族」、「名流仕紳」、「名妓伶人」、「民間技藝」、「市井小民」，只要是「一往深情」之人，有「癖」、有「癡」之人，不分貧富賤，發自本心的感動，張岱都與之結交。經國大業對他而言，始終不是生活上的重心，張岱曾自云「幸余不入仕版，既鮮恩仇，不顧世情，復無忌諱。」〔註29〕綜觀《陶庵夢憶》與《西湖夢尋》中的篇章，其字裡行間寫的全是世俗眼中的風花雪月。激進的反清復明活動、國仇家恨的恥辱，對他而言從來不是生活重心，是以倘若說他爲了曉明民族之大義，忠君王愛國之心進而成爲遺民實在太過。筆者以爲當國破家亡之際，張岱對於鼎革之事發以本心思索而豁顯，任性而動後的結果判斷，最後走向遺民這條道路。

　　捨棄了繁華安逸的日子，過著困苦的遺民生活，但張岱依然「任眞」自得一如自往，知天命之年的他，依舊欣賞美好的事物，只是對他而言美好的事物不復是繁華、精舍、美婢、梨園、鼓吹等事項。張岱自云：「陶庵老人著作等身，其自信者尤在《石匱》一書。」〔註30〕有「書蠹」之稱的張岱，不惑之年後，張岱的心力開始投入名山事業。明亡後著書更是他生活的重心，大部分的著作都是在這一時期完成。其著作等身，從現存書目統計著書就有三十餘本，尤其自小受到家族的史學傳統，有著強烈的歷史使命感，對於私修明史《石匱書》深覺任重道遠：

> 余自崇禎戊辰，遂汰筆此書，十有七年而遽遭國變，攜其副本，屏跡深山，又研究十年，而甫能成帙。幸余不入仕版，既鮮恩仇，不顧世情，復無忌諱，事必求眞，語必務確，五易其稿，九正其訛，稍有未核，寧闕勿書。〔註31〕

《石匱書》計分本紀、志、世家、列傳，是一套多達二百二十卷的史學鉅著，該書開始撰寫於明崇禎元年（1628），在明亡之前，張岱《石匱書》已經撰寫「十有七年」，隱居山林後又「研究十年，而甫能成帙」。《石匱書》的書寫態度力求立場客觀，自云：「幸余不入仕版，既鮮恩仇，不顧世情，復無忌諱」，

〔註29〕　（明）張岱著、夏咸淳點校：《張岱詩文集‧石匱書自序》，頁100。
〔註30〕　（明）張岱著、馬興榮點校：《陶庵夢憶‧序》，頁1。
〔註31〕　（明）張岱著、夏咸淳點校：《張岱詩文集‧石匱書自序》，頁100。

並言「事必求眞，語必務確」。整本書「五易其稿，九正其訛」，強調「稍有未核，寧闕勿書」，其言謹的態度及堅毅的精神令人動容。書成後，張岱師法太史公藏諸名山，幸而躲過《四庫全書》的收錄，躲過清人著書而書死的命運，也因此百年後的今日，後人方以一窺《石匱書》的全貌。清邵廷采將《石匱書》與談遷（1594～1658）《國榷》並稱：「明季稗史雖多，而心思漏脫，體裁未備，不過偶記聞見，罕有全書。惟談遷編年，張岱列傳，兩俱有本末。」〔註32〕又說：「丙戌後，屛居臥龍山之仙室，短檠危壁，沉淫於明一代紀傳，名曰《石匱藏書》，以擬鄭思肖之鐵函心史也。」〔註33〕溫瑞臨《南疆逸史》亦稱「兩家體裁較他稗史獨完具，而岱、遷於君臣朋友之間，天性篤至，其著書也徵實覆核，不矜奇門，文以作者自居，故儒林尙之。」〔註34〕足見《石匱書》的歷史份量。

鼎革之際，張岱和許多士大夫、士人一樣都作了重要的抉擇。或許對於現實的不滿，或許對於亡國的痛楚，但更多是「眞性情」的使然，促使張岱走向遺民之路。張岱不是聖人，縱使早已看透明代的政治腐敗，縱使無心於政事，但在他的遊記作品中，還是可以感受到對於故國思念的眞情流露。然而就是因爲這些留戀，使張岱的遊記更眞實的貼近了人生。

第三節　悲天憫人的人文關懷

「人文」的重要意涵是以人爲本位，強調人於萬物之中的特殊性，以人爲主體，尊重人的本質，維護人的權益，滿足人的需求，促進人的生命力和創造力的發揚，進而自覺性的開展出人文化成的世界。人文精神是人文化成世界裡最重要的核心價值，而人文關懷即是這核心價值的呈現。自古以來多少作家文人們，以博大的仁愛情懷，關心著時代的環境，每個人的生存處境，並提倡尊重人、關懷人，以人爲中心，構築一個理想的大同世界。作家文人

〔註32〕 （清）邵廷采語，收錄於《文淵閣四庫全書》（臺北：臺灣商務印書館據國立故宮博物院藏本影印，1983），史部・政書類・通制之屬・皇朝文獻通考・卷二百二十一，頁9。

〔註33〕 （清）紹廷采著：〈張岱傳〉收錄於張岱著、夏咸淳點校：《張岱詩文集・附錄》，頁110。

〔註34〕 （清）溫瑞臨著：《南疆逸史》，轉引自《中文維基百科》「石匱書」條。上網日期2007.5.5，網址：
http://zh.wikipedia.org/w/index.php?title=%E9%A6%96%E9%A1%B5&variant=zh-tw

們，或透過文學創作、或透過語言傳播，不斷的將這種人文精神的內涵，透過強烈的仁愛情懷呼喊傳達而出，作家的人文關懷不但是喚醒人們自覺的鑰匙，更是促進人類文化進步的動力。《陶庵夢憶》、《西湖夢尋》是兩本風俗記事的遊記作品，透過張岱的描述，篇章中不自覺的呈現出張岱對時代國家的緬懷與使命感及對社會生活的熱愛與憐憫心，使讀者讀之為之動容。張岱的遊記中蘊含悲天憫人的情操在內，這即是人文精神的內涵，包含了公平正義的追求、歷史文物的緬懷、情愛幸福的期盼、遺民意識的傷感、真性至情的流露等：

一、公平正義的追求

「不平則鳴」是中國文學自古以來的創作精神，這是一種對於公平正義——的追求，勇於將所見所聞的不平之事、民間疾苦、戰亂等民不聊生的情況寫下，反映社會的真實情況以肯定人類生命存在的價值，正是人文精神的重要內涵。張岱的遊歷過程中，多次寫下了戰後民不聊生的慘狀，正是「不平則鳴」的表現。昔日是「數百十萬男男女女、老老少少，日簇擁於寺之前後左右者」〔註35〕，而歷經烽火的催殘後：

> 崇禎庚辰三月，昭慶寺火。是歲及辛巳、壬午洊饑，民強半餓死。
> 壬午虜鯁山東，香客斷絕，無有至者，市遂廢。辛巳夏，余在西湖，
> 但見城中餓殍舁出，扛挽相屬。時杭州劉太守夢謙，汴梁人，鄉里
> 抽豐者，多寓西湖，日以民詞饋送。有輕薄子改古詩誚之曰：「山不
> 青山樓不樓，西湖歌舞一時休。暖風吹得死人臭，還把杭州送汴州。」
> 可作西湖實錄。〔註36〕

戰爭帶來殘酷的事實「覆巢之下無完卵」。鼎革之際，雖明已滅亡，但各地反清復明的反抗軍四起，四處都是戰火，人民性命朝不保夕，各地燒殺擄掠時有所聞。即使是昔日風華美艷的杭州西湖，清軍南下，仍然遭受到無情的烽火肆虐，「壬午虜鯁山東，香客斷絕，無有至者，市遂廢」其戰火摧殘、城市蕭條的景象與昔日人潮絡繹不絕、歌舞昇平樣貌實在天壤之別。而張岱更親見「城中餓殍舁出，扛挽相屬」的景象，其悲傷、不捨的悲天憫人情懷更一湧心頭，最後引以輕薄子改古詩的詞語：「山不青山樓不樓，西湖歌舞一時休。暖風吹得死人臭，還把杭州送汴州。」這嘲諷的話語無疑是殘酷的西湖實錄，

〔註35〕（明）張岱著、馬興榮點校：《陶庵夢憶・卷六・西湖香市》，頁61。
〔註36〕（明）張岱著、馬興榮點校：《陶庵夢憶・卷六・西湖香市》，頁61。

物是人非，現實殘酷。令人讀之，倍感萬分不捨。

原本家家戶戶熱鬧不已的越俗掃墓活動，每逢清明「男女袨服靚妝，畫船簫鼓」〔註37〕，或唱「《海東青》、《獨行千里》，鑼鼓錯雜」〔註38〕，「厚人薄鬼」〔註39〕的熱鬧氣氛，戰亂時也全變了樣：

> 乙酉方兵，畫江而守，雖魚艬菱舠，收拾略盡。墳壠數十里而遙，子孫數人挑魚肉楮錢，徒步往返之，婦女不得出城者三歲矣。蕭索淒涼，亦物極必反之一。〔註40〕

對於鼎革之際的戰火無情，張岱的悲痛與不捨，常流露於字裡行間。婦女三年不得出城，整個越州真是只有「蕭索淒涼」可以形容。另外在張岱其他遊記裡，諸如〈三世藏書〉、〈柳州亭〉、〈方物〉等篇章中也多次記載下戰爭下的殘酷景象，張岱用以文字，對於戰火下的西湖，蕭索淒涼、民不聊生的殘酷景象，深痛的物事人非，感人命不值於草莽，都寄予深深的人道關懷，這不只是社會的真實反映，更是張岱親身的體驗。

二、歷史文物的緬懷

歷史是人類社會的沿革，透過歷史的變遷，瞭解歷史上重大事件的因果關係，並進一步期望藉由前事之因，而能預測後事之果並深以為鑑。透過歷史，可以反映過去是非，記取教訓；透過歷史，對歷史文物與先人事蹟的緬懷也可以得知先人的創業維艱，更加珍惜現在的生活。張岱受到家族傳統史學涵養的薰陶甚深，中晚年後更致力於明史《石匱書》的書寫。其遊記作品中更常常流露出對於歷史人物與文物的緬懷：

> 岳鄂王死，獄辛隗順負其屍，逾城至北山以葬。……墓前之有秦檜、王氏、萬俟契三像，始於正德八年，指揮李隆以銅鑄之，旋為遊人捷碎。後增張俊一像。四人反接，跪於丹墀。自萬曆二十六年，按察司副使范淶易之以鐵，遊人椎擊益狠，四首齊落，而下體為亂石所搋，止露肩背。旁墓為銀瓶小姐。王被害，其女抱銀瓶墜井中死。楊鐵崖樂府曰：「岳家父，國之城；秦家奴，城之傾。皇天不靈，殺我父與兄。嗟我銀瓶為我父，緹縈生不贖父死，不如無生。千尺井，

〔註37〕　（明）張岱著、馬興榮點校：《陶庵夢憶‧卷一‧越俗掃墓》，頁6。
〔註38〕　（明）張岱著、馬興榮點校：《陶庵夢憶‧卷一‧越俗掃墓》，頁6。
〔註39〕　（明）張岱著、馬興榮點校：《陶庵夢憶‧卷一‧越俗掃墓》，頁6。
〔註40〕　（明）張岱著、馬興榮點校：《陶庵夢憶‧卷一‧越俗掃墓》，頁6。

> 一尺瓶,瓶中之水精衛鳴。」墓前有分屍檜。天順八年,杭州同知
> 馬偉鋸而植之,首尾分處,以示磔檜狀。隆慶五年,大雷擊折之。
> 朱太史之俊曰:「一秦檜耳,鐵首木心,俱不能保至此。」天啓丁卯,
> 浙撫造祠媚璫,窮工極巧,徙蘇堤第一橋于百步之外,數日立成,
> 駭其神速。崇禎改元,魏璫敗,毀其祠,議以木石修王廟。〔註41〕

岳飛是南宋抗金名將,精忠愛國的表現爲後人稱頌。〈岳王墳〉裡,字裡行間是對於岳飛忠心愛國的敬佩與愛戴,遊人至西湖,一定要到岳王墳前朝聖一番。其墳前有陷害岳飛的奸臣像,遊人至此定「椎擊益狠,四首齊落,而下體爲亂石所擲,止露肩背。」而熱血動人的〈楊鐵崖樂府〉詩,更描寫出了岳飛深植百姓心中的英雄形象。

〈蘇公堤〉裡也記下了東坡築蘇堤的韻事,透過蘇堤旁的鼓吹樓船盛況,展現出西湖熱鬧而華麗的景象;〈醉白樓〉裡,張岱追憶白居易與友人於西湖畔,一同飲酒、歌唱的浪漫;〈錢王祠〉中,透過遊歷錢王祠,寫下吳越太祖錢鏐愛國愛民悲天憫人的偉大胸襟。在張岱遊記作品中,四處可見到對於前賢先王的追思與對歷史文物的緬懷,展現出的是其濃厚的人文歷史關懷。

三、情愛幸福的期盼

情愛的幸福一直是人類長久以來的期盼與追求。早在《詩經》裡,就流傳不少人們追求情愛的渴望,〈關雎〉裡展現出對於男歡女愛的純眞情愛;漢樂府〈孔雀東南飛〉熱烈地歌頌爲了愛情寧死不屈的反抗精神,表達了人們爭取情愛幸福的信念;民間故事裡《梁山伯與祝英臺》更出是對情愛堅眞不拔的誓言與追尋,這些都是人的眞情至性的流露,也爲這世間譜下了愛的詩篇。

走過傳說中的「小青佛舍」旁,張岱有感而發寫下明代這個著名女子「小青」的故事:嫁爲富商當小妾,卻爲得不到情愛的幸福,最後終於因爲期盼與思念而死。「瘦影自臨春水照,卿須憐我我憐卿」〔註42〕,不只是小青的內心獨白,更不知是多少天下男女追求幸福的寫照。張岱的紅粉知己一代伶人朱楚生,就是這樣一個典型的人物,她能歌善舞,她戲曲演技精湛、才華洋溢,終因「癡情」得不到情愛的到來,而香消玉殞:

> 楚生多坐馳,一往深情,搖颺無主。一日,同余在定香橋,日晡烟

〔註41〕 (明)張岱著、馬興榮點校:《西湖夢尋·卷一·岳王墳》,頁14。
〔註42〕 (明)張岱著、馬興榮點校:《西湖夢尋·卷三·小青佛舍》,頁56。

生，林木窅冥，楚生低頭不語，泣如雨下，余問之，作飾語以對。

勞心忉忉，終以情死。〔註43〕

張岱善於觀察眾人的不同風貌，文字中刻畫出每一人物內心的世界，展現出人們對於情愛幸福的期盼，由死生之悲哀，愛戀之喜悅，描摹出了一個人類最深切的悲歡甘苦的「有情世界」。

四、華城若夢的傷感

因國破家亡而興起「黍離之悲」，對於故國的思念，往往流露出傷感的情懷。張岱歷經明代的亡國之痛，顛沛流離逃亡渡日到隱居山林的遺民生活。遊記中展現出不少對於過去美好的追憶及遺民意識的傷感：

越中清饞無過余者，喜啖方物。……遠則歲致之，近則月致之、日致之。耽耽逐逐，日為口腹謀，罪孽固重。但由今思之，四方兵燹，寸寸割裂，錢塘衣帶水，猶不敢輕渡，則向之傳食四方，不可不謂之福德也。〔註44〕

追憶起以前對於各地美食的喜愛，山東的羊肚菜、秋白梨；福建的福桔、福桔餅；杭州有西瓜韭芽、玄筍；山陰則有河蟹、白蛤、江魚、鰣魚等，各地美食鮮美可口，而《蟹會》裡更是奢華的饗宴「飲以玉壺冰，蔬以兵坑筍，飯以新余杭白，漱以蘭雪茶。」〔註45〕反觀如今亡國後「四方兵燹」的艱困日子裡，遺民生活的家徒四壁，無怪乎張岱自云：「由今思之，真如天廚仙供，酒醉飯飽，慚愧慚愧。」〔註46〕

除了美食，《西湖夢尋》、《陶庵夢憶》裡張岱也追憶了過去的各種生活風俗，在西湖畔旁，張岱重現了各種昔日的美好景象，自云「西湖無日不入吾夢中，而夢中之西湖，實未嘗一日別余也」〔註47〕對於西湖的眷戀，在張岱的文字中，歷歷在目。過去的美好生活，如今幻影成空，透過對於西湖的事物的追憶：各地的美食佳餚、各地的節日慶典、說書唱戲、品茗飲酒都只存在記憶之中。張岱云南宋張擇端作《清明上河圖》，追摹汴京景物，有西方美人之思；而張岱自己也藉由《西湖夢尋》、《陶庵夢憶》的追憶，追摹西湖景

〔註43〕　（明）張岱著、馬興榮點校：《陶庵夢憶·卷五·朱楚生》，頁50。

〔註44〕　（明）張岱著、馬興榮點校：《陶庵夢憶·卷四·方物》，頁38。

〔註45〕　（明）張岱著、馬興榮點校：《陶庵夢憶·卷八·蟹會》，頁75。

〔註46〕　（明）張岱著、馬興榮點校：《陶庵夢憶·卷五·朱楚生》，頁50。

〔註47〕　（明）張岱著、馬興榮點校：《西湖夢尋·西湖夢尋序》，頁7。

物，在他的遊記中，撫今追昔，睹物思人，往往流露出的是繁華不再，美事莫追的遺民感傷及對故國的懷念。

五、眞性至情的流露

　　張岱的「眞性情」，在其遊記作品之中處處可見——其文字中時時感受到毫不做作，眞摯情感的流露；其個性好惡分明，尤其對不平之事，往往「任性而動」，率性而出，如他對惡僧楊璉眞珈的厭惡，即將其石像「椎落其首，幷碎諸蠻女，置溺溲處以報之。」〔註48〕而任性率眞的性格、任性而動的率眞，在〈金山夜戲〉裡，一覽無遺：「二鼓矣……余呼小僕攜戲具，盛張燈火大殿中，唱韓蘄王金山及長江大戰諸劇。鑼鼓喧塡，一寺人皆起看。」〔註49〕

　　張岱身處於改朝換代之際，雖然對於經國之大業、救國之大事張岱沒有太大的興趣，但畢竟一生之中前五十年的生活都處於大明江山的懷抱，他最美好的事物、最深刻的回憶，多縷存於此。生於斯，長於斯，因此對這個逝去的時代，已沒落的王朝，張岱仍有不少的思念於其中。他雖不像清初三大家：顧炎武、黃宗羲、王夫之般，對於新朝有如此強烈的反抗，他選擇了遺民的道路，在《陶庵夢憶》中可以看出其對於過去的緬懷：

> 戊寅，岱寓鷲峯寺。有言孝陵上黑氣一股，沖入牛斗，百有餘日矣。岱夜起視，見之。自是流賊猖獗，處處告警。壬午，朱成國與王應華奉敕修陵，木枯三百年者盡出爲薪，發根，隧其下數丈，識者爲傷地脈、泄王氣，今果有甲申之變，則寸斬應華亦不足贖也。孝陵玉石二百八十二年，今歲清明，乃遂不得一盂麥飯，思之猿咽。〔註50〕

闇熟歷史的張岱當然明瞭大明江山亡國的眞正原因，但畢竟不忍苛責，張岱是以溫柔敦厚的話語道盡歸諸「傷地脈、泄王氣，今果有甲申之變。」或許將之寄於天命，張岱的傷感會減輕一點。明亡前幾年，張岱還與友人共赴還赴鍾山觀中元祭禮，祭拜明代帝王。而如今竟已改朝換代。「今歲清明，乃遂不得一盂麥飯，思之猿咽」，令人不勝唏噓。

　　顯而可見地，張岱的「遊記」是一種充滿獨創個性和心靈自由的文體，

〔註48〕　（明）張岱著、馬興榮點校：《西湖夢尋・卷二・岣嶁山房》，頁29。
〔註49〕　（明）張岱著、馬興榮點校：《陶庵夢憶・卷一・金山夜戲》，頁4。
〔註50〕　（明）張岱著，夏咸淳、程維榮注：《陶庵夢憶＼西湖夢尋・鍾山》（上海：上海古籍出版社，2001），頁6。漢京本《陶庵夢憶・鍾山》無此段文字。

它描繪著自己的獨具慧眼，抒發個人內心被撞擊和震顫後的情思，進而形成鮮明形象、灼熱感情與深刻哲理的融合，從中更可看出其文化的人文風貌。此外，遊記篇章裡，每一篇盡見真情流露，過對於美好事物的追求，更能發現張岱「一往深情」與「任性而動」。再加上張岱特殊的身份：在國破家亡之際，張岱抉擇了「遺民」這條艱苦的人生道路。於是遺民之思、故國之情自其作品油然而生，其作品使人讀之使人動容，這都是「都市詩人」張岱在遊記中成熟熔煉銳化而出人文情懷的表現。

第六章　張岱遊記之藝術風格

　　黃裳在《銀魚集》裡讚美張岱是「絕代的散文家」，認爲「他最突出的特點還是寫作上的才能，他的主要成就也正在這裡。」〔註1〕張岱自小生長於書香世家，六歲隨父親讀書於「懸秒亭」，跟隨舉人祖父師法陽明學說，重視良知之學，不讀朱註，爲張岱開啓了不同於一般學子的新視野，也奠定其深厚的文學基礎。而自文學淵源而言，張岱鍾情於徐渭，並承公安、竟陵之學說，是故在張岱的遊記中，是融合了各家之長處，呈現出其獨特的張氏風格：雅俗融合，其用語選詞而語言詞彙俚俗白話但不流於卑陋，亦不掩其深厚的文學基礎；佈局奇詭，更夾帶空靈的冰雪之氣，俱使讀者爲之驚豔。

第一節　用字雅俗相容

　　晚明時期，不論在生活中、文學裡、藝術上、工藝裡、娛樂上等，都呈現雅文化與通俗文化的融合情況。上至王公貴族，下至市井百姓都有共同的嗜好：看戲說書、踏青郊遊、進香祈福等。雅文化不再是貴族的專利，而通俗文化也不再被士人所鄙視。雅俗共賞融通的結果，促使社會呈現出多元文化的繁榮景象。而在文學上的創作，受到晚明社會風氣及公安派「獨抒性靈，不拘格套」的影響，特別強調自然天眞及自然趣味。而公安派的文學進步觀「古有古之時，今有今之時」，也對當時反復古、反道學產生積極作用。此外，公安派更加推崇通俗文學，如袁宏道把《水滸》與關漢卿、羅貫中和司馬遷等人並列爲「識見極高」之人。而公安派也以清新活潑的文學思潮，解放了秦漢派、唐宋派等復古文體，在死氣沉沉的復古文風裡注入一道活水，豐富

〔註1〕黃裳著，《銀魚集》（北京：生活・讀書・新知三聯書店，1985），頁2。

了表現的方式，開拓了小品文的新文學領域。張岱在這樣的時代背景接受培育薰陶，其作品一方面記錄了當時雅俗共賞的生活品味，一方面字裡行間也出現了平白不虛矯筆飾的風格，呈現雅俗相共的特色：

> 張岱懷著濃厚的興趣，運用歡快靈動的筆墨，展示明季社會豐富多彩的文化生活和民間娛樂活動，既有縉紳士夫的諸種清娛，如：戲曲、音樂、園林、書畫、古董、珍玩，也有民間里巷的各種遊樂，如：煙火、燈彩、龍舟、演武、蹴鞠諸戲。逢到節日盛會，便會出現人山人海，如火如荼狂歡的場景，闊人窮人，雅人俗人，各得其樂。〔註2〕

在雅俗交融的社會氣氛下，許多的文學創作自趨通俗化，然而過度流於通俗的結果，產生了不少流弊。不善學者，取其集中俳諧調笑之語，不似作詩，而過於淺俗，如時人之《西湖》云：「一日湖上行，一日湖上坐，一日湖上住，一日湖上臥。」〔註3〕公安雖反模擬而有獨創，但後學之作則類入於狂言之作。是觀公安派推崇通俗文學是為矯正秦漢派、唐宋派等過度復古風氣使文壇僵化的缺失，然而晚明崇公安派的後學卻因學識涵養不夠，以至作品深度太過膚淺、內容輕佻俚俗，以至後有竟陵派「幽深孤峭」的風格反動。

張岱的文學，是總集公安派之清新、竟陵派之冷峭、王思任之詼諧特點於一身。加以自小的勤奮好學及進士舉人的祖、父教導下，有著學識淵博的深厚基礎。是故在雅俗融會的社會時代裡，張岱能「既有縉紳士夫的諸種清娛」，也能體驗「民間里巷的各種遊樂」。「愛嬉遊」的個性，使他親身體不同階層社會風貌，尤其能以俚俗的言語詞彙呈現民間社會的風俗特色，卻又不流於膚淺與輕佻。胡益民對他極為肯定：

> 張岱散文之所以如此膾炙人口、耐人尋味無窮，除了文章技巧本身而外，還在於它充滿了獨特的文化學蘊涵。這種文化蘊涵主要表現為：從題材到語言表達，他將中國文化中雅、俗兩系統的價值成分恰到好處地融為一體，形成了一種既不同於躺在廟堂裡吟風弄月的僵死「古典」，也不同於未經提煉的原始型態民間創作的新文風。〔註4〕

〔註2〕 夏咸淳著，〈論張岱及其《陶庵夢憶》《西湖夢尋》〉（《天府新論》2000 第二期），頁 70。

〔註3〕 （明）不著撰人：《西湖》詩，錢鍾書著：《談藝錄》（一九）竟陵派詩論（上海：上海書店，1992）

〔註4〕 胡益民著，《張岱研究》（合肥：安徽教育出版社，2002），頁 117。

在〈揚州瘦馬〉裡，即以揚州當地的話語帶入文章中，經過張岱的敘述，篇章中呈現出淺白俚俗的特色：

> 曰：「姑娘拜客。」下拜。
>
> 曰：「姑娘往上走。」走。
>
> 曰：「姑娘轉身。」轉身向明立，面出。
>
> 曰：「姑娘借手睄睄。」盡褫其袂，手出、臂出、膚亦出。
>
> 曰：「姑娘睄相公。」轉眼偷覷，眼出。
>
> 曰：「姑娘幾歲了？」曰：幾歲，聲出。
>
> 曰：「姑娘再走走。」以手拉其裙，趾出。〔註5〕

張岱帶以戲謔的口吻，用以俚俗的言語詞彙，將牙婆的殷勤招待，老爺的仔細挑選，少女的風采身段一一敘之，把整個看瘦馬的過程寫的活靈活現。一方面呈現當地的特殊人文風貌，一方面透過張岱的從旁側寫「一人進，一人又出。看一家必五六人，咸如之。」〔註6〕讀者讀後，對揚州少女的物化遭遇，也感到心酸與不捨。

另外，「審了」一篇亦見張岱也以俚俗的言語詞彙，生動活潑的寫下罵人逗趣的模樣：

> 大父母喜蓄珍禽：舞鶴三對、白鷳一對，孔雀二對，吐綬雞一隻，白鸚鵡、鷯哥、綠鸚鵡十數架。一異鳥名「審了」，身小如鴿，黑翎如八哥，能作人語，絕不含糊。大母呼滕婢，輒應聲曰：「某丫頭，太太叫！」有客至，叫曰：「太太，客來了，看茶！」有一新娘子善睡，黎明輒呼曰：「新娘子，天明了，起來罷！太太叫，快起來！」不起，輒罵曰：「新娘子，臭淫婦，浪蹄子！」新娘子恨甚，置毒藥殺之。審了疑即秦吉了，蜀敘州出，能人言。一日夷人買去，驚死，其靈異酷似之。〔註7〕

「審了」疑似九官鳥（秦吉了），是張岱的祖父母珍愛的鳥禽，能學人語，且可應答，毫不含糊。當張岱祖母呼喊婢女時，審了會接著呼之「某丫頭，太太叫！」。當有客人拜訪之，審了也會呼之：「太太，客來了，看茶！」審十分聰明靈巧，備受寵愛。最有趣的是，有位愛睡覺的新娘子，審了每次直呼

〔註5〕　（明）張岱著、馬興榮點校：《陶庵夢憶・卷五・揚州瘦馬》，頁50。

〔註6〕　（明）張岱著、馬興榮點校：《陶庵夢憶・卷五・揚州瘦馬》，頁50。

〔註7〕　（明）張岱著、馬興榮點校：《陶庵夢憶・卷四・審了》，頁37。

「新娘子，天明了，起來罷！太太叫，快起來！」仍叫不起時，便罵說「新娘子，臭淫婦，浪蹄子！」讓新娘子對牠恨至咬牙切齒，還買了毒藥欲殺之，通篇寫來趣味橫生令人稱絕。

除了善用白描的筆法，俚俗的言語，表現出其貼近民間生活習俗的風貌外，在文章中，其常穿插前事昔典及民間俗語，往往能使文章更為生動有趣：

> 造園亭之難，難於結構，更難於命名。蓋命名俗則不佳，文又不妙。
> 名園諸景，自輞川之外，無異並美。即蕭伯玉春浮之十四景，亦未
> 見超異，而王季重先生之絕句，又只平平。故知勝地名詠，不能聚
> 於一處也。西湖湖心亭四字匾，隔句對聯，塡楣盈棟。張鍾山欲借
> 咸陽一炬了此業障。果有解人，眞不能消受此俗子一字也。寓山諸
> 勝，其所得名者，至四十九處，無一字入俗，到此地步大難。而主
> 人自具摩詰之才，弟非裴迪，乃令和之，鄙俚淺薄，近起且不能學
> 王謔庵，而安敢上比裴秀才哉？醜婦免不得見公姑，靦焉呈面，公
> 姑具眼，是妍是醜，其必有以區別之也。〔註8〕

以論園亭的命名為題，十分特別，並不多見，張岱論以個人的才性決定園亭命名的雅俗，並舉湖心亭上題字的庸俗「張鍾山欲借咸陽一炬了此業障」，再稱讚祁世裴才性之高，園亭命名竟「至四十九處，無一字入俗」。而又以輞川、裴迪譽主自謙，復以「醜婦免不得見公姑」，言己難卻，高下自判，收畫龍點睛之妙，令人印象深刻，足見張岱雅俗融會的精妙。

此外，張岱善用俚俗的言語詞彙貼近地反映出民間生活樣貌，還有〈二十四橋風月〉中，對於在暗街「站關」的風月女子，燈前月下，人無正色，用以「一白能遮百醜」的俗語，將其姿態表現的十分貼切。而「某姐有客了！」的話語更凸顯其風月生活中的真切樣貌。是以張岱找到了一個平衡點：淺白、俚俗中卻又不流於膚淺、輕佻，真正展顯出「雅中帶俗、俗中帶雅」的風貌，無怪乎胡益民說到張岱的雅俗之間時，肯定了他真正的雅：

> 在最普通的下層人物身上，他能看到他們身上所體現出的平凡生活
> 的真詩意。在別人不屑一顧的「俗人俗事」中，他所看到的是真正
> 高層次的雅。〔註9〕

〔註8〕 （明）張岱著、夏咸淳點校：《張岱詩文集·與祁世裴》，頁226。
〔註9〕 胡益民著：〈張岱的藝術範疇論〉（《殷都學刊》第二期，2000.11），頁72。

第二節　佈局新穎奇詭

張岱除了有公安派的淺白、俚俗、清新，也含有竟陵派特異、冷峭的風格。竟陵派以鍾惺、譚元春爲其代表，《明史》指出：「自宏道矯王、李詩之弊，倡以清新，惺復矯其弊，變而爲幽深孤峭。」〔註10〕鍾惺、譚元春認爲公安派詩文的淺俗，主要因不在古人詩中尋找性靈所致，因此強調學習古人的精神，來矯正公安之弊。所謂古人精神，即是在字句之中追求「幽靜單趣」，鍾惺欣賞字句怪奇，所以特別讚賞「孤行靜寄」、「造語深秀，思路崎嶇」的作品，他刻意雕琢字句，求新求奇，語言佶屈，形成艱澀隱晦的風格。然其過份矯正，流弊所及：變成了專門用怪字，押險韻，故意字句顛倒，思路崎嶇的風格，如鍾惺的「舟棲平易處，水宿偶依岑，山暝江逾遠，天寒谷自深。」〔註11〕這種造語崎深，辭義難解的文句，最後便流於在古人文字中討生活的文字遊戲罷了。

張岱肯定竟陵派的部分主張，吸收其求新求奇、特異、冷峭的長處，而捨棄雕琢字句，語言佶屈及艱澀隱晦的短處。在求新求奇的表現上，郭秉榮說：「張岱此種追新求奇的創作態度，反應在散文作品中，最明顯的就表現在『立意』方面。」〔註12〕「立意」是指確立作品的思想、主題。立意之高下淺深，是作者人生態度的體現，反映在文學創作上是其內容的深度與廣度。馮永敏亦說：「散文之佳者，其立意一般具有新、深、遠、貫的特色」〔註13〕即是「意新」、「意深」、「意遠」及「意貫」。綜觀張岱遊記，可以發現其作品上的求新求奇表現：創作題材之意新，如〈西湖七月半〉寫中元節卻不寫慶典只寫人。〈與祁世裴〉中講園亭之難，最難於命名，其創作上的立意新穎；如〈二十四橋風月〉、〈王月生〉、〈小青佛舍〉等篇章，反映出民間社會生活的種種無奈。

〔註10〕（清）張廷玉等編纂：《明史》，收錄於《文淵閣四庫全書》（臺北：臺灣商務印書館據國立故宮博物院藏本影印，1983），史部・正史類・明史・卷二百八十八，頁 17。

〔註11〕（明）鍾惺詩：，收錄於《文淵閣四庫全書》（臺北：臺灣商務印書館據國立故宮博物院藏本影印，1983），集部・總集類・御選宋金元明四朝詩・御選明詩・卷九十四，頁 21。

〔註12〕郭秉融著：《張岱及其散文研究》（臺北市立師範學院應用語言文學研究所碩士論文，2003），頁 95。

〔註13〕馮永敏著：《散文鑑賞藝術探微・散文立意的特色》第四章 第二節（臺北：文史哲出版社，1998）頁 148。

　　張岱對於竟陵派的「思路崎嶇」主張也表讚同，只是鍾惺將其「崎嶇」用於雕琢字句，語言佶屈及艱澀隱晦中；而張岱則運用於文章佈局上，以佈局新穎奇詭的方式，使讀者爲之驚豔。如〈西湖七月半〉開頭即口出驚語：

> 西湖七月半，一無可看，止可看看七月半之人。看七月半之人，以
> 五類看之：其一，樓船簫鼓，峨冠盛筵，燈火優傒，聲光相亂，名
> 爲看月而實不見月者，看之；其一，亦船亦樓，名娃閨秀，攜及童
> 孌，笑啼雜之，環坐露臺，左右盼望，身在月下而實不看月者，看
> 之；其一，亦船亦聲歌，名妓閒僧，淺斟低唱，弱管輕絲，竹肉相
> 發，亦在月下，亦看月而欲人看其看月者，看之；其一，不舟不車，
> 不衫不幘，酒醉飯飽，呼羣三五，躋入人叢，昭慶、斷橋，嘄呼嘈
> 雜，裝假醉，唱無腔曲，月亦看，看月者亦看，不看月者亦看，而
> 實無一看者，看之；其一，小船輕幌，淨几煖爐，茶鐺旋煮，素瓷
> 靜遞，好友佳人，邀月同坐，或匿影樹下，或逃囂裏湖，看月而人
> 不見其看月之態，亦不作意看月者，看之。……〔註14〕

張岱寫西湖七月半時的熱鬧景象，卻一開頭就故作驚人之語，說「一無可看」，使讀者爲之訝異，而又循著他的目光往下看之，精妙的佈局，卻是令人目不暇拾，心神搖撼。全篇短短數百字中，張岱即用了二十多個「看」字。同一個字眼一再重複，是作文章的大忌，但在張岱精鍊的筆法中，「看」字的一再出現，竟有出奇制勝的效果，使讀者看到了各色人等的不同眼光和面貌，而隨著眼光所及，讀者也飽覽了西湖七月半的全景。而獨特的造詞造句、痛快淋漓的刻劃，在張岱這位高明的導遊帶領下，站在高處縱覽全景，又在紛亂中整理出秩序來，原來有五類的人可供觀賞，張岱用平板重複的句式，文意層遞，看之一目瞭然。一篇僅僅短小的篇幅遊記，竟有這麼令人驚豔的成果，如此履險如夷的技巧，果然是帶有竟陵派的風格。

　　張岱篇章的佈局煞費用心，有時是通篇以白描的手法呈現，有時是通過許多的事物來詮釋，有時則用以一人一事來集中展現人物的個性。多元的佈局模式，讀者讀之來亦覺新鮮有趣。如寫朱雲崍時，則只通過寫女戲，而展現了其人的個性：

> 朱雲崍教女戲，非教戲也。未教戲，先教琴，先教琵琶，先教提琴、
> 弦子、簫管，鼓吹、歌舞，借戲爲之，其實不專爲戲也。郭汾陽、

〔註14〕　（明）張岱著、馬興榮點校：《陶庵夢憶・卷七・西湖七月半》，頁63。

楊越公、王司徒女樂，當日未必有此。絲竹錯雜，檀板清謳，入妙
腠理，唱完以曲白終之，反覺多事矣。西施歌舞，對舞者五人，長
袖緩帶，繞身若環，曾撓摩地，扶旋猗那，弱如秋藥。女官內侍，
執扇葆璇蓋、金蓮寶炬、紈扇、宮燈二十餘人，光焰熒煌，錦繡紛
疊，見者錯愕。雲老好勝，遇得意處，輒盱目視客；得一讚語，輒
走戲房，與諸姬道之，傖出傖入，頗極勞頓。且聞雲老多疑忌，諸
姬曲房密戶，重重封鎖，夜猶躬自巡歷，諸姬心憎之。有當御者，
輒遁去，互相藏閃，只在曲房，無可覓處，必叱咤而罷。殷殷防護，
日夜為勞，是無知老賤自討苦吃者也，堪為老年好色之戒。〔註15〕

文章開頭道：「朱雲崍教女戲，非教戲也」令讀者為之疑惑，與「西湖七月
半，一無可看」有異曲同工之妙。後才說「未教戲，先教琴，先教琵琶，先
教提琴、弦子、蕭管、鼓吹、歌舞，借戲為之，其實不專為戲也。」其道出
了朱雲崍教戲的與眾不同之處。再說「郭汾陽、楊越公、王司徒女樂，當日
未必有此」展現出朱雲崍交戲的才華並給予高度的讚揚。然而朱雲崍並非是
位不食人間煙火的雅士，張岱筆鋒一轉，寫「雲老好勝」時，其戲精妙別致
「見者錯愕」，然而「得一贊語，輒走戲房，于諸姬道之」可見其好勝得意且
十足開心，後張岱說朱雲崍「傖出傖入，頗極勞頓」的模樣時，生動的形象，
令人印象深刻。後筆鋒再轉，卻是寫到朱雲崍「好色」的形象，「且聞雲老多
疑忌，諸姬曲房密戶，重重封鎖，夜猶躬自巡歷，諸姬心憎之」，而末了「殷
殷防護，日夜為勞，是無知老賤，自討苦吃者也，堪為老年好色之戒」。張岱
寫朱雲崍，用女戲的事件道出其才華的洋溢，其性格中的天真可愛和好色之
處，一篇百字的文章，讀者對朱雲崍的觀感居然可以三變，可見張岱佈局之
匠心。

　　同樣寫演戲，寫〈彭天錫串戲〉的方法、格調卻與〈朱雲崍女戲〉截然
不同，前者是一波三折，後者是一浪高過一浪。這篇文章張岱先以開門見山，
劈頭即道「彭天錫串戲妙天下」〔註16〕，把彭天錫定在了很高的位置，然後
道「曾以一出戲，延其人至家費數十金者。家業十萬，緣手而盡。」〔註17〕
盡然有人為看彭天錫串戲而破產，又將彭天錫推倒了更高的位置，此時張岱

〔註15〕　（明）張岱著、馬興榮點校：《陶庵夢憶・卷二・朱雲崍女戲》，頁13。
〔註16〕　（明）張岱著、馬興榮點校：《陶庵夢憶・卷六・彭天錫串戲》，頁52。
〔註17〕　（明）張岱著、馬興榮點校：《陶庵夢憶・卷六・彭天錫串戲》，頁52。

才開始細細說明彭天錫串戲妙在何處「天賜多扮丑、淨，千古之奸雄佞幸，經天賜之心肝越狠，借天賜之面目越刁，出天賜之口角越而越險」〔註18〕，「實實腹中有劍，笑裡有刀，鬼氣殺機，陰森可畏。」〔註19〕除了說唱技巧高明，彭天錫還有更深的學識涵養。張岱稱其「蓋天賜一肚皮書史，一肚皮山川，一肚皮機械，一肚皮礧砢不平之氣，無地發泄，特于是發泄之耳。」〔註20〕將其學養高推向了極致。先是技巧之高，後是學識之越高，在張岱的妙筆生花中，彭天錫從一個串戲的藝人成了一個有大抱負，大胸襟，然而落拓不遇的奇人，其下比如神，讀之令人讚嘆不已。

再寫金乳生愛花草，前半部竟有三分之一的篇幅在介紹各式花草，後才筆鋒一轉寫到金乳生雖體弱多病，但仍不辭辛勞的照顧花卉。張岱吸取了竟陵派求新求奇、特異、冷峭的長處，再融入了公安派的新清及自我淵博的學術涵養，轉化爲自己的特色，立意的新穎，起首驚起，佈局曲折精彩，使他的作品往往獨樹一格。

第三節　文風冰雪之氣

早在曹魏時代，曹丕於《典論・論文》中指出文章之文氣特色：

> 文以氣爲主，氣之清濁有體，不可力強而致。譬諸音樂，曲度雖均，
> 節奏同檢，至於引氣不齊，巧拙有素，雖在父兄，不能以移子弟。
>
> 〔註21〕

因每個人的氣質才性高低不同，表現在文學創作上的氣息也有所不同，「氣之清濁有體，不可力強而致」故「雖在父兄，不能以移子弟」，因此每篇作品都有作者個人的特殊文氣。張岱才氣縱橫，體氣高妙，字裡行間往往流露出清新、自然的特質。後人歸納其作品風格特色，結合張岱本身在文章書寫中隱約提及的文學主張，將其文風特色稱之爲「冰雪之氣」。在〈一卷冰雪文後序〉中張岱親自云：

> 至於余所選文，獨取冰雪。……蓋文之冰雪，在骨在神，故古人以

〔註18〕（明）張岱著、馬興榮點校：《陶庵夢憶・卷六・彭天錫串戲》，頁52。
〔註19〕（明）張岱著、馬興榮點校：《陶庵夢憶・卷六・彭天錫串戲》，頁52。
〔註20〕（明）張岱著、馬興榮點校：《陶庵夢憶・卷六・彭天錫串戲》，頁52。
〔註21〕（魏）曹丕著：〈典論・論文〉（臺北：藝文出版社，1967《文選》影印清胡克家重刊宋淳熙本），卷52，頁6。

玉喻骨，以秋水喻神，已說其旨；若夫詩，則筋骨脈絡，四肢百骸，
非以冰雪之氣沐浴其中，灌溉其中，則詩必不佳。〔註22〕

細讀張岱作品，體會其篇章中的「冰雪之氣」，在於強調文章中的天然、任情、
活潑與自由之氣質。「冰雪之氣」是張岱用以標識作品藝術品格的精神實體，
也就是現代意義上的藝術精神。仔細考察可以發現，「冰雪之氣」具有既情感
底蘊又有層次嚴密的內涵，是張岱的主體精神在藝術上的投影。張岱自覺地
把這種藝術精神灌注到他的創作中去，他的散文呈現出獨特的藝術風貌。其
亡佚的作品《一卷冰雪文》，即是輯錄以「冰雪」特質爲標準的文選。雖然現
在無緣以見其文選中的篇章，但從其序文中仍可知張岱主張「文之冰雪，在
骨在神」的文學主張，冰雪之文氣，文字中帶有風骨高潔不屈、神韻沖和淡
遠的特色，這種文風遙呼公安派的「獨抒性靈」的精神。進而表現在個人的
氣質才性上，行爲舉止中，即是「一往深情」的眞實情感體現。故張則桐歸
納張岱作品後指出：

張岱散文藝術精神的「冰雪之氣」，具有哲學、人格、藝術三個層面
的内涵，其核心内容是一段純任自然自由活潑的生機。它是張岱在
晚明哲學思潮、傳統史官文化及明清之際藝術風氣影響之下，結合
自己的人生歷程所體認出的精神實體。在「冰雪之氣」的灌注之下，
張岱散文形成了「一往深情」的情感底蘊，鮮活靈動的藝術情韻，
善於運用精煉的白描和生澀簡練的語言，從而表現出典型的「美文」
特質。〔註23〕

張則桐從哲學、人格、藝術三個層面的內涵來分析張岱之「冰雪之氣」。在哲
學上，冰雪之氣是由現實寒冷、晶瑩的冰雪現象特徵，引伸至冰清玉潔的抽
象精神層面。人格上則見展現出冰魂雪魄、一片冰心的人格典範。藝術上，
冰雪之氣更是一種共通的靈動，表現在張岱的文采上，不論是明月、山水、
清茶、佳人、好戲、書畫都是相通的氣息。大抵縱觀其遊記的全貌，所展現
出的是「一往深情」「情韻盎然」、「空靈淡雅」、「寂靜幽深」和「天然任眞」
的特質，即是「冰雪之氣」的內涵。

這樣冰雪之氣的文風特質是以「一往深情」爲情感底蘊。要求主體完全
脫去俗累，自由舒展心靈。張岱以如此心胸體驗人生的歡樂和悲哀，在社會

〔註22〕（明）張岱著、夏咸淳點校：《張岱詩文集・一卷冰雪文後序》，頁136。
〔註23〕張則桐著，〈「冰雪之氣」：張岱散文藝術精神論〉，《浙江大學學報（社會科學
版）》，1999年，第3期，頁52。

風情和自然山水之間進行藝術的書寫和以特殊的審美的觀照待物。而其作品裡亦有不少人物風采，雖然社會地位不高，卻心性高潔，性情奇特，天然任眞。如其筆下女戲朱楚生，其色不甚美，然雖絕世佳人無其風韻，「其孤意在眉，其深情在睫，其解意在煙視媚行」〔註24〕，再則其性格是「一往情深，搖颺無主」〔註25〕的眞情蘊藉，最後竟「勞心忡忡，終以情死」〔註26〕。在張岱看來，這些市井藝人不曉文墨而言語富有詩意，不解丹青而舉止卻有畫意，不出喧囂市里而心中有片深幽的林意，都是可交之人、可敬之人。在其遊記裡，張岱多描寫世情風俗的繁華熱鬧的場景和人們的娛樂活動，如〈西湖香市〉裡的車水馬龍，其體貼入微的觀察，不事雕琢的平淡中散發著濃鬱的生活氣息和盎然的情韻。

張岱的記遊裡，雖不乏繁華熱鬧場景的描寫，如揚州清明、魯藩煙火、西湖香市、紹興燈景……等等，但在其內心世界裡，卻是至純至靜的「寂靜幽深」。在〈西湖七月半〉裡，唯有在人潮退後，四周寂靜，縱舟湖上，「酣睡於十里荷花之中」的閒士雅客，才是眞正「天然任眞」看月的人。而冰雪的「空靈淡雅」所呈現的人格氣質是冰魂雪魄、一片冰心，並帶有一絲孤獨的色彩。〈湖心亭看雪〉裡，天地一片白雪皚皚，唯「長堤一痕，湖心亭一點，與余舟一芥，舟中人兩三粒」而已。這種孤獨，與滿座高朋無一知己的失落不同，也與獨處逆境無人援手的悲哀的孤獨不同。在大雪一片中，張岱的心神充盈著平靜與淡泊，靜靜地觀賞、品味著天地之間生命的景色。〈蘭雪茶〉裡描寫其茶「色如竹籜方解，綠粉初匀；又如山窗初曙，透紙黎光。取清妃白傾向素瓷，眞如百莖素蘭同雪濤並瀉也。雪芽得其色矣，未得其氣，余戲呼之『蘭雪』。」〔註27〕〈龍山雪〉中其冰雪盛貌寒氣逼人。「萬山載雪，明月薄之，月不能光，雪皆呆白。坐久清冽，蒼頭送酒至，余勉強舉大觥敵寒，酒氣冉冉，積雪欲之，竟不得醉」〔註28〕。而在《金山夜戲》中，寫江月「月光倒囊入水，江濤吞吐，露氣吸之，噀天爲白。」〔註29〕簡短的文字表達出一種蒼茫遼闊的氣象。而下文寫林間月色「林下漏月光，疏疏如殘雪。」則

〔註24〕（明）張岱著、馬興榮點校：《陶庵夢憶・卷五・朱處生》，頁50。

〔註25〕（明）張岱著、馬興榮點校：《陶庵夢憶・卷五・朱處生》，頁50。

〔註26〕（明）張岱著、馬興榮點校：《陶庵夢憶・卷五・朱處生》，頁50。

〔註27〕（明）張岱著、馬興榮點校：《陶庵夢憶・卷三・蘭雪茶》，頁21。

〔註28〕（明）張岱著、馬興榮點校：《陶庵夢憶・卷七・龍山雪》，頁65。

〔註29〕（明）張岱著、馬興榮點校：《陶庵夢憶・卷一・金山夜戲》，頁4。

又呈現出疏朗淡雅的意境。〔註30〕

　　張岱運用俚俗的言語詞彙及大量的白描手法，生動表現出民間生活的樣貌。細品其作品，可以感受其字裡而間流露出天然、任情、活潑與自由之氣質：如與張岱共賞西湖風采的一往深情，體會市集人情的情韻盎然，品味〈明聖二湖〉「雪巘古梅，何遜煙堤高柳；夜月空明，何遜朝花綽約；雨色涳濛，何遜晴光灔瀲」〔註31〕月色古香、晴光灔瀲的空靈淡雅，大雪過後湖心亭的寂靜幽深及「酣睡於十里荷花之中」〔註32〕天然任眞，俱見其獨特的藝術風采及冰雪之氣。

〔註30〕　（明）張岱著、馬興榮點校：《陶庵夢憶‧卷一‧金山夜戲》，頁 4。
〔註31〕　（明）張岱著、馬興榮點校：《西湖夢尋‧卷一‧明聖二湖》，頁 99。
〔註32〕　（明）張岱著、馬興榮點校：《陶庵夢憶‧卷七‧西湖七月半》，頁 63。

第七章　結　論

　　在張岱的遊記中，「人」一直是其所要刻意凸顯的重心。《陶庵夢憶》一百二十四則中，光以人為題名即有十六則；《西湖夢尋》裡在記錄遊賞西湖風光、典故中，往往也穿插許多人物故事在其中。張岱的生活「既有縉紳士夫的諸種清娛」〔註1〕也有「民間里巷的各種遊樂」〔註2〕，其刻畫的人物自然多元且多采多姿，上至王公貴族名流的奢華享受、精緻品味，下至百工技藝、平民百姓的生活娛樂、風俗祭典，都含括其中。從南明皇帝魯王朱以海的到訪、與陳繼儒戲謔、看說書先生柳敬亭的精彩活現、與風月女子王月生的談笑風生……等等，工匠師、園藝家、美食者，每一個人物在張岱筆下，都具有各自獨特的人文風貌。張岱致力呈現出每一個人物的特點，強調並肯定人的特殊價值性。此外，遊記中亦可見當代的各種社會風俗、慶典活動、人物紀實，是故其遊記反映社會的關懷是全面性的。張岱透過遊記的書寫，描繪出上下階層的各種生活風貌，並藉由情感的真實抒發，文字中流露出與民同樂以及民胞物與的精神，此正是以人為本位，開展出一個「人文化成」的大千世界。

　　從張岱任性而動的率真，寫作之間更可發現其不自覺中流露了對於周遭的人、事、物的悲天憫人的情懷。舉如晚明社會淫靡的風花雪月生活特盛，風月女子穿梭人群，人前花枝招展，爭奇鬥豔，張岱卻看見人後風月女子的無限辛酸。〈二十四橋風月〉中，即寫出對於風月女子的無奈與無限憐憫，張

〔註 1〕　夏咸淳著：〈論張岱及其《陶庵夢憶》《西湖夢尋》〉（《天府新論》2000 第二期），
　　　　　頁 70。
〔註 2〕　夏咸淳著：〈論張岱及其《陶庵夢憶》《西湖夢尋》〉（《天府新論》2000 第二期），
　　　　　頁 70。

岱仔細刻畫了風月女子的身後故事，看似華麗的紅顏，爲了生活過日，她們必須強顏歡笑，然而得不到客人的喜愛時，秋扇見捐之日是惟「然笑言啞啞聲中，漸帶悽楚。」〔註3〕然而「夜分不得不去，悄然暗摸如鬼。見老鴇，受餓、受笞，俱不可知矣。」〔註4〕更是令人心酸的遭遇。又如〈揚州瘦馬〉中，詳細刻畫買賣瘦馬的情形，她們很小的時候就被人買來豢養著，教些琴棋書畫、女紅計算，屆時出售給他人作妓妾，其中張岱對揚州女子被販賣的行爲，文章讀之使讀者寄予無限的同情。揚州乃中國歷史文化名城，不僅風光綺麗，自古有揚州出美女的佳話，透過〈揚州瘦馬〉，張岱更對美女玩物的心態，給與深深的嘲諷。是以張岱的遊記中，不論是對己、對人、對事、對物，張岱都眞情相待，展現的是他出對世俗的熱愛、生命的珍惜、人們的憐憫，都是「一往深情」。

綜觀張岱一生可以說是位帶有傳奇色彩人物，透過其家學淵源及幼年的好學用功，瞭解到張岱學問的堅實。而個人獨特的性格特質：「眞性情」──其行爲舉止絲毫不做作與虛僞；「愛交友」──不分階級，無不眞心交往；「好嬉遊」，筆下所錄，足跡所至不論城市的繁華、鄉里幽靜、山川的壯美、古刹的莊嚴，都一一入文，更成就了其遊記中與眾不同的風采。陳萬益認爲張岱遊記的特色是「眞性情，親生命」的：

> 他的山水，是都市的、溫馨的、爲人賞玩的大地，而非淒清、孤冷的，甚而使人畏懼的自然。如是題材，由作者已臻化境的文字，再染上作者對生命眞摯的感情，不拘形式，自由地表達，乃成爲晚明特有的新散文，而爲後人所珍賞了。〔註5〕

張岱的確開拓了遊記的題材，不只侷限於山川之間；凡都市裡的風俗民情、慶典上的各式活動、人潮中的百態人生，日常中的所見所聞：唱戲、說書、美食、品茗……無所不寫，遊記至此眞可謂「境界始大」。而胡益民對出張岱遊記用情極深更有讚譽：

> 筆下的山川自然，無不是由物起情，由情及理，由具體的一山一水，一草一木，憑藉他那特殊敏銳的物性而溶鑄成哲理情思。在這裡，情與理，主體（作者）與客體（描寫對象）總是互爲含蘊而相得益

〔註3〕 （明）張岱著、馬興榮點校：《陶庵夢憶・卷四・二十四橋風月》，頁35。
〔註4〕 （明）張岱著、馬興榮點校：《陶庵夢憶・卷四・二十四橋風月》，頁35。
〔註5〕 陳萬益著：〈張岱散文論〉，《晚明小品與明季文人生活》（臺北：大安出版社，1992），頁164。

　　彰，從而將審美主體的情感意緒昇華到通常的山水遊記所難企及的
　　全新境界。〔註6〕

張岱任性而動，動以眞情，遊記中盡是情景交融。不但記錄了多姿多彩的人
文活動，亦描述了動容的人文景觀。不論是對人的深入刻畫、對事的精彩描
述、對於景的生動描寫，都呈現出深厚的人文內涵。綜觀其遊記，帶有濃郁
的市井氣息，寫西湖，不但寫其景，亦寫遊人、寫風氣，眞實生動的反映了
當地的風俗民情。此外張岱更「與民同樂」，熱情讚美通俗文化的價值，並身
以力行，體現通俗文化的美好生活。遊記中大量吸收民間俗諺俚語、笑話傳
說、戲曲唱詞，展露出張岱獨樹一格的「都會詩人」內涵。其更以獨特的「冰
雪之氣」文風，將自我生命融會貫通雅俗之間，其筆下的人文關懷：從對於
公平正義的追求、歷史文物的緬懷、情愛幸福的期盼、到眞摯情感的流露等。
鼎革之際的遺民情懷，更促使張岱在文學創作上情感昇華，寫下不朽的遊記
作品。

　　陳平原對張岱大爲讚揚：「明文第一，非張岱莫屬。而且，如果在中國散文
史上評選『十佳』，我估計他也能入選。」〔註7〕在晚明講求獨抒性靈的年代，
張岱承繼時代的思潮，用以「眞性情」的情感投入，以生命完成寫作，超越時
代的束縛，寫下不朽的遊記──《西湖夢尋》、《陶庵夢憶》。透過遊記文字，反
映社會、體現人生，張岱用以文字紀錄著這個交替動盪的時代，企圖在追尋理
想與現實中做一調適。他入俗而雅俗，遊記中四處體現著生活情趣，愛好著藝
術，不僅僅是生活物質的滿足，更是藝術人文美學的追求。透過張岱遊記中的
人文情懷的眞情流露，則能使讀者精神相通，豐富讀者的生活，靈動讀者的人
生。張岱正如此重視著個人的價值，以眞情任性的態度，用以豁達的性靈，在
遊記中記錄生活裡的痛苦與歡樂的點點滴滴，他爲晚明散文注入了「優美」與
「冰雪」的質素，以自由清新的空氣豐富了晚明小品的表現。對而綜觀張岱的
遊記小品，其透過敏銳的觀察與豐沛的情感，以溫柔敦厚的筆法，對遊記中人、
事、景進行述說之餘更提出了思考與省察。以人爲本，進而發現「人文化成」
裡的內涵，遊記中彰顯出張岱對時代國家的緬懷及對社會生活的關懷，透過遊
記的書寫，將人文精神中最重要的核心價值彰顯而出。張岱不只是晚明小品集
大成者而已，譽爲「明文第一」，實非謬讚。

〔註6〕胡益民著：《張岱評傳》（南京：南京大學出版社，2002），頁320。
〔註7〕陳平原著：〈「都市詩人」張岱的爲人與爲文〉文史哲（2003年第5期），頁
　　　　77。

附　錄

一、張岱年表及時代大事 〔註 1〕

　　以下《瑯嬛文集》簡稱為《文集》，《陶庵夢憶》簡稱為《夢憶》，《西湖夢尋》簡稱為《夢尋》，《瑯嬛詩集》簡稱為《詩集》

廟號／年號 中國紀年 西元紀年	張岱 年歲	張岱紀要	時代大事
明神宗 萬曆 25 年 丁酉 西元 1597 年	1 歲	八月二十五日卯時出生於山陰（今浙江紹興市），父張耀芳，母陶宜人。幼年患有痰疾，養病於外祖母馬夫人處。（此二條均見自《文集‧自為墓誌銘》）	日本侵朝鮮。
萬曆 26 年 戊戌 西元 1598 年	2 歲		明軍再次赴援朝鮮，豐臣秀吉死，日軍撤走。
萬曆 29 年 辛丑 西元 1601 年	5 歲		努爾哈赤建立滿州八旗 西方傳教士利瑪竇至北京。
萬曆 30 年 壬寅 西元 1602 年	6 歲	1. 祖父帶他到武林，遇陳繼儒，作「眉公跨鹿，錢塘縣裡打秋風」之對，使陳繼儒大為讚賞。（見《文集‧自為墓誌銘》）	

〔註 1〕〈張岱年表及時代大事〉參考陳忠和先生：《從劉勰「六觀」論張岱小品文》一書之「附錄一」為基礎而整理編排。先排「張岱紀要」內容精要記載張岱生平之重要事件，後排「時代大事」對照，以求通盤瞭解張岱之時代背景。

		2. 舅氏陶虎溪以壁上畫出對「畫裡先桃摘不下」，張岱以「筆中花朵夢將來」對之，被陶虎溪譽為「是子為今之江庵」。（見《快園道古·夙慧部》）	
		3. 在祖舅朱敬循家，以「榴花似火不生煙」巧對客人所出之上聯。「荷葉如盤難貯水」，搏得滿堂喝采。（見《快園道古·夙慧部》）	
		4. 隨父讀書懸杪亭。（見《夢憶·懸杪亭》）	
萬曆 31 年 癸卯 西元 1603 年	7 歲	以抱他的廷尉的鬍鬚為題，作成對句，為廷尉所讚賞。（出自《琯朗乞巧錄》轉引自夏咸淳《明末奇才——張岱論》）	
萬曆 38 年 庚戌 西元 1610 年	14 歲		1. 西方傳教十利瑪竇卒於北京。 2. 文學家袁宏道去世。
萬曆 39 年 辛亥 西元 1611 年	15 歲	祖母朱恭人逝世。（見《文集·家傳》）	東林黨爭起。
萬曆 40 年 壬子 西元 1612 年	16 歲	1. 經過長期服用牛黃丸，岱自幼所患之痰疾終於痊癒。（見《文集·自為墓誌銘》） 2. 祈夢南鎮神前，初嶄少年抱負。（見《夢憶·南鎮祈夢》）	
萬曆 41 年 癸丑 西元 1613 年	17 歲	與陸癯菴、周戩伯結為好友。（見《詩集·壽陸癯菴八十》）	著名學者顧炎武生。
萬曆 44 年 丙辰 西元 1616 年	20 歲	隨王侶鵝學琴。（見《夢憶·紹興琴派》）	1. 努爾哈赤稱帝，國號金（史稱後金），建元天命。 2. 明代大科學家徐光啓去世
萬曆 46 年 戊午 西元 1618 年	22 歲	1. 隨王本吾學琴。（見《夢憶·紹興琴派》） 2. 開始撰寫《古今義烈傳》。（見張岱著《古今義烈傳·自序》）	努爾哈赤藉口報父祖被害等「七大恨」之仇，大舉侵明。
萬曆 47 年 己未 西元 1619 年	23 歲		明與後金激戰於薩爾滸。楊鎬討努爾哈赤，大敗。
萬曆 48 年 明光宗 泰昌帝 泰昌元年	24 歲	母親陶宜人辭世。（見《文集·家傳》）	

庚申 西元 1620 年			
明熹宗 天啓元年 辛酉 西元 1621 年	25 歲	1. 祖父因病歸返故里。 2. 父親科考失利。（此二條均見《文集・家傳》）	1. 荷蘭軍佔領臺灣。 2. 後金陷遼陽。
天啓 2 年 壬戌 西元 1622 年	26 歲	1. 六月遊覽蘇州藝門外之荷花宕，參加荷花節盛會。（見《夢憶・葑門荷宕》） 2. 設鬥雞社於龍山下。（見《夢憶・鬥雞社》）	白蓮教首領徐鴻儒在山東起義，稱中興福烈帝，不久敗死。
天啓 3 年 癸亥 西元 1623 年	27 歲	1. 上元日與兄弟、王岑、楊四、徐孟雅、張大來、馬小卿等人至嚴助廟蹴踘、串戲。（見《夢憶・嚴助廟》） 2. 輯成《徐文長逸稿》，請祖父汝霖作序。（見《文集・柱銘抄自序》）	太監魏忠賢總督東廠。
天啓 4 年 甲子 西元 1624 年	28 歲	1. 與朋友讀書於峋嶁山房。（見《夢憶・峋嶁山房》、《夢尋・峋嶁山房》） 2. 碎元代惡僧楊璉眞伽所鑄之羅漢像及侍女像，並置於溺溲處。（見《夢憶・峋嶁山房》）	
天啓 5 年 乙丑 西元 1625 年	29 歲	1. 拜訪周孔嘉儌居之所，發現眞正蛾眉山，破除世俗之訛傳。（見《文集・蛾眉山》） 2. 祖父汝霖病逝。（見《文集・家傳》）	1. 後金遷都瀋陽，是爲盛京。 2. 魏忠賢興大獄。 3. 詔毀東林書院。 4. 熹宗賜魏忠賢「顧命元臣」印。
天啓 6 年 丙寅 西元 1626 年	30 歲	1. 尋訪西湖小蓬萊，於黃汝亨昔日讀書處，見亭榭傾倒，咘噓不已。（見《夢憶・奔雲石》、見《夢憶・小蓬萊》） 2. 十二月登龍山賞雪，並與家中戲伶唱曲吹簫以助興。（見《夢憶・龍山雪》）	袁崇煥守寧遠，打敗金軍，努爾哈赤受傷而死，皇太極繼位。
天啓 7 年 丁卯 西元 1627 年	31 歲	四月讀書於天瓦庵，與二三好友登爐峰頂遊賞，落照與月色。（見《夢憶・爐峰月》）	皇太極遣使與明寧遠總兵袁崇煥議和。崇禎籍沒宦官魏忠賢及熹宗乳母客氏。魏忠賢自殺，客氏笞斃于浣衣局。
明思宗 崇禎元年 戊辰 西元 1628 年	32 歲	1. 泚筆寫《石匱書》。（見《文集・石匱書自序》） 2. 《古今烈義傳》完成。（見《古今義烈傳・自序》）	陝西大饑，民變四起，高迎祥稱「闖王」。皇太極攻打林丹汗，開始綏服漠南蒙古。

崇禎 2 年 己巳 西元 1629 年	33 歲	1. 至秦淮觀賞燈船競渡。（見《夢憶・金山競渡》） 2. 八月十六日夜唱戲於金山寺，驚動山僧。（見《夢憶・金山夜戲》） 3. 至曲埠孔廟參觀。（見（夢憶・孔廟檜））	
崇禎 4 年 辛未 西元 1631 年	35 歲	1. 三月到袞州，遇閱兵。（見《夢憶・袞州閱武》） 2. 至無錫觀看龍船競渡。（見《夢憶・金山競渡》）	
崇禎 5 年 壬申 西元 1632 年	36 歲	1. 張家戲伶夏汝開去逝一年，岱感其情操與技藝，在寒食節為之作〈祭義伶文〉。（見《文集・祭義伶文》） 2. 品酌陽和嶺玉帶泉，覺「玉帶」二字不雅少為之改名「陽和泉」。（見《夢憶・陽和泉》） 3. 十二月駕舟湖心亭賞雪，意外邂逅兩位遊客，一見如故。（見《夢憶・湖心亭看賞》） 4. 十二月岱父耀芳無疾而終。（見《文集・家傳》）	
崇禎 6 年 癸酉 西元 1633 年	37 歲	為一茶館命名「露兄」。（見《夢憶・露兄》）	
崇禎 7 年 甲戌 西元 1634 年	38 歲	1. 中秋與好友聚會蕺山亭，飲酒放歌，開懷賞月。（見《夢憶・閏中秋》） 2. 十月與名伶朱楚生住不繫園，於定香橋逢曾鯨、趙純卿、彭天錫、陳洪綬、楊與民、陸九、羅三及戲伶陳素芝等共飲交歡。（見《夢憶・不繫園》 3. 十二月見府城河道淤塞，作〈疏通市河呈子〉向天臺呈情。（見《文集・疏通市河呈子》）	
崇禎 8 年 乙亥 西元 1635 年	39 歲		皇太極平定內蒙古得元朝的傳國玉璽。
崇禎 9 年 丙子 西元 1636 年	40 歲		1. 後金改國號為清。 2. 高迎祥死，李自成繼稱「闖王」。 3. 皇太極第二次用兵朝鮮。

崇禎 10 年 丁丑 西元 1637 年	41 歲	與周墨農、倪元璐、祁彪佳，王士美、張弘等詩友聚會，並為木雕珍品命名，賦詩詠之。(見《夢憶・木猶龍》)	
崇禎 11 年 戊寅 西元 1638 年	42 歲	1. 二月遊普陀山。(見《文集・海志》)」 2. 《普陀志》完成。(見《文集・海志》、《夢憶・栖霞》) 3. 四月外祖母逝世，作〈祭外母劉太君文〉紀念之。(見《文集・祭外母劉太君文》) 4. 與秦一生同遊天童寺及阿育王寺，瞻禮舍利子，岱見異象，獨秦一生毫無所見，岱以為不祥，而一生竟於八月二十日猝死，遂為之作〈祭秦一生文〉。(見《夢憶・天童寺僧》、《夢憶・阿育王寺舍利》、《文集・祭秦一生文》) 5. 九月往訪閔汶水，結為好友。(見《夢憶・閔老子茶》) 6. 與呂吉士同遊燕子磯。(見《夢憶・燕子磯》) 8. 冬日與隆平侯、張勳衛、趙忻城、楊愛生、顧不盈、呂吉士、姚允在等同上牛首山打獵，並有王月生、顧眉、董白、李十、楊能等名妓隨侍。(見《夢憶・牛首山打獵》	
崇禎 12 年 己卯 西元 1639 年	43 歲	1. 八月二十三日與陳洪綬遊湖，遇一美女，邀之對飲，盡興而散。(見《夢憶・陳章侯》) 2. 奉紹興知府令，疏浚龍噴池。(見《夢憶・龍噴池》	
崇禎 13 年 庚辰 西元 1640 年	44 歲	1. 正月與越中父老約定於元宵節重張五夜燈。(見《夢憶・閏元宵》) 2. 三月受人誣巇，作琴操十首遣懷。.(見《文集・琴操後記》) 3. 八月至白洋弔少師朱燮元，並與陳洪綬、祁彪佳同赴海塘觀潮。(見《夢憶・白洋潮》	
崇禎 14 年 辛巳 西元 1641 年	45 歲	夏日在西湖見城中不斷有人餓死，到處都是屍體之淒慘景像。(見《夢憶・西湖香市》)	1. 李自成陷河南。 2. 張獻忠陷襄陽。
崇禎 15 年 壬午 西元 1642 年	46 歲	1. 至瓜州、金山看龍船競渡。(見《夢憶・金山競渡》) 2. 七月登鍾山參觀皇室中元祭。(見《夢憶・鍾山》)	

崇禎 17 年 清世祖 順治元年 甲申 西元 1644 年	48 歲	與堂弟張葦前往淮安奔喪。（見《文集·家傳》）和王鐸乘舟赴武林，並於舟中談論書畫。（見《文集·跋藍田叔米家山》）	1. 李自成在西安建國號大順，率兵陷北京，思宗自縊，明亡。 2. 吳三桂引清兵入關，清世祖定都北京。 3. 李自成西走，張獻忠在四川建國大西。 4. 南明福王即位於南京（弘光帝）。
順治 2 年 乙酉 西元 1645 年	49 歲	1. 六月被魯王授與輔佐之職。（見《夢憶·魯王》）《石匱書後集·魯王世家》） 2. 上書魯王，祈請立斬馬士英。（見《石匱書後集·馬士英、阮大鋮列傳》） 3. 九月往嵊縣山中隱避，卻被方國安以商確軍務，強聘出山。四十年家中藏書，遭方國安軍隊劫掠，喪失殆盡。（見《夢憶·祁世陪》、《夢憶·三世藏書》）	1. 清兵侵略揚州遇到頑強抵抗，史可法殉國，清兵大屠殺揚州城，史稱「揚州十日」。 2. 清兵再陷南京，擒弘光帝。 3. 南明魯王、唐王立。 4. 李自成敗死。
順治 3 年 丙戌 西元 1646 年	50 歲	1. 正月受迫出山，途中夢祁彪佳勸其回山續作《石匱書》，因而改變主意。（見《夢憶·祁世培》） 2. 將祖父遺書《韻山》載往九里山，置於藏經閣。（見《夢憶·韻山》） 3. 作〈張氏聲伎〉。（見《夢憶·張氏聲伎》） 4.《陶庵夢憶》完成。（見《文集·陶庵夢憶序》） 5. 九月避禍之古寺被發現，遷往西白山一寺，臨行前作〈避兵越王崢留謝遠明上人〉詩。（見《詩集·避兵越王崢留謝遠明上人》） 6. 在西白山作〈和貧士〉詩七首。（見《詩集·和貧士》） 7. 遊覽西白山百丈泉，作〈百丈泉〉詩。（見《詩集·百丈泉》）	1. 南明桂王（永曆帝）立。 2. 張獻忠敗死。 3. 明鄭芝龍降清，子鄭成功不從，在海上起兵抗清。
順治 4 年 丁亥 西元 1647 年	51 歲	寄住項王里，中秋作〈念奴嬌〉詞（見《瑯嬛文集·念奴嬌》）	
順治 6 年 己丑 西元 1649 年	53 歲	九月傲傲居龍山下之快園。（見《詩集·快園》）	
順治 7 年 庚寅 西元 1650 年	54 歲	三月偶見佳茶、無錢購買、只能嗅之，因作〈見日鑄佳茶不能買嗅之而已〉詩。（見《詩集·見日鑄佳茶不能買嗅之而已》）	

順治 10 年 癸巳 西元 1653 年	57 歲	八月行舟至浙江衢州、廣信和江西信 州一帶。在玉山縣見清兵燒殺擄掠後 之景象，作〈玉山〉詩。(見《詩集· 玉山》、《石匱書後集·江西死義列傳》)	
順治 11 年 甲午 西元 1654 年	58 歲	1.《石匱書》完成並作序。(見《文集· 石匱書自序》) 2. 八月作〈瑯嬛詩集序〉，自述生平學 詩之過程與心得。(見《文集·瑯嬛 詩集序》) 3. 生日當天有感貧困，作〈甲午初度 是日餓〉二詩。(《詩集·甲午初度 日餓》重遊西湖柳州亭，見昔日美 景僅剩斷垣殘壁，不禁慟哭。(見《夢 尋·柳州亭》)	
順治 12 年 乙未 西元 1655 年	59 歲	生日當天感慨流離十年，作〈乙未初 度〉一詩。(見《詩集·乙未初度》)	
順治 14 年 丁酉 西元 1655 年	61 歲	再訪西湖小蓬萊，見牆圍俱倒，成為 一片瓦礫堆。(見《夢尋·小蓬萊》)」 到靈隱寺訪族弟具和尚。(見《夢尋 ·靈隱寺》)	
順治 16 年 己亥 西元 1657 年	63 歲	三月於王譽素齋舍聽李玉成吹簫篥。 (見《詩集·李玉成吹簫篥》)	永曆帝由雲南逃入緬 甸，南明亡。
順治 18 年 西元 1661 年	65 歲		1. 鄭成功收復臺灣，驅 逐荷蘭侵略者，奉永 曆帝正朔，繼續抗 清。 2. 為防內地民眾與鄭成 功抗清勢力聯繫，實 行海禁。
清聖祖 康熙元年 壬寅 西元 1662 年	66 歲	重新研讀《心易理》。(見《文集·大 易用序》)	吳三桂殺南明永曆帝父 子於昆明。鄭成功逝。
康熙 2 年 癸卯 西元 1663 年	67 歲	想到自己生於鼎食之家，不知勞碌 苦，晚年為生計而舂米，有感而作〈舂 米詩〉(見《詩集·舂米》)	
康熙 4 年 乙巳 西元 1665 年	69 歲	作〈自為墓誌銘〉，敘述生平經歷。(見 《文集·自為墓誌銘》)	
康熙 8 年 己酉 西元 1669 年	73 歲	作〈題葆生叔畫〉。(見《文集·題葆 生叔畫》)	

康熙 9 年 庚戌 西元 1670 年	74 歲	四月一日好友魯雲谷驟逝，作〈魯雲谷傳〉悼念之。(見《文集·魯雲谷傳》)	
康熙 10 年 辛亥 西元 1671 年	75 歲	《西湖夢尋》完成。(見《文集·西湖夢尋序》)	
康熙 11 年 壬子 西元 1672 年	76 歲	作〈快園記〉自嘲生活的窮困。(見《文集·快園記》)	
康熙 12 年 癸丑 西元 1673 年	77 歲	1. 三月遊曾稽古蘭亭舊址，作〈古蘭亭辨〉、〈癸丑蘭亭修禊檄〉及〈癸丑暮春蘭亭後集尋得舊址有作〉詩。(見《文集·古蘭亭辨》、《文集·癸丑蘭亭修禊檄》、《詩集·癸丑暮春蘭亭後集尋得舊址有作》) 2. 八月，好友祁熊佳逝世，為之作〈祭祁文載文〉紀念之。(見《文集·祭祁文載文》)	吳三桂在雲南叛亂，三藩之亂開始。
康熙 16 年 丁巳 西元 1677 年	81 歲	1. 懷念母親，作〈白衣觀音贊〉。(見《文集·白衣觀音贊》) 2. 作〈蝶庵題像〉。(見《文集·蝶庵題像》)	
康熙 17 年 戊午 西元 1678 年	82 歲	除夕燒錢餞窮鬼，口占〈梁父吟〉。(見《詩集·戊午除夕》)	
康熙 18 年 己未 西元 1679 年	83 歲	毛奇齡寄「乞藏史書」盼他提供《石匱書》，供修史料之用。(見毛奇齡《西河文集·寄張岱乞藏史書》)	大學士徐元文、葉方藹修《明史》。
康熙 19 年 庚申 西元 1680 年	84 歲	1.《琯朗乞巧錄》完成。(見《琯朗乞巧錄·自序》) 2.《有明越人三不朽圖贊》完成。(見《有明越人三不朽圖贊·自序》) 3. 約於 11 月、12 月去世。〔註 2〕	
康熙 20 年 辛酉 西元 1681 年			清兵攻克昆明，吳三桂孫世璠自殺，三藩之亂結束。
康熙 22 年 壬戌 西元 1683 年			清兵進攻臺灣，鄭克塽投降。

〔註 2〕 胡益民〈張岱卒年考〉，《古籍研究》1995 年第 3 期。

二、張岱著作表〔註3〕

類　別	書　名	存　佚	出處／出版資料
經部	《明易》	佚	《瑯嬛文集・自爲墓誌銘》
	《大易用》	佚	《瑯嬛文集・大易用序》
	《四書遇》	存	☆浙江：浙江圖書館藏手稿本 杭州：浙江古籍出版社，1985
	《論語解》	佚	☆胡益民《張岱評傳》著錄
	《奇字問》	佚	《瑯嬛文集・奇字問序》
	《詩韻確》	佚	《瑯嬛文集・詩韻確序》
史部	《石匱書》	存	☆浙江：浙江圖書館藏手稿本 ☆南京：南京圖書館藏鳳熙堂鈔本 ☆上海：上海圖書館藏配鈔本 上海：上海古籍出版社，1995
	《石匱書後集》	存	☆南京：南京圖書館藏鳳熙堂鈔本 ☆上海：上海圖書館藏劉氏天尺樓鈔本 臺北：兩儀出版社，1969 臺北：臺銀經濟研究室，1970 臺北：鼎文書局，1975 臺北：大通書局，1987
	《史闕》	存	☆今人黃裳藏有舊鈔本 ☆南京：南京圖書館藏清光緒年間吳興、鄭佶編本 臺北：華世出版社，1977 （此版本爲，《史闕》與《明紀史闕》合刊
	《明紀史闕》	存	☆臺北：臺灣學生書局，1969 ☆成都：巴蜀出版社，1993（收錄於《中國野史集成》第14冊）
	《有明越人三不朽圖贊》	存	臺北：文海出版社，1973 臺北：明文書局，1991
	《古今義烈傳》	存	☆浙江：浙江圖書館藏手稿本 ☆南京：南京圖書館藏崇禎戊辰刻本 臺北：國家圖書館藏明崇禎戊辰會稽張氏鷗虎軒刊本
	《張氏家譜》	佚	《瑯嬛文集・自爲墓誌銘》

〔註3〕　〈張岱著作表〉轉引自陳忠和先生所撰《從劉勰「六觀」論張岱小品文》一書之附錄二，並增補其所未列之版本，其修改部分在「出處／出版資料」欄裡以（☆）標之。

	《鶡舌啼血錄》	佚	清‧李慈銘《越縵堂讀書記》
	《補陀志》	佚	《瑯嬛文集‧海志》
	《皇華考》	佚	《瑯嬛文集‧皇華考》
集部	《陶庵肘後方》	佚	《瑯嬛文集‧陶庵肘後方序》
	《曆書眼》	佚	《瑯嬛文集‧曆書眼序》
	《茶史》	佚	《瑯嬛文集‧茶史序》
	《老饕集》	佚	《瑯嬛文集‧老饕集序》
	《橘中言》	佚	鄭振鐸《劫中得書記》
	《張子說鈴》	佚	《瑯嬛文集‧張子說鈴序》
	《夜行船》	存	杭州：浙江古籍出版社，1987 成都：四川文藝出版社，1996
	《快園道古》	存	杭州：浙江古籍出版社，1986
	《瑯嬛山館筆記》	佚	鄭振鐸《劫中得書記》
	《桃源曆》	存	《瑯嬛文集‧桃源曆序》
	《琯朗乞巧錄》	存	北京：中國國家圖書館藏手稿本
	《博物志補》	佚	☆周作人《知堂書話》著錄
	《陶庵對偶故事》	佚	朱慧深一〈關於張宗子——跋《瑯嬛文集》稿本〉收錄於金楓版《陶庵夢憶》
	《瑯嬛詩集》	存	上海：上海古籍出版社，1991
	《張子詩秕》	存	☆北京：中國國家圖書館藏鳳熙堂鈔本 ☆上海：上海圖書館藏清鈔本 ☆上海：上海古籍出版社，1991
	《瑯嬛文集》	存	上海：上海雜誌公司，1935 上海：廣益書局，1936 臺北：淡江書局，1956 長沙：岳麓書社，1985 上海：上海古籍出版社，1991
	《張子文秕》		☆北京：中國國家圖書館藏鳳熙堂鈔本

《陶庵夢憶》	存	☆北京：中國國家圖書館藏鳳熙堂鈔本
		☆臺北：國家圖書館善本書室，清咸豐二年（1852）南海伍氏刊本
		上海：商務印書館，1914
		上海：上海雜誌公司，1936
		臺北：開明書店，1957
		臺北：藝文印書館，1967
		臺北：世界書局，1967
		臺北：西南書局，1973
		杭州：西湖書社，1982.
		上海：上海書店出版社，1982
		上海：上海古籍出版社，1982
		臺北：新文豐出版公司，1982
		臺北：漢京文化事業公司，1984
		北京：中華書局，1985
		臺北：金楓出版公司，1986
		北京：作家出版社，1995
		上海：遠東出版社，1996
		成都：四川文藝出版社，1996
		西安：陝西人民出版社，1998
		☆青島：青島出版社，2005
		☆臺北：柏室科技藝術出版公司，2006
《西湖夢尋》	存	☆北京：中國國家圖書館藏康熙丁酉（1717）鳳熙堂原刊本
		上海：上海古籍出版社，1982
		臺北：新興書局，1983
		杭州：浙江文藝出版社，1984
		臺北：漢京文化事業公司，1984
		揚州：江蘇廣陵古籍刻印社，1985
		臺北：金楓出版公司，1987
		北京：作家出版社，1995。
		成都：四川文藝出版社，1996
		西安：陝西人民出版社，1998
		☆臺北：柏室科技藝術出版公司，2006
《柱銘抄》	佚	《瑯嬛文集·柱銘抄自序》
《昌谷集解》	佚	《瑯嬛文集·昌谷集解序》
《一卷冰雪文》	佚	《瑯嬛文集·一卷冰雪文序》
《傒囊十集》	佚	《瑯嬛文集·自爲墓誌銘》
《評東坡和陶詩》	佚	朱慧深〈關於張宗子——跋《瑯嬛文集》稿本〉，收於金楓版《陶庵夢憶》

	《喬坐衙》	佚	明‧祁彪佳《遠山堂曲品》、《遠山堂劇品》
	《冰山記》	佚	《陶庵夢憶‧冰山記》
	《徐文長逸稿》（輯）	存	☆張岱搜輯徐渭之未刊稿，是書有天啓刊本收錄於《續修四庫全書》 上海：上海古籍出版社，1995

引用文獻

一、專書

（一）張岱著作類

1. 《四書遇》，（明）張岱著，朱宏達點校，杭州：浙江古籍出版社，1985 年。

2. 《西湖夢尋》，（明）張岱著　馬興榮點校，臺北：漢京文化事業公司，2004 年。

3. 《快園道古》，（明）張岱著，高學安，佘德余標點，杭州：浙江古籍出版社，1986 年。

4. 《明越人三不朽圖贊》，（明）張岱著，《明代傳記叢刊》，臺北：明文書局，1991 年。

5. 《陶庵夢憶》，（明）張岱著，朱劍芒編，《美化文學名著叢刊》，上海：上海書店，1982 年。

6. 《陶庵夢憶》，（明）張岱著，夏咸淳、程維榮校注，上海：上海古籍出版社，2001 年。

7. 《陶庵夢憶》，（明）張岱著，馬興榮點校，臺北：漢京文化事業公司，2004 年。

8. 《張岱詩文集》，（明）張岱著，夏咸淳校注，上海：上海古籍出版社，1991 年。

9. 《張岱散文選集》，（明）張岱著，夏咸淳選注，天津：百花文藝出版社，2005 年。

（二）張岱研究類

1. 胡益民著，《張岱研究》，合肥：安徽教育出版社，2002 年。

2. 胡益民著，《張岱評傳》，南京：南京大學出版社，2002 年。

3. 夏咸淳著，《明末奇才——張岱論》，上海：上海社會學院出版社，1989年。

4. 夏咸淳著，《張岱》，瀋陽：春風文藝出版社，1999 年。

5. 馬興榮著，《陶庵夢憶題名》，上海：上海古籍出版社，1982 年。

6. 黃桂蘭著，《張岱生平及其文學》，臺北：文史哲出版社，1977 年。

（三）相關研究類

1. 加林（Eugenio Garin）著，李玉成譯，《意大利人文主義》，北京：生活、讀書、新知三聯書店，1998 年。

2. 余光中著，《從徐霞客到梵谷》，臺北：九歌出版社，1994 年。

3. 吳承學、李光摩編，《晚明文學思潮研究》，武漢：湖北教育出版社，2002年。

4. 孟樊著，《旅行文學讀本》，臺北：智揚文化公司，2004 年。

5. 屈萬里著，《詩經釋義》，臺北：文化大學出版部，1993 年。

6. 馬美信著，《晚明文學新探》，臺北：聖環圖書公司，1994 年。

7. 梅新林著，《中國遊記文學史》，上海：學林出版社，2004 年。

8. 陳平原著，《從文人之文到學者之文——明清散文研究》，北京：生活、讀書、新知三聯書店，2004 年。

9. 陶思炎著，《中國都市民俗學》，南京：東南大學出版社，2004 年。

10. 馮永敏著，《散文鑑賞藝術探微》，臺北：文史哲出版社，1998 年。

11. 黃仁宇著，《萬曆十五年》，北京：中華書局，1982 年。

12. 黃裳著，《銀魚集》，北京：生活・讀書・新知三聯書店，1985 年。

13. 楊君著，《妓女史》，上海：上海藝文出版社，1995 年。

14. 劉大杰著，《中國文學發展史》，臺北：華正書局，2001 年。

15. 錢鍾書著，《談藝錄》，上海：上海書店，1992 年。

（四）經史子集類

1. 王仁裕著，《開元天寶遺事》，《文淵閣四庫全書》，臺北：臺灣商務。

2. 王弼撰，陳鼓應注釋，《老子注釋及評價》，北京：中華書局據華亭張氏刊王弼注本排印，1991 年。

3. 王陽明著，《王陽明先生傳習錄》，《諸子集成續編》，成都：四川人民出版社據四部叢刊影印明刊本影印，1998 年。

4. 司馬遷著，《史記》，臺北：七畧出版社影印清乾隆武英殿刊本，1991 年。

5. 印書館據國立故宮博物院藏本影印，1983 年。

6. 艾衲居士著，《豆棚閒話》，臺北：臺灣古籍出版公司，2005 年。

7. 余懷著，《板橋雜記》，《續修四庫全書》，上海：上海古籍出版社據天津圖書館藏清辦香閣抄本影印，1997 年。

8. 吳自牧著，《夢梁錄》，《叢書集成初編》，北京：中華書局，1985 年。

9. 吳秋士編，《天下名山記鈔》，《四庫全書存目叢書》，據中國科學院圖書館藏清康熙三十四年汪立名刻本影印本，山東：齊魯出版社，1996 年。

10. 呂毖著，《明朝小史》，臺北：正中書局據清初刊本影印，1981 年。

11. 呂祖謙編，《宋文鑑》，上海：上海古籍出版社影印文淵閣四庫全書本，1994 年。

12. 李流芳著，《檀園集》，《文淵閣四庫全書》，臺北：臺灣商務印書館據國立故宮博物院藏本影印，1983 年。

13. 李贄著，《焚書》，臺北：河洛出版社據清末國粹叢書本排印，1974 年。

14. 沈榜著，《宛署雜記》，北京：北京古籍出版，1982 年。

15. 沈德符著，《顧曲雜言》，《文淵閣四庫全書》，臺北：臺灣商務印書館，1983 年。

16. 谷應泰著，《明史紀事本末》，《叢書集成三編》，臺北：新文豐出版公司，1996 年。

17. 周亮工著，《讀畫錄》，《叢書集成新編》，臺北：新文豐出版公司，1985 年。

18. 孟元老著，《東京夢華錄》，《叢書集成新編》，臺北：新文豐出版公司，1985 年。

19. 柳宗元著，《柳河東集》，上海：中華書局據蟬隱廬影印宋刻世綵堂斷句排印本，1964 年。

20. 袁宏道著，《袁中郎全集‧袁中郎遊記》，臺北：清流出版公司社據襟霞閣精校本，1976 年。

21. 崔寔著，《四民月令》，《叢書集成新編》，臺北：新文豐出版公司據大關唐鴻學輯刻于成都本影印，1985 年。

22. 張英、王士禎等纂，《御定淵鑑類函》，《景印文淵閣四庫全書》，臺北：臺灣商務印書館，1986 年。

23. 陸羽著、吳智和撰述，《茶經》，臺北：金楓出版社，1964 年。

24. 黃宗羲著，《黃宗羲全集》，杭州：浙江古籍出版社，2005 年。

25. 楊衒之著，《洛陽伽藍記》，《景印文淵閣四庫全書》，臺北：臺灣商務印書館，1986 年。

26. 董仲舒著，《春秋繁露校釋》，鍾肇鵬校釋，河北：河北人民出版社據武英殿聚珍本校正排印，2005 年。

27. 趙翼著，《二十二史劄記》，臺北：世界書局，1962 年。

28. 劉侗著，《帝京景物略》，《北京古籍叢書》，北京：北京古籍出版社，1983 年。

29. 劉師培著，《劉申先生遺書》，臺北：世華書局，1975 年。

30. 劉勰著、趙仲邑譯注，《文心雕龍譯注》，臺北：雅貫出版社，1991 年。

31. 蔣一葵著，《堯山堂外紀》，《續修四庫全書》，上海：上海古籍出版社據明刻本影印，1997 年。

32. 蕭統編，《文選》，臺北：藝文出版社影印清胡克家重刊宋淳熙本，1967 年。

33. 謝肇淛著，《五雜組》，臺北：新興出版社影明萬曆戊申年刻本，1971 年。

34.《文淵閣四庫全書》，（臺北：臺灣商務印書館據國立故宮博物院藏本影印，1983 年。

35.《易經注疏》，臺北：藝文印書館影清嘉慶間阮元校刊本，2001 年。

36.《詩經注疏》，臺北：藝文印書館影清嘉慶間阮元校刊本，2001 年。

（五）其他專著

1. 光復書局大美百科全書編輯部編譯，《大美百科全書》，臺北：光復書局，1991 年。

2. 朱自清著，《朱自清全集》，江蘇：江蘇教育出版社，1993 年。

3. 余秋雨著，《文化苦旅》，臺北：爾雅出版社，1992 年。

4. 沈從文著，《湘行集》，長沙：岳麓書社，2003 年。

5. 周作人著，《澤瀉集》，臺北：里仁書局，1982 年。

6. 俞平伯著，《俞平伯全集》，河北：花山文藝出版社，1997 年。

7. 徐君著，《中國社會民俗史叢書——妓女史》，上海：上海文藝出版社，1995 年。

8. 徐志摩著，《徐志摩全集》，臺北：傳記文學出版社，1969 年。

9. 辭海編輯委員會編，《辭海》，上海：上海辭書出版社，1979 年。

二、單篇論文

1. 沈星怡著，〈近十年張岱研究綜析〉，《蘇州大學學報（哲學社會科學版）》第 2 期，2005 年 3 月。

2. 周振鶴著，〈從明人文集看晚明旅遊風氣的形成〉，《復旦學報（社會科學版）》2005 年，第一期，頁 2～3。

3. 林慶彰著，〈《詩經》中的人文精神〉，《錢穆先生紀念館館刊》第五期，1996 年 12 月。

4. 胡益民著，〈張岱的藝術範疇論〉，《殷都學刊》第二期，2000 年 11 月。

5. 夏咸淳著，〈明人山水趣尚〉，《學術月刊》第 4 期，1997 年。

6. 馬森著，〈人文精神的沒落〉，《聯合文學》第 151 期，1997 年 5 月。

7. 張則桐著，〈一往深情──張岱散文情感底蘊論〉，《浙江大學學報（社會科學版）》第 3 期，1999 年，頁 152。

8. 陳平原著，〈「都市詩人」張岱的爲人與爲文〉，文史哲 2003 年第 5 期。

9. 陳萬益著，〈張岱散文論〉，《晚明小品與明季文人生活》，臺北：大安出版社 1992 年。

10. 劉貴蘭著，〈精神家園的夢憶與夢尋──解讀張岱小品文的「西湖情結」〉，長春：長春師範學院學報，第 24 卷第 1 期，2005 年 1 月。

三、學位論文

1. 張麗杰著，《論張岱《陶庵夢憶》的情感意蘊》，內蒙古：內蒙古師範大學碩士論文，2004 年。

2. 郭秉融著，《張岱及其散文研究》，臺北：臺北市立師範學院應用語言文學研究所碩士論文，2003 年。

3. 曾淑娟著，《張岱小品中的旅遊休閒》，彰化：國立彰化師範大學國文研究所碩士論文，2004 年。

參考文獻

一、專書

（一）張岱著作類

1. 張岱著，《古今義烈傳》，明崇禎戊辰年張氏鷗虎軒刊本，臺北：國家圖書館善本書室。
2. 張岱著，《石匱書》，上海：上海古籍出版社影《續修四庫全書》318、320冊，1992年。
3. 張岱著，《石匱書後集》，臺北：大通書局1987年。
4. 張岱著，馬興榮點校，《西湖夢尋》，臺北：漢京文化事業公司，2004年。
5. 張岱著，劉耀林校注，《夜航船》，杭州：浙江古籍出版社1987年。
6. 張岱著，《明紀史闕》，臺北：臺灣學生書局1969年。
7. 張岱著，《陶庵夢憶》，清咸豐二年（1852）南海伍氏刊本，臺北：國家圖書館善本書室。
8. 張岱著，《陶庵夢憶》，（明）張岱著，于學周、田剛點評，青島：青島出版社，2005年。
9. 張岱著，夏咸淳選注，《張岱散文選集》，天津：百花文藝出版社，2005年。
10. 張岱著，魏崇武選注，《張宗子小品》，北京：文化藝術出版社，1996年。
11. 張岱著，《瑯嬛文集》，臺北：淡江書局1959年。

（二）晚明文學研究類

1. 毛文芳著，《晚明閒賞美學》，臺北：臺灣學生書局，2000年。
2. 王英志著，《性靈派研究》，瀋陽：遼寧大學出版社，1998年。

3. 左東嶺著，《王學與中晚明士人心態》，北京：人民文學出版社，2000 年。

4. 田素蘭著，《袁中郎文學研究》，臺北：文史哲出版社，1982 年。

5. 立人著，《陶庵夢憶題名——明清性靈文學珍品》，北京：作家出版社，1995年。

6. 吳兆路著，《中國性靈文學思想研究》，臺北：文津出版社，1995 年。

7. 吳承學、李光摩編，《晚明文學思潮研究》，武漢：湖北教育出版社，2002年。

8. 吳承學著，《晚明小品研究》，南京：江蘇古籍出版社，1998 年。

9. 周明初著，《晚明士人心態及文學個案》，北京：東方出版社，1997 年。

10. 夏咸淳著，《晚明士風與文學》，北京：中國社會科學出版社，1994 年。

11. 馬美信著，《晚明文學新探》，臺北：聖環圖書公司，1994 年。

12. 曹淑娟著，《晚明性靈小品研究》，臺北：文津出版社，1988 年。

13. 淡江大學中文系編，《晚明思潮與社會變動》，臺北：弘化文化公司，1987年。

14. 陳少棠著，《晚明小品論析》，臺北：源流出版社，1982 年。

15. 陳萬益著，《晚明小品與明季文人生活》，臺北：大安出版社，1992 年。

16. 滕新才著，《且寄道心與明月——明代人物風俗考論》，北京：中國社會科學出版社，2003 年。

17. 羅筠筠著，《靈與趣——晚明小品文美學研究》，北京：社會科學文獻出版社，2001 年。

18. 龔鵬程著，《晚明思潮》，臺北：佛光人文社會學院編輯出版中心，2001年。

（三）　相關研究類

1. 方志遠著，《明代城市與市民文學》，北京：中華書局，2004 年。

2. 王子今著，《中國古代旅行生活》，臺北：臺灣商務印書館，1998 年。

3. 王凱旋、李洪權編著，《明清生活掠影》，瀋陽：瀋陽出版社，2002 年。

4. 吳剛著，《中國古代城市生活》，臺北：臺灣商務印書館，1998 年。

5. 李李著，《古典名篇賞析》，臺北：秀威資訊科技公司，2006 年。

6. 東海大學中文系編，《旅遊文學論文集》，臺北：文津出版社，2000 年。

7. 金玉田著，《明清文學概論》，汕頭：汕頭大學出版社，1997 年。

8. 金榮華著，《中國民間故事集成類型索引（二)》，臺北：中國口傳文學學會，2000 年。

9. 梁漱溟著，《中國文化要義》，上海：上海人民出版社，2003 年。

10. 陳飛編著，《中國古代散文研究》，福州：福建人民出版社，2005 年。

11. 陳書良、鄭憲春著，《中國小品文史》，臺北：桂冠圖書公司，2001 年。

12. 劉修明著，《中國古代飲茶與茶館》，臺北：臺灣商務印書館，1998 年。

13. 錢基博著，《明代文學》，臺北：臺灣商務印書館，1999 年。

14. 錢穆著，《國史大綱》，臺北：臺灣商務印書館，2002 年。

15. 簡宗梧編著，《現代文學欣賞與創作》，臺北：國立空中大學，1991 年。

二、單篇論文

1. 中嵐著，〈《陶庵夢憶》中的陶庵與夢憶〉，《現代文學》33 期，1967 年 12 月，頁 174～180。

2. 毛一波著，〈明遺民張岱的文學境界〉，《東方雜誌》19 卷 9 期，1986 年 3 月，頁 45～50。

3. 毛文芳著，〈晚明美學之主體體驗的美感型態〉，《國文學誌》2 期，1998 年 6 月，頁 335～382。

4. 毛文芳著，〈晚明閒賞美學之品味鑑識系統〉，《國立編譯館館刊》26 卷 2 期，1997 年 12 月，頁 239～263。

5. 王海燕著，〈《陶庵夢憶》新說〉，《文史知識》7 期（總第 205 期），1998 年，頁 107～112。

6. 朱建軍著，〈論張岱小品文的繪畫美〉，《東南文化》6 期，1993 年，頁 76～80。

7. 朱劍芒著，〈《陶庵夢憶》考〉，《美化文學名著》，上海：上海書店，1982 年。

8. 何冠彪著，〈張岱別名、字號、籍貫及卒年考辨〉，《中華文史論叢》第三輯，1986 年，頁 25。

9. 何冠彪著，〈張岱別名、字號、籍貫及卒年考辨〉，香港：香港中文大學編《中華文史論叢》第 3 輯，1986 年。

10. 吳承學、董上德著，〈明人小品略述〉，《中山大學學報・社科版》2 期，1994 年 4 月，頁 101～107。

11. 吳承學著，〈遺音與前奏——論晚明小品文的歷史地位〉，《江海學刊》3 期（總第 177 期），1995 年 5 月，頁 169～176。

12. 吳幅員著，〈《石匱書後集》後記——略考明遺民張岱及其所著《石匱書》〉，《東方雜誌》10 卷 12 期，1977 年 6 月，頁 25～29。

13. 吳智和著，〈黃桂蘭《張岱生平及其文學》〉，《明史研究專刊》1 期，1978 年 7 月，頁 144～147。

14. 吳智和著，〈明人山水休閒生活〉，《漢學研究》第 20 卷第 1 期，2002 年。

15. 林宜蓉著，〈晚明文藝社會「山人崇拜」之研究〉，《國立臺灣師範大學國文研究所集刊》39 期，1995 年 6 月，頁 633～747。

16. 邵紅著，〈遺民的心事——論《陶庵夢憶》一書的性質〉，《臺靜農先生八十壽慶論文集》，臺靜農先生八十壽慶論文集編輯委員會主編，臺北：聯經出版事業公司，1981 年。

17. 俞大綱著，〈張岱及其所作《陶菴夢憶》〉，《大成》46～47 期，1977 年 9～10 月，頁 10。

18. 夏咸淳著，〈晚明小品的審美特徵〉，《上海社會科學院學術季刊》（總 21 期），1990 年，第 1 期，頁 178～185。

19. 孫尚志著，〈略述明末紹興名士張岱〉，《浙江月刊》24 卷 12 期，1992 年 12 月，頁 14～17。

20. 張斗衡著，〈明清間的小品文〉，《聯合書院學報》3 期，1964 年，頁 1～20。

21. 曹淑娟著，〈晚明人文學小品觀念析論〉，《幼獅學誌》20 卷 1 期，1988 年，頁 80～127。

22. 曹淑娟著，〈癡人說夢 寧恒在夢——論張岱的尋夢情緒〉，《鵝湖》19 卷 3 期，1993 年 9 月，頁 26～33。

23. 梁容若著，〈明末散文家張岱評傳〉，《書和人》322 期，1977 年 10 月，頁 1～8。

24. 許淑屏著，〈清新灑脫的小品文——張岱作品的抽樣分析〉，《自立晚報》，1974 年 7 月 7 日，頁 8。

25. 許麗芳著，〈重組與對話：晚明小品文之自我書寫〉，《國文學誌》4 期，2000 年 12 月，頁 55～73。

26. 陳三著，〈萬籟千攢入眼來——談晚明小品聖手張岱〉，《暢流》12 卷 3 期，1959 年 9 月，頁 2～5。

27. 陳美林著，〈晚明愛國學者張岱〉，《南京師大學報》4 期，1986 年，頁 62～72。

28. 喬力著，〈夢醒忽驚啼秋語易代興亡總似夢——說張岱《西湖夢尋·自序》〉，《文史知識》1 期，1995 年。

29. 黃俊傑著，〈張岱對古典儒學的解釋——以《四書遇》為中心〉，桃園：中央大學共同科主編，《明清之際中國文化的轉變與延續研討會論文集》，臺北：文史哲出版社，1991 年。

30. 黃桂蘭著，〈張岱文學之評介〉，《東南學報》2 期，1976 年 12 月，頁 61～71。

31. 廖玉惠著，〈晚明小品中的遊記、傳記與日記〉，《中正嶺學術研究集刊》4 期，1985 年 6 月，頁 55～72，〈黃桂蘭《張岱生平及其文學》評介〉，陳飛龍著，《出版與研究》13 期，1978 年 1 月，頁 6。

32. 廖玉惠著,〈論晚明小品文之興起〉,《中正嶺學術研究集刊》2 期,1983 年 6 月,頁 41～54。

33. 廖玉惠著,〈論晚明小品的名稱與特色〉,《中正嶺學術研究集刊》3 期,1984 年 6 月,頁 25～43。

34. 劉崇義著,〈試賞張岱的〈湖心亭看雪〉〉,《孔孟月刊》30 卷 5 期,1992 年 1 月,頁 45～47。

35. 鮑恆著,〈一片冰雪鑄詩魂——試論張岱詩歌的總體特徵〉,《文藝理論與批評》2 期(總第 64 期),1997 年 3 月,頁 115～121。

36. 簡錦松著,〈論明代文學思潮中的學古與求真〉,中國古典文學研究會主編《古典文學第八集》,臺北:臺灣書局,1986 年 4 月,頁 313～356。

37. 羅青著,〈諷刺妙品〈西湖七月半〉〉,《明道文藝》40 期,1979 年 7 月,頁 34～45。

38. 羅青著,〈陶庵夢憶坐者張岱〉,《時報周刊》69 期,1979 年 3 月,頁 23。

三、學位論文

1. 江佩怡著,《張岱小品文由雅入俗研究》,臺北:臺北市立師範學院應用語言文學研究所碩士論文,2002 年。

2. 徐世珍著,《張岱《夜航船》研究》,臺北:國立政治大學,中文所碩士論文,2001 年。

3. 馬桂珍著,《名士與遺民雙重人格的展示——論張岱的散文》,山東:山東師範大學碩士論文,2002 年。

4. 郭秉融著,《張岱及其散文研究》,臺北市立師範學院應用語言文學研究所碩士論文,2003 年。

5. 郭榮修著,《張岱散文理論及其作品研究》,臺北:國立臺灣大學中文研究所碩士論文,1992 年。

6. 陳秀梅著,《論張岱散文的藝術特徵》,北京:中央民族大學碩士論文,2005 年。

7. 陳忠和著,《從劉勰「六觀」論張岱小品文》,高雄:國立高雄師範大學國文學系碩士論文,1999 年。

8. 陳清輝著,《張岱生平及其小品文研究》,高雄:國立高雄師範學院國文研究所碩士論文,1981 年。

9. 陳進泉著,《晚明張岱《陶庵夢憶》戲劇資料之研究》,臺北:中國文化大學 藝術研究所碩士論文,1984 年。

10. 陳麗明著,《張岱散文美學之研究》,臺北:國立臺灣師範大學國文研究所碩士論文,1996 年。

11. 曾淑娟著,《張岱小品中的旅遊休閒》國立彰化師範大學國文研究所碩士論文,2004 年。

12. 蔣靜文著,《論張岱小品文學:從生命模塑到形式意義的完成》,嘉義:國立中正大學中文研究所碩士論文,1997 年。

13. 蔡麗玲著,《從晚明「世說體」著作的流行論張岱《快園道古》》,新竹:國立清華大學文學研究所中文組碩士論文,1992 年。

14. 蘇恆雅著,《《陶庵夢憶》與《西湖夢尋》研究──以文學表現與遺民意識為主》,臺中:逢甲大學中文所碩士論文,2001 年。

四、電子、網路資料

1. 《文淵閣四庫全書電子版》,香港:迪志文化出版公司,1995 年。

2. 《四部叢刊電子版》,北京:書同文數字化技術有限公司,2001 年

3. 中央研究院,「漢籍電子文獻二十四史資料庫」上網時間 2007.6.6 網址:http://www.sinica.edu.tw/ftms-bin/ftmsw3/ftmsw3?ukey=-1684078561&path=%2F3.4.18.50&key=&page=1755&dep=1

4. 《中文維基百科》,維基媒體基金會主編,上網日期 2007.5.5 網址:http://zh.wikipedia.org/w/index.php?title=%E9%A6%96%E9%A1%B5&variant=zh-tw

5. 〈陶庵夢憶的私人讀法〉,曹志連撰,上網日期:2007.1.3,網址:http://www.sinologic.com/aesthetics/zhangdai/taoan.html

6. 《教育部重編國語辭典修訂本》網路版,教育部國語編輯委員彙編纂上網日期 2007.3.9 網址:http://www.sinica.edu.tw/ftms-bin/dict/dict.sh?cond=%B9C%B0O&pieceLen=50&fld=1&cat=&ukey=1800077303&serial=1&recNo=6&op=f&imgFont=1

7. 《張岱作品集》網路版,立人校訂,上網日期:2007.1.1,網址:http://web2.tcssh.tc.edu.tw/school/guowenke/books/gd/index-159.html